EL GUARDIÁN DE LA MEMORIA

ANA SEGARRA

EL GUARDIÁN DE LA MEMORIA

ANA SEGARRA

MUNYX
FANTASÍA

Primera edición.

www.munyxeditorial.com

Impreso en España.
ISBN: 9798362914813

Nunca dejarán de fascinarme los esfuerzos
que hacen los hombres por acercarse a la divinidad.
Alguien debería explicarles que lo más sensato
que podrían hacer sería huir de las cosas eternas.
VICTORIA ÁLVAREZ,
El sabor de tus heridas

Y aunque la raza humana es mi progenitora,
cada vez la veo mas como a un niño pequeño al que
mantengo pegado a mí. Un niño no aprende a caminar si siempre
lo llevan en unos amorosos brazos. Y una especie no puede crecer
si nunca se enfrenta a las consecuencias de sus acciones.
Negarle a la humanidad la lección de las consecuencias sería un error.
NEAL SHUSTERMAN
Nimbo

Para *Aarón*,
porque puedo estar y ser contigo en Nueva York,
Londres, Bangkok, Nairobi y donde haga falta.

PRIMERA PARTE

1

Intento no sonar prepotente cuando le digo al dependiente que tengo prisa. Lleva más de diez minutos hablando por teléfono con el que supongo que es su ligue de esta noche. Le comenta que le va a dar vergüenza cuando se vean, que no se va a atrever a mirarlo a la cara. Como si así fuera a mojar.

Me fijo en él: tiene un pendiente en la oreja que no pega con el uniforme, rojo y con una pajarita que hace que no pueda apartar la mirada de ella. Masca chicle como si le pagaran por ello. Parece ser que el hacer ruido cuenta como incentivo.

—Perdona, tengo prisa.

Él me mira con cara de pocos amigos y le dice a su futuro plantón que tiene que colgar. Me da la sensación de que sus palabras vienen acompañadas por un gesto de asco.

Deposito sobre la cinta una barrita energética, de esas que tienen un montón de proteínas, y carraspeo. Por lo visto, no entiende a qué me refiero.

—Ya sabes. —Y vuelvo a carraspear.

Creo que Truman, por lo que puedo leer en la chapa que pone la guinda a su ridículo atuendo, se da cuenta de lo que estoy tratando de insinuarle.

Se agacha y oigo que coge unas cuantas llaves que chocan entre sí, lo que me hace saber que al fin ha comprendido el mensaje.

Abre una puerta pequeña y saca una cajita. Intenta meterla en una bolsa, pero con las prisas se le cae al mostrador y un cliente vuelve su mirada hacia nosotros. Estupendo, además de ser idiota, es un inútil. Pago con un billete de cincuenta y me voy corriendo de allí.

Nueva York es una ciudad peculiar. Tengo la sensación de que no hay otro sitio como este en el resto del mundo. Los edificios son tan altos que se pierden entre la burbuja de contaminación que lo rodea todo; pasar un dedo por cualquier azulejo de cualquier edificio significa recoger una buena capa de suciedad. Aun así, tiene su encanto. Y es cierto eso de que es la ciudad que nunca duerme. Vayas donde vayas, siempre hay gente. Por eso es necesario conocerla bien, para saber a dónde ir.

Me meto en un callejón, uno que sé que estará desierto un buen rato, y me siento entre cubos de basura repletos. El olor es horrible, esta ciudad casi siempre huele así, aunque no te acomodes entre cajas de *pizza* y cáscaras de plátano.

Saco la caja y la abro con cuidado de hacer el menor ruido posible. Dentro hay una pastilla de color azul. Me la meto en la boca y la trago sin necesidad de beber nada. La costumbre hace que me resulte fácil.

He estado esperando este momento toda la semana. Juraría que ya empiezo a notar los efectos en mi interior, aunque sepa de sobra que todavía es pronto. No hago esto todos los días, tampoco podría permitírmelo, sin embargo, hoy el cuerpo me lo pedía. Como si necesitara una buena dosis y el cosquilleo que ya recorre mis extremidades. Después me levanto de golpe. Siento un pequeño mareo al hacerlo, aunque enseguida se pasa. Podría quedarme aquí un rato hasta que los efectos de la pastilla se asienten, pero tampoco tengo ganas de que alguien me pille en este callejón, cosa que me obligaría a dar más explicaciones de las necesarias.

Recorro las calles de Nueva York en busca de mi destino: el Heart Attack, la discoteca de moda. Todos los sábados acabo metida en ese antro donde lo único que importa es la música y cuántas copas puedas beberte durante la hora feliz.

Me tapo como puedo con mi chaqueta de cuero. Mala elección para una noche de noviembre en la que las temperaturas son tan gélidas que sacar las manos de los bolsillos es arriesgarse a perderlas. Las hebillas tintinean cuando camino y hacen juego con el sonido de mis pasos. Mis botas de plataforma harán que esta noche sea la dueña de la pista.

Mientras camino, observo los edificios que me rodean. Los bazares de esta zona se dedican más a traficar con cosas de contrabando que a vender los productos para los que están pensados. Las escaleras de incendios se suceden unas detrás de otras. Miro hacia arriba de forma involuntaria, estas estructuras me dan la sensación de que Spiderman me observa desde alguna azotea cercana.

Siempre he pensado que las películas no le hacen justicia a esta ciudad. Suelen sacar una cara, pero lo que se les olvida a los guionistas es que Nueva York tiene muchas. Tal vez incluso demasiadas. Y eso es parte de su encanto.

Sigo avanzando hacia el Heart Attack, me tiemblan las piernas solo de pensar todo lo que voy a bailar esta noche. Las luces de neón me acompañan y, aunque no consiguen que mi camino sea menos solitario, sí que hacen que sea menos sombrío. Siempre me han gustado estas luces, sobre todo las rosas, las que llaman la atención entre tanto gris y traen la promesa de algo mejor. Aunque después, cuando lo pienso fríamente, me doy cuenta de que en realidad son un señuelo más, una trampa que vaticina una felicidad que no llega.

El portero me conoce de sobra y me cuela. La gente que está esperando para entrar se queja y los miro con una cara que no pretendía mostrar tanta indiferencia. Me recibe una bocanada de aire caliente cuando entro, me da en el rostro como si fuera una bofetada, y con ello me llega el olor inconfundible de este tugurio: sudor mezclado con alcohol y colonia rancia.

Me acerco a la barra. Una chica asiática está al otro lado. No me suena, pero es normal, porque aquí hay decenas de camareros preparados marcialmente para trabajar como robots. Y tampoco es que los recuerdos que yo genere en este antro se queden demasiado tiempo en mi cabeza. El alcohol ya se encarga de ello.

Me sonríe a la vez que sirve un líquido morado en un montón de vasos de chupito. Forman una larga fila delante de ella y las chicas que se van a deleitar con esa cosa que apesta a azúcar comienzan a gritar. Miro a la camarera y le hago un gesto de resignación. Ojalá fuera como ellas.

Pero no lo soy. Trabajo demasiado como para tener amigos, duermo más de lo que debería y bebo más de lo que me gustaría admitir.

—¿Qué te pongo? —me dice mientras baila. Su pelo fucsia se mueve de un lado a otro debajo de su gorro de lana. Pienso que se debe de estar asando, yo llevo aquí cinco minutos y ya estoy empezando a sudar.

—Una ambrosía. —Mis palabras salen de forma atropellada por mis labios.

—¿Qué has tomado antes de venir, encanto?

Me ha pillado.

—No deberías meterte esa mierda —me aconseja, y sé que en el fondo tiene razón—. Bastante porquería te vas a meter en el cuerpo esta noche como para encima tomar una dosis extra.

Asiento y le doy a entender que comparto su postura. Sin embargo, tanto ella como yo sabemos que el próximo sábado lo volveré a hacer. Lo que provoca esa pastilla en mi cuerpo no lo consiguen ni cincuenta copas de ambrosía. Y esta noche quiero darlo todo.

Veo cómo la chica de la barra me guiña un ojo cuando voy a coger la bebida. Las dos águilas tatuadas en sus clavículas me tienen embobada. Quiero decirle algo, pero después recuerdo que mis palabras sonarán torpes y sin sentido, así que me doy la vuelta y me adentro en la pista de baile.

Desde aquí el mundo se ve de otra manera. No tengo por qué preocuparme del lunes y la jornada intensiva de trabajo que me tocará cumplir, no necesito pensar en lo que me duelen los ojos y las muñecas después de pasar ocho horas programando ordenadores y, sobre todo, no me va a importar lo más mínimo volver esta noche a mi apartamento con la única compañía de una bonita resaca.

Me muevo al ritmo de la música. No conozco la canción, pero aun así me meto de lleno en ella. Dejo que los acordes bailen conmigo y noto el sonido del bajo junto a mi corazón. La música está tan alta que no puedo ni oír mis pensamientos. Me bebo la copa a grandes tragos, aunque me había prometido a mí misma que esta tendría que durarme un buen rato. Cuando me quiero dar cuenta, el vaso está vacío, lo que me da la oportunidad de coger un hielo y pasármelo por el cuello hasta que se derrite. Después cojo otro y lo empiezo a mordisquear hasta que noto que mis dientes se congelan.

Bailo sin preocuparme por nada. Tiro el vaso al suelo sin importarme la lluvia de esquirlas que provoco y, ahora que tengo las dos manos libres, las elevo hacia lo que imagino que es un cielo inmenso. Ojalá estuviera viendo un cielo inmenso.

Pero esto es Nueva York, aquí eso no existe.

De pronto, siento que necesito ir al baño. Tarde o temprano iba pasar. Me voy directa al de mujeres, pero, en cuanto veo que hay unas cinco chicas esperando para entrar, decido que a nadie le molestará que utilice el de hombres.

Entro sin disimulo y sin importarme que las chicas que están haciendo cola me miren con odio. Elijo un cubículo y respiro, aliviada, al ver que hay papel. Esa era una esperanza que había perdido antes de entrar. Cuando salgo, me topo de frente con una persona y siento que me pongo roja como un tomate; yo no debería estar ahí.

Pero entonces veo dos águilas gigantes y me doy cuenta de que es la camarera.

—Saltándonos las normas, ¿eh? —me dice, divertida.

Asiento y voy a lavarme las manos.

—Veo que eres una chica de pocas palabras. —Se sienta en uno de los lavabos gracias a la ayuda de sus tríceps. Ahora que me fijo, está mucho más fuerte de lo que pensaba, a pesar de lo delgada que es. Saca un cigarro—. ¿Quieres uno?

—No, gracias, demasiada mierda llevo hoy.

Ella se ríe y me tiende una mano a la vez que expulsa una gran bocanada de humo.

—Soy Brooks Sanders.

Me gusta la gente que se presenta con nombre y apellido.

—Yo soy Cora, Cora Davis. —Extiendo la mano. Su apretón confirma mis sospechas: es demasiado fuerte para ser tan pequeña.

—¿Vienes mucho por aquí?

—Todos los sábados, no falto uno.

—Sí, ahora que lo dices, tu cara me suena un poco. Sueles bailar como una loca en mitad de la pista, ¿verdad?

—Esa soy yo —respondo y chasqueo la lengua—. Me gustan tus tatuajes.

—Te podría decir que representan la fuerza del alma, o que serán mi guía por si algún día me pierdo o algo así, pero lo cierto es que me los hice por una apuesta.

La miro con cara de incredulidad.

—¿Una apuesta?

—Y demasiada ambrosía. Entré en el estudio de tatuajes y escogí esto.

—Parece que no elegiste mal.

Brooks da una calada larga al cigarro y me mira con ojos inquisitivos.

—¿Y tú? ¿Tienes algún tatuaje?

Niego con la cabeza.

—¿Doña «llevo una chaqueta de cuero con hebillas y botas de matar» no tiene tatuajes?

—Es que no he encontrado ninguno que me guste —respondo con la intención de quitarle importancia.

—Ya... ¿No será que te da miedo?

Me ha pillado, pero no puedo dejar que una desconocida se ría de mí. Y menos si esa desconocida es tan molona como Brooks Sanders.

—¿Miedo? No me hago uno porque no he encontrado el tatuaje perfecto para mí.

Mientras digo esto, cruzo los dedos detrás de mi espalda para que se crea mi farol a la vez que me regaño por intentar impresionar a una tía que no conozco de nada.

—¿Y si te reto? ¿Te harías uno?

—¿Te piensas que soy tan imbécil como para aceptar algo así?

—Déjame invitarte a un par de copas y luego me cuentas.

Tira el cigarrillo al suelo, lo aplasta con sus playeras de color fucsia —a juego con su pelo corto— y me arrastra fuera del baño mientras me coge de la mano. Al salir veo cómo arranca un papel de la puerta en el que las palabras «fuera de servicio» brillan en fosforito.

—Un viejo truco —me dice mientras me guiña un ojo.

Me lleva a la barra y me sirve una copa, esta vez más cargada que la anterior. Ella se pone otra y le dice a un tal Dave que la sustituya un rato. De nuevo, vuelve a cogerme de la mano y tira de mí hacia la pista.

Hacía mucho tiempo que no bailaba con nadie. Siempre suelo venir a este antro a evadirme hasta de mí misma, así que lo de socializar no es algo que esté entre mis prioridades. Sin embargo, al dejarme llevar por los movimientos de Brooks, me doy cuenta de que no está mal, de que es divertido compartir estas cosas con otras personas.

El DJ ha puesto una canción de moda que todos conocemos, y la discoteca comienza a cantar y a bailar como si fuera la última noche del planeta Tierra. Cuando la canción rompe, todos saltamos a la vez. Juraría que el suelo se ha movido un poco, pero me da igual, porque hacía muchísimo tiempo que no me lo pasaba tan bien como hoy.

Unos tíos nos miran desde la otra punta de la discoteca. Aunque están lejos, puedo notar sus miradas clavadas en mi cogote. Se lo comento a Brooks, que, sin ningún disimulo, se gira para comprobar que lo que estoy diciendo es verdad. Y entonces coge mi cara con la mano que tiene libre y me besa.

Es un beso delicado y limpio, como de una amiga. Creo que es la primera vez que beso a una mujer, aunque, en estos instantes, en el estado en que me hallo, no podría jurar nada. Lo que sí siento es que no es igual para ella. Algo me dice —será mi instinto o la forma en la que mira a las chicas que nos rodean— que sus gustos no se parecen en nada a los míos.

—Asunto arreglado —me dice, y compruebo que el sitio donde estaban esos tipos ahora está ocupado por una pareja—. No te equivoques, no me molas.

Yo asiento y miro hacia otro lado. Suplico para mis adentros que no note lo roja que está ahora mismo mi cara. No es que no me halague, pero nunca he llevado bien que la gente ligue conmigo, no sé cómo reaccionar. Tal vez con un par de copas más...

—No te ofendas, eres muy guapa y pareces una tía interesante. —Creo que ha interpretado mi gesto de la manera incorrecta—. Pero no eres mi tipo. Me gustan más las que se parecen a esa.

Me señala con la cabeza a una chica que baila a unos pasos de nosotras. El pelo azul eléctrico le llega hasta la cintura y lo mueve de un lado a otro como si se tratara de un gran océano y ella, una sirena.

—Se llama Karen —me comenta Brooks—, viene aquí casi todos los días. Se toma unas cuantas copas y luego se pasa horas bailando. Lo he intentado mil veces con ella, pero me da que es más hetero que tú.

Me río solo con imaginarme a Brooks intentando seducirla.

—No eres una chica de muchas palabras, ¿verdad?

—No cuando bebo. No quiero decir ninguna estupidez —contesto a la vez que me ruborizo más, como si eso fuera posible.

—¿Por qué tendrías que hacerlo? Todos aquí vamos hasta arriba, no te voy a juzgar.

Me encojo de hombros y tomo a Brooks de la mano. Esta vez soy yo la que la lleva a la barra. Le pido dos copas de ambrosía al camarero y, en cuanto nos las sirve, salgo de la discoteca. Brooks me sigue de cerca.

—Necesitaba tomar el aire —le digo mientras le ofrezco uno de los vasos—. Hoy me siento rara.

—Será por la mierda que te has metido antes de entrar, estaría pasada.

—No, es de fiar. De hecho, es el único sitio donde se puede comprar algo decente. Esta ciudad ya no es lo que era.

—¿Por qué lo haces? ¿Por qué te castigas así?

Me miro los pies. Ojalá mi cerebro trabajara más rápido e hiciera salir algo decente por mis labios que no sonara a excusa barata. No sé por qué intento impresionar a esta chica todo el tiempo.

—La verdad es que no lo sé —contesto después de unos segundos—. Supongo que el cuerpo me lo pide. Me he acostumbrado tanto a esto que no sé salir sin ello.

—La vida es una mierda.

—La vida es una mierda absoluta —corroboro.

Ella saca otro cigarro y yo alzo las cejas.

—No es lo mismo —se defiende. Veo que se le da muy bien interpretar mis gestos.

—Eso también te mata, al fin y al cabo.

—Sí… La vida es una mierda absoluta.

Ambas nos reímos mientras damos sorbos a nuestras bebidas. Estoy en ese punto de la noche en el que la sangre circula dentro de mí a un ritmo frenético. Y esa sensación se entremezcla con el mareo y la pesadez de mi cerebro. Es el momento perfecto, lo que llevaba esperando toda la semana.

—¿A qué te dedicas? —Brooks me saca de mis reflexiones.

—Trabajo para el Gobierno, soy informática.

—¡Vaya! ¡Eso es alucinante!

—No tanto como suena. En realidad, me paso ocho horas delante de un ordenador sin parar de teclear. Acabo con las muñecas y la espalda hechas polvo.

—¿Y por qué lo sigues haciendo?

—Porque es lo que me da de comer. —Intento no ser sarcástica y mantener bien escondido el tono de obviedad con el que suelo hablar, pero no funciona esta vez.

—Siempre podrías trabajar en el Heart Attack.

—Creo que terminarían despidiéndome.

Brooks me mira con cara interrogante a la vez que le da un sorbo a su ambrosía.

—Me bebería todas las copas antes de servirlas.

Casi se atraganta de la risa.

—¿Sabes? Esta noche no está resultando ser como me esperaba —digo después de limpiarme la comisura de los labios con la chaqueta. Tanto ella (la chaqueta) como yo estamos listas para una buena ducha. La boca se me hace agua solo con imaginármelo.

—¿No?

—En absoluto. Yo pensaba salir esta noche, emborracharme, bailar hasta que me sangraran los pies y marcharme a casa en busca de una buena resaca.

—¿Y qué ha cambiado?

—Que hemos coincidido aquí y ahora. Y, no sé, es como si nos conociéramos de toda la vida. Nunca me había sentido así con nadie. En el trabajo tengo una compañera, pero somos tan distintas que, si no trabajáramos juntas, ser amigas sería algo imposible. Estoy metida en un cubículo del que solo salgo para ir al baño o para comer algo. No suelo cruzarme con nadie por los pasillos y cuando llego a mi apartamento las únicas visitantes que tengo son las arañas que cuelgan del techo.

—Tu piso debe molar, suena a paraíso por el que mucha gente pagaría para ir de vacaciones.

—Muy graciosa —digo con retintín—. Es un hablar. El piso está bien, más que bien, diría yo.

—¿Tan bien cobráis en el Gobierno?

—Sí, bueno, no puedo quejarme. Pero no, con el sueldo que gano no podría permitirme un apartamento así jamás.

—¿Y cuál es el secreto? —inquiere mientras levanta las cejas una y otra vez.

Me echo a reír y le digo que algún día se lo contaré. No me apetece explicarle cómo conseguí ese piso.

—¿Y por qué no buscas un compañero? Ya sabes, por lo de no estar sola y vivir con un amigo y todo eso.

—Porque la soledad es un rollo y no tener a nadie a quien soltarle tus mierdas es un asco, pero peor es pasar los días con alguien que deja la tapa del retrete levantada.

—¿Lo has probado alguna vez?

Esta chica no se cansa de hacer preguntas.

—La verdad es que no. Pero es algo que se sabe. Como cuando te preguntan si eres más de playa o de montaña. O si te gusta más el queso o el chocolate. Son cosas que están dentro de nosotros, las sabemos sin más.

Brooks me pega un susto de muerte cuando se levanta de repente y se pone frente a mí.

—¿Que tú eres capaz de elegir entre el queso y el chocolate? —pregunta en un tono más alto del que me gustaría. Varias personas que se disponen a entrar en la discoteca se nos quedan mirando, aunque pierden el interés cuando comprueban que no somos más que dos borrachas hablando a voces.

—¿Tú no?

—¿Yo? ¡Yo soy literalmente la persona más indecisa del planeta! Elegir entre queso y chocolate… Pero ¿quién querría cometer esa atrocidad? Lo uno no puede vivir sin lo otro. Es más, yo no podría vivir en un mundo en el que me dieran a elegir entre queso y chocolate.

Hacía tiempo que no me lo pasaba tan bien y estoy empezando a pensar que la ambrosía no tiene nada que ver con esto. Y, aunque me cuesta mucho hablar, trato de vocalizar mucho para que no se note que mi cabeza va más despacio de lo que debería.

—Pues yo me quedo con el queso.

Brooks me mira con una cara que no sé cómo interpretar.

—Está bien, necesitas más copas. Vamos dentro.

Me arrastra hacia la barra y esta vez pone unos cuantos vasos de chupito en fila.

—¿Estás loca? —le pregunto a voz en grito. Se me había olvidado por un momento el jaleo que hay aquí dentro—. Si me tomo eso ahora, acabaré por desmayarme.

—No seas exagerada.

Coge una botella de color morado, la misma que había utilizado para ponerles los chupitos a aquellas chicas que no he vuelto a ver. Cuando ha terminado me acerca uno de los vasitos y choca el suyo con el mío.

—¡Por nosotras! —dice y se mete el líquido morado en la boca para engullirlo de un trago.

Hago lo mismo y tuerzo el gesto. No sé qué es, pero es mucho más fuerte que la ambrosía.

Noto el calor recorriendo mi garganta, llega a mi estómago y, de ahí, se dispara por todo mi cuerpo, como si hubiera traspasado a mi sangre en cuestión de segundos. Doy un grito de euforia a la vez que salto y muevo la cabeza de un lado a otro, lo que hace que mi pelo baile al ritmo de la música.

Brooks me da otro chupito y yo me lo bebo sin pensar.

Después de tomarme cuatro, ya no recuerdo ni cómo me llamo.

Me voy directa a la pista, sin importarme si estoy sola o con Brooks, supongo que ya me seguirá si le apetece. Lo único que necesito ahora mismo es liberar todo el calor que llevo dentro. La gente se aparta a mi paso y me deja media pista de baile libre. Mejor, porque no quiero estar preocupándome por si le doy un pisotón o un codazo a alguien. Siento que mi cuerpo es mío, noto todas las células que lo componen, como si pudiera identificarlas. Estoy segura de que hasta podría ponerles nombre.

Pero prefiero centrarme en la música que resuena en mis sienes y hace que brinque y agite mi cabeza al ritmo que dictan los altavoces. Ojalá este momento fuera eterno. Intento retener en mi memoria todo lo que pasa a mi alrededor: la gente bailando y bebiendo, el ruido, el humo, el olor de los cuerpos. Hago una fotografía mental y sigo saltando y saltando y…

Me duele bastante la cabeza. Me llevo la mano a la parte de atrás y noto un pequeño bulto.

—Te has dado un buen cabezazo —me dice una voz.

Intento abrir los ojos, pero la luz me molesta demasiado.

—¿Qué… qué ha pasado? —titubeo.

—Que tu cuerpo no podía más.

Entonces veo que Brooks está a mi lado. Estamos en la calle y compruebo que mi chaqueta me cubre los hombros. No recuerdo haberla cogido. Ni recuerdo haberla dejado en ningún sitio.

—Te has caído en mitad de la pista.

Con esa explicación, ya consigo centrarme un poco más. Recuerdo la música, las luces, la gente y, de repente, nada.

—Sí, creo que me he pasado un poco.

Intento incorporarme, pero entonces me mareo y tengo que volver a la posición anterior.

—No te muevas —me ordena Brooks—. No estás para mucho trote. Vamos a esperar a que estés mejor.

—No puedo quedarme aquí toda la noche, tengo que irme a casa.

—Permíteme que dude de que sepas llegar a algún sitio ahora mismo.

Tiene razón. Todo me da vueltas y creo que no sería capaz ni de pedir un taxi.

—Tranquila, esperaremos a que se te pase.

—No, no, vete, no importa —digo mientras intento volver a levantarme. La mano de Brooks que me empuja hacia el suelo me lo impide.

—De eso nada, no puedo dejarte así. Ojalá pudieras verte. Das miedo.

—Oh, gracias.

Un coche se para a nuestro lado. Es negro y antiguo. La carrocería está abollada y oxidada en algunas partes, y los neumáticos hace tiempo que perdieron su dibujo.

Un chico sale de él y saluda a Brooks. Acto seguido, se sitúa detrás de mí y me coge en volandas.

—¡Eh! ¿Qué te crees que estás haciendo? —Trato de zafarme. Pero, aunque sus músculos me dicen que no se pasa horas en el gimnasio, es más fuerte que yo.

—Métela en el coche.

Es la voz de Brooks.

—¡Brooks! ¿Qué está pasando? ¿Quién es este tío? ¿A dónde me lleváis?

El tipo me mete en el coche, me ata el cinturón —qué detalle—, cierra la puerta y se sienta en el asiento del conductor.

—Arranca —le ordena Brooks.

Y puedo ver cómo dejamos atrás el Heart Attack antes de que se me cierren los ojos.

2

La luz que intenta atravesar mis párpados es demasiado intensa. Me da directamente en las entrañas y me juro a mí misma que lo primero que haré en cuanto pueda volver a mover mi cuerpo será lanzarle lo que sea a esa bombilla que está acribillándome el cerebro.

Noto un dolor muy fuerte en la cabeza, y no tiene nada que ver con la resaca. Entonces lo recuerdo: la caída, el coche, un tío llevándome en volandas.

Mierda.

Intento incorporarme, pero es como si mi cuerpo pesara el triple de lo que pesa en realidad.

—Tranquila, Cora. Te has dado un buen golpe, quédate tumbada.

Es la voz de Brooks.

—¿Qué…?

Escucho un sonido punzante, como una taladradora en miniatura que atraviesa algo.

—Deberíamos impedir que se mueva —dice un chico. Me imagino que es el que me ha metido a la fuerza en el coche.

—Tranquilo, está medio grogui —contesta ella—. Y en su estado lo más probable es que, si trata de levantarse, se maree y se vuelva a pegar otra leche.

Me dan ganas de decirles que estoy aquí, que dejen de hablar de mí como si fuera invisible o como si no me estuviera enterando de nada.

—¡Au! Me has hecho daño.

—Si te estuvieras quieta… Vale, ya está.

El zumbido cesa de inmediato, aunque el que oigo dentro de mi cabeza persiste. Acto seguido, se escuchan sonidos de metales chocando entre sí.

—¿Qué? ¿Te gusta?

—¿¡Estás de coña!? —exclama Brooks—. ¡Me encanta!

—A mí me parece una horterada, pero si a ti te gusta…

Entonces oigo un golpe y luego, un grito de dolor.

—¡Eso ha dolido! —dice él.

—Tú te lo has buscado. En cuanto Cora vuelva a ser persona, seguro que dice que el único hortera que hay aquí eres tú.

—¿Cómo estás tan segura?

—Porque nos parecemos más de lo que te imaginas.

—Permíteme que lo dude. Además, ya tengo bastante con una como tú. No necesito otra más.

Abro un poco los ojos. Tal vez movida por el sonido de mi nombre en la boca de Brooks, o tal vez porque tengo unas ganas horribles de ir al baño y ni todo el dolor de cabeza del mundo me las va a refrenar.

Noto que una mano me coge del brazo e intenta echarme hacia atrás para que me tumbe.

—Tengo…

—Con calma, Cora, vuelve a la camilla.

¿Camilla?

—Tengo que ir al baño.

—¡Oh, sí! Claro, claro, perdona. —Tengo la sensación de que Brooks es de esas personas que se excusan todo el tiempo, aunque no hayan hecho nada malo. Y eso que con esas pintas de asiática matona lo último que uno esperaría escuchar es un perdón saliendo de sus labios.

Empiezo a distinguir las formas que hay a mi alrededor: un mostrador con lo que parece ser una calavera de plata gigante encima, un montón de fotos que recubren hasta el último hueco de las paredes y una infinidad de aparatos que parecen sacados de una película de terror.

Me acojonaría, la verdad, si no tuviera tantísimas ganas de ir al baño.

Brooks me acompaña hasta la puerta.

—Tranquila, hay papel dentro. Siempre tengo que recordarle a Eliott que lo ponga, es un desastre.

Así que Eliott. Ya pensaba que no me iban a presentar a la persona que me ha metido a la fuerza en un coche. Y habría sido una pena que me hubiera tenido que referir a él toda mi vida como «el chico X».

Entro en el baño como puedo. Apoyarme en los azulejos rojos me ayuda un poco. El cuarto es tan estridente que me dan ganas de cerrar los ojos de nuevo, pero me recuerdo que, ahora que he conseguido abrirlos, no puedo permitir que se vuelvan a cerrar.

Corro hacia la taza del váter y vacío mi vejiga, que ya empezaba a gritar por el maltrato sufrido esta noche a base de ambrosías.

Cuando termino, me miro en el espejo y casi pego un grito de horror. Tengo el pelo revuelto. Entre las raíces negras vislumbro algo que parece ser sangre. Me asusto, pero pronto compruebo que tengo una herida muy pequeña y que es más lo que parece que lo que es. Las puntas rubias de mi pelo están hechas un desastre, así que, como puedo, me hago dos trenzas a cada lado de la cabeza para arreglar el estropicio.

Por un momento, pienso que lo más normal del mundo después de que un tipo llamado Eliott me meta en un coche sin mi consentimiento sería salir corriendo. Aunque enseguida me doy cuenta de que mis piernas no me llevarán demasiado lejos esta noche, así que me rindo. Al menos, trataré de retener la poca dignidad que me queda.

Mi cara también está hecha un cuadro. La sombra negra de mis ojos está desparramada por casi toda la cara. El pintalabios rojo se ha cuarteado y solo queda una fina línea que recuerda que, en algún momento de la noche, me preocupé por intentar estar guapa.

Cojo un poco —bastante— de papel higiénico y lo baño en jabón. Después me lo restriego por la cara como si fuera una improvisada toallita desmaquillante.

Tras repetir esta operación unas tres veces, ya empiezo a dejar de parecer un zombi.

Salgo del baño y veo a Brooks esperándome en la puerta.

—No quiero que te vuelvas a caer.

—Para ser una secuestradora, te preocupas demasiado por mí.

—¡Vaya! La mosquita muerta tiene humor —grita el chico.

—Ven, que te presento a Eliott Evans.

Brooks me lleva hasta él. Ahora que me he despejado puedo ver con claridad dónde estoy: es un estudio de tatuajes. Ante mí hay un chico que se ríe con los hoyuelos. Está tirado en una de esas sillas en las que imagino que tumban a las personas que se van a hacer un tatuaje, con las piernas estiradas y los brazos detrás de la cabeza.

—Tienes cara de virgen —me dice.

—¡Eliott! —le recrimina Brooks.

—En cuanto a tatuajes, malpensada. ¿Me equivoco? —Se está dirigiendo a mí.

—No… La verdad es que no. No me van.

—Eso es porque no me has conocido antes.

Vaya. Cuánta modestia se respira en el ambiente.

—Venga, Eliott, deja a Cora en paz. Siéntate y bébete esto.

—¿Qué es? —pregunto mientras cojo el vaso que me está ofreciendo.

—Ambrosía.
—Creo que ya he bebido suficiente…
—¡Pero si esto no ha hecho más que empezar!
Eliott se levanta y enciende un equipo de música que está detrás del mostrador. De los altavoces comienzan a salir unas mezclas bastante buenas. Si estuviera en la pista del Heart Attack, me pondría a bailar sin pensármelo dos veces.
—¿Estáis locos? —Vuelvo a la realidad—. Me habéis traído a la fuerza hasta aquí, ¿y ahora queréis que beba y baile con vosotros?
Esto último lo he dicho con un tono demasiado agudo para mi gusto.
—Estabas mal, Cora —me explica Brooks—. Te has caído al suelo y te has dado un buen golpe. He llamado a Eliott para que nos sacara de allí y nos llevara a un sitio tranquilo.
Miro las paredes, repletas de fotos de tatuajes aterradores de dragones y calaveras.
—Obvia eso —dice Eliott, que ha visto el gesto de horror dibujado en mi rostro—. Es el único sitio donde podemos poner música sin que nos digan nada; las paredes están insonorizadas.
—Ya, bueno… Eso está muy bien, pero creo que es el momento de irme a casa. Necesito dormir un buen rato, mañana tengo que levantarme pronto y no sé…
—Brooks, me habías dicho que esta tía se enrollaba. Me da la sensación de que es una sosa.
Ella se encoge de hombros mientras me mira. No es que yo sea una persona que acepta los retos, ni alguien que se deja llevar por impulsos basados en un insulto o en un «a que no te atreves», pero algo dentro de mí me empuja a coger el vaso, que había apoyado en una mesa con intención de no tocarlo, y a bebérmelo de un trago.
En ese momento, Eliott da un alarido de alegría y se acerca al equipo de música para poner el volumen todavía más alto.
Brooks saca la botella de ambrosía y nos la va pasando. Bebemos directamente de ella, y nos empapamos cuando nuestras

manos ya empiezan a notar el efecto del alcohol y no se coordinan como deberían. Bailamos y cantamos en voz alta. Gritamos y saltamos por todo el local sin importarnos nada ni nadie.

Toqueteo todos los aparatos a mi paso y cojo lo que parece ser una pistola con una aguja al final con la que fácilmente se podría torturar a alguien. Apunto con ella a Eliott y me la acerco al ojo como si tuviera una mirilla de verdad. Y entonces disparo. Él cae al suelo y se hace el muerto unos segundos, para después impulsarse con las piernas y levantarse de un salto. No entiendo cómo ha hecho eso sin utilizar las manos.

Dejo el aparato del demonio en su sitio y sigo bailando. Ya noto el sudor por todo mi cuerpo. No es como estar en mitad de la pista del Heart Attack, pero se le parece bastante. Consigo lo mismo que busco cuando bailo allí: desinhibirme, olvidarme de todo, dejar la mente en blanco. Y lo mejor de todo es que presiento que Brooks y Eliott están haciendo lo mismo que yo. No me juzgan, no me dicen que debería parar de beber. Hacen que quiera seguir.

Después de una botella entera y un rato interminable de baile, los tres nos retiramos de la pista improvisada, derrotados. Brooks ha optado por tumbarse en una camilla, Eliott vuelve a repantigarse en la misma silla de antes y yo me subo de un impulso al mostrador y me tumbo mirando al techo.

—¿Cómo os conocisteis? —pregunto.

Brooks empieza a reírse de forma ruidosa.

—¿Qué? ¿Qué pasa? —No entiendo a qué vienen sus risas.

—Pues pasa que conocí a Eliott porque me tiraba a su hermana.

Él suelta un bufido. Y yo no sé qué decir. Eso me pasa por preguntar esas cosas y más a una persona que ya me ha demostrado no tener filtro alguno.

—Y… ¿ya no?

—Ya no, ¿qué? —me pregunta Brooks.

—Que si ya no te la tiras.

Otras carcajadas. Mira que soy tonta, no me basta con hacer una pregunta estúpida una vez, sino que tengo que insistir.

—No, lo cierto es que no.

—Porque mi hermana encontró a alguien mejor —apunta Eliott.

Por el rabillo del ojo, veo cómo Brooks hace el amago de tirarle algo de nuevo, pero creo que no encuentra nada adecuado, porque lo único que tiene a mano es una pistola para tatuar y eso sería excesivo hasta para ella.

—¿Y tú? ¿Tienes pareja? —me pregunta Brooks.

—¿Yo? No, no me van esas cosas.

—Venga ya, a todo el mundo le van esas cosas.

—Bueno, trabajo bastante y cuando salgo lo hago para divertirme yo sola.

—Qué intensita eres, ¿no? —dice Eliott mientras me mira a los ojos.

—Ni te imaginas. —Yo también sé jugar a ese juego.

Brooks se levanta de un salto y va hacia el equipo de música. Empieza a sonar una canción de The Offspring, uno de mis grupos favoritos. En cuanto oigo los primeros acordes, ya sé que se trata de *Americana,* un temazo. Hace años los vi en directo. Tocaban en un festival y conseguí estar en primera fila, porque todo el mundo iba tan pasado que, cuando ellos salieron, la mitad de las personas estaban por ahí tiradas. Menos mal que aquel día racioné la ambrosía. Fue uno de los mejores conciertos de mi vida.

—¡Mira, Cora! Mira lo que me ha hecho Eliott.

Viene hacia mí y se levanta la camiseta. Tiene una gasa que le tapa parte del costado.

—Pero no te la quites —la regaña Eliott cuando empieza a retirar la tela blanca.

—Tú calla —le ordena.

Entonces veo que debajo de esa gasa hay un tatuaje de una paloma.

—¿Es hortera o no es hortera? —me pregunta Eliott.

—A mí me gusta —digo mientras encojo los hombros.

—¿Lo ves? Te he dicho que le iba a gustar. —Brooks me mira con orgullo.

—Lo tuyo son los pájaros, ¿verdad?

—Me dan envidia sus alas —me responde. Supongo que ha olvidado por un momento la imagen de tía dura que lleva siempre pintada en la cara—. ¡Oye! ¿Por qué no te haces tú uno? Eliott debería desvirgarte.

Aunque intento sacar fuerzas de donde sea para no ponerme roja, noto que mi cara comienza a arder.

—No hace falta, gracias. Me gusta mi piel tal y como está.

—Venga, vamos, me haría mucha ilusión ser el primero —comenta Eliott poniendo ojitos.

—¿Pero vosotros dos de dónde habéis salido? —pregunto—. No os parece suficiente haberme traído aquí en contra de mi voluntad y seguir dándome de beber como si fuera una esponja, sino que encima también queréis que me haga un tatuaje.

Ambos me miran y asienten.

Esto es de locos.

—Pero un apunte —dice Eliott—: la puerta ha estado abierta todo el rato. Podrías haberte ido en cualquier momento y no lo has hecho. Así que no te hagas la víctima.

—Igual es que te gusta nuestra compañía. —Brooks me guiña un ojo a la vez que me dice eso.

Mierda. No debería haber tomado tanta ambrosía. Mierda, mierda, mierda.

—Venga, vale, hazme un tatuaje.

—¿¡En serio!? —exclama Eliott mientras se pone a preparar todo el instrumental. Apenas me deja terminar la frase cuando ya lo tiene todo listo.

—Lo que pasa es que no tengo ni idea de qué hacerme. No es algo en lo que haya pensado.

—Podrías hacerte una paloma como la mía, así tendríamos el mismo tatuaje —propone Brooks.

—Me niego a volver a tatuar esa horterada. —Menos mal que Eliott ha intervenido, porque la verdad es que lo último que querría ahora mismo es salir de este local de tatuajes con una rata con plumas dibujada en mi piel—. ¿Te fías de mí?

—No mucho —contesto con sinceridad.

—Pues tienes dos opciones: o me dejas que te tatúe algo que creo que te iría perfecto, o eliges algo rápido y de lo que te vas a arrepentir toda tu vida.

—¿Por qué das por sentado que voy a elegir mal?

Eliott me mira de arriba abajo sin ningún tipo de disimulo.

—Decidido, déjame a mí.

No sé si es por todo lo que he bebido, porque me va el riesgo o porque estoy empezando a confiar en estos dos, el caso es que me tumbo en la camilla y extiendo el brazo izquierdo hacia Eliott.

—Buena elección —comenta Brooks.

Eliott me desinfecta la zona y trastea con sus aparatos.

—No duele —me consuela—. No mucho.

No me da tiempo a arrepentirme, ya que la máquina enseguida empieza a perforar mi piel. No es un dolor insoportable, aunque tampoco es algo que me gustaría repetir. Eliott trastea sin parar. Coge gasas, cacharros que no sé ni cómo se llaman y trabaja sin cesar. Está tan concentrado que no dice ni una sola palabra, aunque sí que veo cómo mueve el pie al ritmo de la música. Por un instante, pienso en toda la ambrosía que se ha bebido y entonces el corazón me empieza a palpitar. ¿Y si le falla el pulso? ¿Y si está tan borracho que no sabe lo que hace? ¿Y si me dibuja algo de lo que me arrepiento toda la vida?

—Bueno, ya está —Eliott interrumpe mis pensamientos.

Limpia con cuidado el tatuaje. Miro su cara y veo que está admirando su obra maestra. No sé si es que con tanta mierda que llevo en el cuerpo no soy capaz de controlar bien el tiempo que pasa o si Eliott tiene la capacidad de tatuar a la velocidad de la luz, pero lo cierto es que ha ocurrido tan rápido que ni me he enterado.

—Cora, echa un vistazo, a ver qué te parece.

Quiero ver el tatuaje, y a la vez me da un miedo terrible. He prometido fiarme de él, sin embargo, se me vuelve a pasar por la cabeza la idea de que no lo conozco de nada en absoluto. Por un segundo pienso que todo eso es una especie de broma macabra que solo tiene como fin tatuarme algo horrible. Como un pene, o yo qué sé.

Tengo que ser valiente, así que dirijo los ojos hacia mi brazo y lo que veo me deja asombrada.

Se trata de un pequeño torbellino de aire que sale desde una caja. Los colores azules se funden con el tono claro de mi piel. La caja, situada cerca de mi muñeca, es dorada, brillante y siniestra al mismo tiempo. El torbellino asciende por ella hasta la mitad de mi antebrazo. Puedo observar que varias hojas vuelan entre el aire. Aunque el tatuaje es pequeño, lo cierto es que tiene un montón de detalles. Es increíble.

—¡Di algo!

—Me encanta. Me gusta muchísimo.

—¿Ves? —le dice a Brooks—. Todavía hay gente con buen gusto en esta ciudad.

Ella le hace una mueca burlona.

—Muy bien, ahora te lo voy a tapar y te voy a dar una crema para que te la eches de vez en cuando. Tienes una piel muy buena, así que no tardará en cicatrizar.

Voy a sacar la cartera de mi bolsillo trasero, pero Eliott me coge de la mano.

—Tómalo como un regalo.

—Bueno —dice Brooks, por lo que las palabras de agradecimiento que le iba a dedicar al chico que acaba de desvirgar mi piel se quedan en el aire—, creo que es hora de largarse. Se está haciendo de día.

Miro hacia el escaparate y veo cómo unos tímidos rayos de sol se van asomando por detrás de los edificios.

Nos levantamos y dejamos el estudio atrás. No sabemos cómo despedirnos. Hemos pasado una noche muy rara juntos y puedo jurar que los tres hemos sentido una conexión que no habíamos experimentado antes. Al final, después de mirarnos unos segundos a unos ojos nublados por tanta ambrosía, soltamos unas cuantas frases de despedida incómodas y cada uno pone rumbo a su hogar.

Hay muchas cosas que me gustan de Manhattan —casi tantas como las que odio— y una de ellas es ver amanecer. Cuando el sol empieza a reflejarse en los azulejos de los edificios, pienso que todo es posible.

De camino a casa, paro en una tienda que está abierta las veinticuatro horas. Le pido al dependiente una bandeja de tacos. Ya tengo mi desayuno.

Entro en mi apartamento, cierro la puerta con el pie y me dirijo al microondas. Meto la bandeja dentro y aprovecho el par de minutos que he programado en el aparato para ir a mi habitación en busca de algo más cómodo que ponerme.

Elijo una sudadera vieja y unas mallas que tienen demasiados agujeros como para considerarlas ropa de calle y voy directa a disfrutar de mi cena-desayuno. Me he dicho a mí misma más de mil veces que tengo que aprender a comer mejor, pero supongo que después de todo lo que me he metido en el cuerpo en las últimas horas, lo que menos debe preocuparme es si como más grasas de las aconsejadas.

Enciendo la televisión mientras le doy un mordisco a uno de los tacos. En mi interior, grito de alegría porque compruebo que la carne no está pasada ni las verduras, podridas. En Nueva York es muy probable que pase tanto una cosa como la otra.

Empiezo a saltar canales, uno detrás de otro. La variedad de las emisiones un domingo a las seis de la mañana es para echarse a llorar.

Entonces, en un canal de noticias veinticuatro horas, algo llama mi atención: el río Hudson se ha secado.

El presentador, un señor que aparenta muchos menos años de los que tiene, informa de que no se saben las causas todavía, pero que es posible que se deba a que ha habido una fuga, «o algo por el estilo».

En serio, ¿dónde contratan a esta gente?

A veces pienso que este tipo de cosas ocurren solamente en Nueva York. Aquí la gente vive tan deprisa y de una manera tan ajetreada que es como si no vieran lo que sucede a su alrededor. El río Hudson se ha secado, pues perfecto. Cualquier día caerán albóndigas del cielo y no se nos ocurrirá otra cosa que grabarlo y hacer una película.

Nueva York —y sobre todo Manhattan— es así: las personas solo se preocupan por ellas mismas. No les digas que no pueden comprar ese bolso que está tan de moda o que no pueden ir al garito donde va a estar no-sé-quién, pero cuéntales que un maldito río inmenso se ha secado, que todo seguirá exactamente igual.

Y, por una parte, lo entiendo. Son las seis de la mañana de un domingo. La resaca está haciendo acto de presencia y eso que mis venas siguen llenas de ambrosía. Así que ahora mismo no es el mejor momento para pensar si los ríos se secan, si los rayos del sol queman la piel de la gente o si los lagartos han empezado a tener plumas.

A veces tengo la sensación de que el mundo es demasiado para mí.

Me termino los tacos y, después de lavarme los dientes, me meto en la cama que fabriqué con palés hace tiempo. Podría decir que lo hice porque estaba de moda y porque este estilo modernista sería la envidia de cualquier ligue que viniera a pasar la noche aquí; pero lo cierto es que fue por economía y comodidad. Economía, porque no tenía un duro cuando me vine a vivir aquí, y comodidad, porque que alguien me explique cómo subir un somier de matrimonio a un octavo piso sin la ayuda de nadie.

Ante todo, practicidad.

Vale, esto no es gran cosa. Pero tampoco puedo quejarme. Gracias a mi sueldo puedo permitirme el lujo de quedarme en Manhattan y eso es mucho decir. Lo normal sería que, con un sueldo medio de neoyorkina, tuviera que buscarme un piso en Queens o en Harlem, así que supongo que he tenido suerte en la vida.

Además, lo bueno de este apartamento es que tiene una azotea privada que me pertenece por vivir en el último piso. Una azotea en Nueva York... Nadie puede decir que no a eso.

Aunque también lo escogí por practicidad, de nuevo. Decidí mudarme aquí porque el piso quedaba muy cerca de donde vivían mis padres y de mi trabajo. Antes de que fallecieran en aquel terrible accidente de coche, me pasaba por su casa todos los días a ver qué tal estaban.

Mi madre siempre fue una persona con problemas, el tiempo que no pasaba metida en su estudio lo pasaba en consultas de psicólogos. Mi padre lo llevaba como podía, así que yo tampoco quería irme demasiado lejos.

Después de morir mis padres, supuse que podría cambiar de piso, hacer aquello que tenía planeado al principio y mudarme a un barrio más modesto donde sí que existen tiendas de comestibles para preparar en casa y no solo alimentos precocinados. Pero la pereza me pudo, o tal vez fue mi amor por el amanecer que se ve desde la azotea. Intento pensar siempre que se trató de lo segundo.

La adrenalina de anoche todavía recorre mis venas. Los oídos me pitan y el cerebro me late al ritmo de la música que ya he dejado de escuchar hace un buen rato. Me miro el brazo y la venda que lo recubre. La levanto un poco, quiero ver los colores relucientes de mi nueva cicatriz de guerra.

Me digo a mí misma que ese va a ser el recuerdo de una noche —casi— perfecta. Ojalá estas noches fueran infinitas, ojalá no tuviera que esperar a que otro sábado llegue para volver a sentir lo que ahora mismo siento en lo más profundo de mi ser.

Ojalá este momento fuera eterno.

3

Le encantaba notar la brisa en su piel. Era una de las mejores sensaciones del mundo.

Miraba a su alrededor y sabía que la gente estaba perdiendo el juicio, que era imposible que aquello estuviera pasando. A veces le entraban ganas de gritar, de salir corriendo y contarle a todo el mundo lo que él sabía, lo que él había averiguado durante ese tiempo.

Al principio pensó que era algo irreal, que era muy improbable que su teoría fuera acertada, pero, poco a poco, se fue dando cuenta de que sí, de que él tenía razón.

Sin embargo, sabía que, si lo hacía, si salía corriendo y gritaba a los cuatro vientos la verdad, acabaría muerto.

O algo mucho peor.

Así que había decidido vivir, sin más. Tranquilo y contento.

Estar allí, en el Dumbo de Brooklyn, lo ayudaba en gran medida. Era su rincón favorito de Nueva York. Lo había descubierto un día lluvioso de septiembre, cuando paseaba por ese barrio que tan alejado estaba de Queens, su hogar. Había pasado por allí un millón de veces desde que era bien pequeño, pero no fue hasta ese día que comprendió que aquel era su refugio.

Recordaba a la perfección que llovía a mares después de que las nubes hubieran retenido toda el agua durante meses. Los neoyorquinos ya rezaban y suplicaban al cielo para que cayera una buena tromba, pero parecía que las nubes estaban bien con la huelga que habían declarado. Y, si había algo asqueroso en la vida, eso era la atmósfera recargada de contaminación que sobrevolaba Nueva York después de mucho tiempo sin llover.

Aquel día había salido sin paraguas. No había revisado la previsión meteorológica porque a él lo de las nuevas tecnologías no le iba demasiado. Ni siquiera tenía televisión en casa. Claro que, una vez que todo ocurrió, tuvo que comprarse una para saber cómo avanzaba.

Empezó a llover con intensidad y él pudo notar en su piel que las primeras gotas eran casi abrasivas. Después de estar tanto tiempo sin caer ni una sola gota, la atmósfera se enrarecía y se cargaba de porquería. Y aquella porquería, aquella basura que componía el cielo de la Gran Manzana, acababa en el suelo de la ciudad en cuanto empezaba a llover. Así que él, que ya se sabía la canción de memoria, se metió en el primer tugurio que encontró para no acabar con quemaduras de primer grado a causa de la lluvia ácida.

Cuando se quitó el agua de los ojos, que le resbalaba por el flequillo y empapaba todo a su paso, se dio cuenta de que estaba en una pizzería. Estaba vacía, pues los turistas siempre iban al típico local de enfrente en el que, supuestamente, comía todos los días Frank Sinatra.

Él siempre se había reído de los turistas. Esos ilusos que se creían todo lo que les contaban. Que hacían colas interminables para subir al Empire cuando lo bonito era subir al Rockefeller. Aquellos que iban en el metro con cara de atontados mirando mapas que ni ellos mismos entendían. Que se dejaban seducir por un puesto de perritos calientes, porque era una cosa supertípica y, en realidad, no sabían que no debían comer aquella mierda, pues había un ochenta por ciento de posibilidades de que se quedaran todas sus vacaciones metidos en el baño del hotel dándose de cabezazos contra las baldosas por no haber sido más previsores.

Y no había un solo turista que no fuera al Dumbo y acabara metido en esa pizzería, cuya cola se podía intuir desde Manhattan.

Mira que eran estúpidos, los turistas; aunque, en el fondo, los echaba de menos. Nueva York sin ellos no era lo mismo.

Él tuvo suerte aquel día, que con tanto cariño recordaba, porque acabó metido en un antro vacío cuyo olor hizo que sus tripas se removieran con alegría. No había notado el hambre que tenía hasta ese momento. Sumergió la mano en su bolsillo y vio unos cuantos billetes de un dólar. No era mucho, pero estaba seguro de que le llegaría, al menos, para una porción.

Se acercó a la barra y un chico moreno se apresuró a atenderlo. Era latino, de eso no cabía duda. Tal vez mexicano, o ecuatoriano. No los distinguía muy bien. Sin embargo, se sintió valiente y quiso practicar por una vez el español, así que decidió probar suerte y esperó no hacer el ridículo. Cuando el camarero le contestó a su: «Buenos días», suspiró de alivio. Un alivio tonto y sin sentido, porque no habría pasado nada si el tipo le hubiera respondido en inglés. Después sintió alegría, pues era el momento perfecto para ensayar lo que había aprendido en su época de universitario, aunque todavía le daba mucha vergüenza hablar en español con otras personas. Mantuvieron una breve charla de cortesía en la que incluyeron varias preguntas sin ningún interés para alguna de las partes. Pudo averiguar entonces que el chico era de Veracruz, México, y se dijo a sí mismo que debía prestar más atención a su alrededor y no ser tan imbécil como para no distinguir a un mexicano de un ecuatoriano.

Se sentó en una mesa que estaba pegada a un gran ventanal. No se veía el puente de Brooklyn entero, pero se intuía un trozo.

Siempre le había impresionado muchísimo ese armatoste metálico que se podía ver desde cualquier punta del río Hudson; sin embargo, nunca le había parecido tan bonito como en esos instantes.

Con un gran trozo de *pizza* de aceitunas y anchoas a modo de compañía, la lluvia golpeando con fuerza contra el cristal, la calle desierta y el *B Boy Baby*, de Mutya Buena de fondo, nada podía ser más perfecto.

Y, a pesar de todo aquello, lo que más le gustó fue que nadie lo estuviera juzgando por pedirse esa *pizza* de aceitunas y anchoas, ni por disfrutar tanto de una canción cantada por una señora que tenía un *piercing* en la zona del bigote. Se sintió feliz.

Pero, en esos momentos, ya lejos de sus recuerdos, no había *pizza*, ni música, ni mexicano. La pizzería había cerrado hacía tiempo y eso había fastidiado para siempre su rincón favorito. Aun así, él solía pasearse por el Dumbo de vez en cuando. Prefería tumbarse en la hierba y hacer caso omiso a los bancos que el Ayuntamiento había dispuesto para que la gente pudiera disfrutar de una de las vistas más famosas de Nueva York. Se dijo a sí mismo que no era igual que estar degustando una deliciosa *pizza* de aceitunas y anchoas, pero que podía ser mucho peor.

La brisa le acariciaba los brazos. Las nubes estaban estancas en el cielo y se podían distinguir ciertas formas en ellas. Juraría que una tenía forma de *pizza*.

Su estómago rugió y supo que era la hora de levantarse y hacer algo útil con su vida.

Ya tendría tiempo de divagar en sus recuerdos en otro momento.

4

Incluso antes de ser consciente de que estoy despierta, ya presiento que la resaca de hoy va a ser de las que se quedan anotadas en el calendario como «Primer día sin beber». La cabeza me arde, como si mi cerebro estuviera siendo consumido por las llamas.

Me levanto como puedo y voy directa a la cocina. Me bebo un vaso de agua en el que podría ahogarme ahora mismo. Busco en el armario y encuentro un bote de pastillas para el dolor de cabeza. Me tomo dos del tirón.

Saco un par de gofres de la nevera, los meto en el microondas y me preparo un café. Cómo lo necesito.

Entonces veo que algo recubre mi brazo izquierdo: una venda. Me asusto al instante. Mierda, mierda, mierda. Qué narices hice anoche.

La levanto un poco y me encuentro con un tatuaje. ¡Un maldito tatuaje! Seré imbécil, la fiesta de ayer se me debió ir de la manos y acabaría metida en un estudio de tatuajes. Si es que no tengo control, me lo he dicho mil veces, debo dejar esas tonterías. Esto ya es pasarse de la raya.

Todos los domingos me ocurre lo mismo. Me juro que tengo que cambiar, que no puedo seguir así, que, cuando menos me lo espere, voy a perderlo todo. Cualquier día me planto en el trabajo puesta de ambrosía hasta las cejas y adiós curro, adiós casa y adiós vida.

Me regaño a mí misma como solamente yo sé hacer y me dirijo al baño. El café y los gofres pueden esperar un poco; necesito desprenderme de esta sensación de suciedad que me invade y que me está atormentando.

Me quito la camiseta de tirantes que hace de pijama y me meto en la ducha. Entonces reparo en la venda que recubre mi brazo. ¿Qué se supone que debo hacer? Jamás me he hecho un tatuaje y no sé si puedo mojarlo o no. Mi instinto me dice que si tiene una venda será por algo, por lo que saco el brazo de la ducha, alejado de cualquier gota que le pueda caer encima. No es fácil enjabonarse con una sola mano y tampoco es fácil aguantar con la otra en esa posición. Se me empiezan a cansar los brazos y mi plan de quedarme debajo del agua durante veinte minutos se ve frustrado.

Así que lo hago todo lo más rápido que puedo y salgo de la ducha chorreando y empapando el suelo del baño. Esto me pasa por no haber comprado en su día una alfombra de esas que muestran las revistas de decoración para no ponerlo todo perdido cada vez que me ducho. Tampoco sería mala idea hacerme con una bolsa de plástico para envolverme el brazo y que el desastre de hoy no vuelva a ocurrir jamás.

Cuando me siento en la mesa de la cocina, los gofres siguen humeando. Así de rápida ha sido mi ducha. Le pego un buen trago al café y no suprimo el gesto de asco que pongo ante su amargura. Normalmente, le echo un par de cucharadas de azúcar, pero me da a mí que bastante mierda me metí ayer en el cuerpo como para encima tomar ese veneno en forma de purpurina. ¿Los gofres? No cuentan. Al menos, me resisto para no echarles por encima sirope de chocolate y nata montada. Tengo que controlarme.

Cojo el mando de la tele con la intención de encenderla, pero, justo cuando le voy a dar al botón rojo, lo vuelvo a posar en la mesa. Lo último que necesito ahora mismo son malas noticias. Estoy segura de que serán lo único que saldrá en pantalla si me decanto por encenderla. No porque yo sea adivina ni nada de eso, sino porque es lo que hay cuando uno se quiere poner al día: desgracias.

Me levanto la venda con cuidado, me apetece ver con detenimiento qué gilipollez decidí cometer anoche: un torbellino de colores que sale de una caja dorada. Bueno, no está mal, podría haber sido muchísimo peor. Una calavera o un «Amor de madre». Lo que me faltaba. La piel está muy tierna, por calificarla de alguna manera, y no sé si eso es bueno o malo. Supongo que quien me hizo esto me tuvo que dar algún tipo de consejo para que no se me infectara. Si es que los tatuajes se infectan. Pero no recuerdo absolutamente nada.

Debería ir al estudio donde me lo hicieron —por favor, que haya sido en un estudio y no en un callejón— para que me den explicaciones. Creo que es ilegal tatuar a una persona que no está en plenas facultades. Aunque eso, por otra parte, me consuela que no se respete, porque así puedo comprender los tatuajes tan horribles que tiene la gente y que encima luce con orgullo.

Me acerco a la habitación y busco la ropa que llevaba anoche. Quizás me dieron alguna tarjeta en la que venga la dirección del local o algo que me dé pistas sobre dónde encontrar a quienquiera que me haya hecho esto. En el bolsillo encuentro una caja; la saco y veo que es una pomada. No hay rastro de tarjetas, pero me alivia saber que, al menos, mi yo del pasado se preocupó por curar el tatuaje.

Me embadurno el brazo con la crema y, cuando mi piel ya la ha absorbido, decido echarme otra capa encima. Por si acaso. Aunque, con todo el alcohol que ingerí anoche, las bacterias y microorganismos de mi cuerpo tuvieron que hacer un gran esfuerzo por sobrevivir. Tanto los buenos como los malos.

Me dan ganas de tumbarme en el sofá y quedarme ahí todo el día, pero me digo a mí misma que es domingo, último día de la semana, y, por lo tanto, último día de descanso. Así que debo aprovecharlo como sea, porque si no después voy a estar toda la semana tirándome de los pelos por no haber hecho nada decente con mi vida durante el fin de semana.

Me pongo mi ropa de deporte, cojo las llaves y el iPod, y salgo a correr.

Nunca he sido muy deportista, la verdad, pero de un tiempo a esta parte noto que me ayuda. No es tanto porque ahora me sienta un poco mejor cada vez que aguanto un minuto más que el día anterior, o porque ya no me quiero morir cada vez que subo las escaleras que me separan del octavo piso. Es algo más relacionado con la autoestima, con el proponerme una cosa y hacerla, el cumplir un objetivo que conlleva un sacrificio. Es una forma de convencerme de que puedo hacer lo que sea.

Menos dejar la ambrosía, claro.

Mientras bajo los escalones de forma automática, busco en el iPod alguna canción adecuada para este momento. Me cuesta decidirme, pues quiero una enérgica y que me motive, pero que no me rompa los tímpanos ni me dé ganas de arrancarme el cerebro por la resaca que me está matando. Al final, escojo *Gold on the Ceiling,* de The Black Keys, y me dispongo a correr.

Aquí, en Nueva York, la gente que quiere hacer deporte acaba yendo a Central Park. Al principio iba allí, como una pardilla. Me compré unas mallas y unas zapatillas de deporte en una tienda especializada y me preparé para lucir mi atuendo en el pulmón de Manhattan. Pero pronto supe que mi camiseta de publicidad de Taco Bell no era lo suficientemente moderna para la gente que ya había llenado las zonas verdes. Me di cuenta por la manera en que me miraban las mujeres, de arriba abajo, en un gesto juzgador y clasista. También me lo dijo la forma de mirar de aquellos hombres que se compadecían de mí cuando me veían sudar. Yo pensaba que todo el mundo sudaba al practicar ejercicio, aunque parece ser que no es así.

Aguanté tres días el ir a correr a Central Park. Después descubrí que hay otras zonas de Nueva York donde se puede hacer deporte sin que la gente te juzgue y donde no es necesario gastarse cien dólares en una camiseta para que nadie te mire mal. Mi sitio favorito es el High Line, una vieja vía de tren que está en desuso desde hace muchos años y que se ha convertido en una zona de ocio. O, al menos, eso es lo que se respira cuando uno pasea por las vías y ve la cantidad de bancos y de puestos que hay por todas partes.

Me dirijo hacia allí y lo hago corriendo a buen ritmo. Las zapatillas golpean el suelo sin piedad al ritmo de la voz de Dan Auerbach. Mi cabeza retumba ante tanto traqueteo, lo que me hace dudar de si ha sido una buena idea salir a correr. Hace fresco, pero no quería ponerme una sudadera que pudiera rozar el tatuaje. No sé si eso influye en algo o no, ni siquiera sé si es bueno hacer deporte después de haber sometido mi piel a esto, y no conozco a nadie que sepa la respuesta.

Podría haberlo mirado en el móvil, en uno de los miles de blogs que hablan del tema, sin embargo, no he caído en ello y ahora es demasiado tarde, porque me lo he dejado en casa y mi iPod es de los primeros que salieron, de los que no tienen conexión.

Quizás una buena opción sería buscar los estudios de tatuajes cercanos al Heart Attack. No estoy segura de haber pasado la noche allí, pero todos los sábados acabo metida en ese antro, así que lo más probable es que este tatuaje me lo hayan hecho en algún local cercano a la discoteca. No obstante, ahora que lo pienso, hay decenas de ellos por esa zona y perdería todo el domingo yendo de local en local para descubrir quién es el desalmado que tatúa a una chica sin capacidad para dar su consentimiento.

Paro de golpe y el chico que corría detrás de mí casi se choca contra mi espalda.

Mierda.

Si no tenía capacidad para decir que no a un tatuaje…, ¿qué más cosas hice anoche?

Oh, no, no puede ser. No, no, no. No es posible.

En un acto reflejo, me llevo una mano a la entrepierna. Una señora que pasea con su caniche me mira con un gesto que transmite de todo menos simpatía.

Si hubiera hecho algo me acordaría, ¿no? Al menos, sentiría algo.

Intento hacer memoria, aunque no consigo recordar nada, así que me doy la vuelta y corro para llegar a mi casa cuanto antes. En mis oídos suena la voz de Bono cantando *You're the best thing about me*. No es que me guste demasiado U2, y tengo que reconocer que él me cae como una patada en el culo, pero ese disco en concreto me tiene enganchada.

Avanzo todo lo deprisa que puedo, sin preocuparme por la respiración ni por parecer una loca que atraviesa de esa forma las calles de Manhattan. Al menos, y eso me consuela, no corro como Phoebe, mi personaje favorito de *Friends*, aunque admito que correr como ella es una de las cosas más terapéuticas que existe en el mundo.

Llego a mi portal y subo de dos en dos las escaleras. Sé que esto me pasará factura tarde o temprano y que es probable que mañana no pueda ni moverme, pero me da igual porque tengo que cerciorarme de una cosa.

Cuando entro en casa voy derecha al cuarto de baño. Busco en el cubo de la ropa sucia y ahí las veo: las braguitas que llevaba anoche. Las estiro ante mí para asegurarme de que no están sucias, que está todo en orden. Y suspiro de alivio mientras me siento en el suelo al comprobar que no hay nada extraño en ellas.

—Mierda, Cora, no puedes ser así —me regaño en voz alta.

La verdad es que, de haber pasado, no habría sido la primera vez. Y eso es lo peor de todo. Aunque supongo que bastantes emociones fuertes tuve ayer tatuándome por primera vez en mi vida. Suficiente marcha.

Me meto en la ducha sin pensármelo y me siento en el suelo para disfrutar de las gotas que caen por encima de mi cabeza. Todavía tengo la respiración agitada y los músculos me queman como si les hubieran prendido fuego desde dentro. He dejado el brazo tatuado fuera de la cortina, pero no pongo tanto empeño en que no se me moje como hace un rato. Me enjabono la cabeza —otra vez— y me froto las sienes como si me fuera la vida en ello. No me doy cuenta de la fuerza que estoy ejerciendo hasta que empieza a dolerme la cabeza de verdad.

Paro de golpe y trato de relajarme centrándome en el agua caer por mi pelo. Me miro las puntas abiertas por culpa del tinte barato y, sin querer, empiezo a llorar. Las lágrimas se confunden con el agua y se llevan todo el agobio que siento en mi interior. Sé perfectamente por qué estoy así, y no es por la maldita resaca que todavía hace que mis células estén atontadas. Es porque sé que tengo que cambiar de vida y no sé cómo hacerlo. Todos los sábados, todos los malditos sábados acabo metida en cualquier antro de mala muerte para dejarme allí el dinero y la vida.

Lloro, porque en eso se ha convertido mi existencia: en trabajar y emborracharme. Para eso existo. Para eso he invertido tantos años en formarme, para acabar trabajando en algo monótono que me aburre y para gastarme lo que gano en ambrosía.

Tengo veinticinco años y jamás me he exigido nada a mí misma. Nada que me supusiera un reto, que me hiciera pensar y convertirme en la persona que quería ser de pequeña.

Yo quería ser fotógrafa. Lo tenía clarísimo. Pero hace tiempo que guardé todas las fotos que hice con la cámara que me regalaron mis padres al cumplir los dieciséis años. Las escondí en una caja para no verlas nunca, porque no soy lo suficientemente fuerte para perseguir mis sueños. En vez de eso, colgué la cámara y me metí a estudiar informática, la carrera que estaba de moda entonces. No me faltaría trabajo y podría volver a la fotografía en cualquier otro momento de mi vida. Sin embargo, ese momento cada vez está más y más lejos.

Porque soy una inútil y una inmadura que solo piensa en cavar su propia tumba aun teniendo veinticinco años.

Estoy empezando a sollozar cuando me doy cuenta de que el agua cada vez es más escasa. Me levanto y me aclaro como puedo con las pocas gotas que caen de la alcachofa. Antes de lo que esperaba, el grifo se seca de repente. Lo cojo y lo zarandeo un poco. Solo obtengo por respuesta un par de gotas que se habían quedado, perezosas, en uno de los conductos.

Maravilloso. Ahora no tengo agua.

Salgo de la ducha y me pongo el albornoz. Me dirijo a la mesa del salón, donde descansa el portátil y una bandeja que compré con la intención de que mis papeles estuvieran ordenados, pero que ve cómo cada carta que llega se posa encima de ella formando una montaña, casi siempre sin ser leída.

Tiro todos los papeles encima de la mesa y busco una carta en concreto, tiene que estar por aquí. Por fin la encuentro: la factura del agua. Saco el papel de dentro del sobre y veo un sello gigante del banco que indica que está pagada.

Suspiro de alivio, porque eso significa que no me han cortado el suministro de agua. Supongo que habrá alguna avería en el edificio y habrán tenido que cortarla en todo el bloque para que no haya fugas. O eso me digo mientras me dirijo a la nevera; no me vendría mal desayunar otra vez. Pero, ahora que lo recuerdo, no me suena haber visto ningún cartel colgado en el portal, ningún aviso.

Salgo de casa con la intención de encontrar una solución a esta situación, tan apresurada que me olvido de que voy en albornoz. Llamo a la puerta de mi vecino, el señor Johnson, un viejo amargado que huele a colillas rancias y a matarratas. A los pocos segundos, abre la puerta y me sorprende lo rápido que ha llegado desde donde quiera que estuviera. Eso, o es que estaba pegado a la mirilla cuando yo he llegado.

—¿Qué quieres? —me pregunta. Y más que una pregunta parece una orden.

—Hola, señor Johnson. ¿Sabe usted si hay alguna avería en el edificio? Estaba duchándome y… —Me paro en seco al ver cómo el viejo me examina de arriba abajo. Cojo las solapas del albornoz y me tapo con ellas todo lo que puedo—. De repente, se ha cortado el agua.

—No sé de qué me hablas —dice sin quitar los ojos de mis tetas. Un escalofrío me recorre la espina dorsal.

—Me preguntaba si usted sabría si están arreglando algo en el edificio y han cortado el agua por eso —insisto.

Él me sigue mirando sin pestañear y compongo un gesto de asco acompañado por un gruñido demasiado audible. El señor Johnson levanta por fin la vista y me mira a la cara. Lo único que veo entonces es una mueca de incredulidad seguida de un portazo en mis narices.

Será imbécil.

Me vuelvo a mi casa y sigo con lo que estaba haciendo. Solo que, en vez de coger un plátano como tenía pensado, abro una lata de alubias y me la como a cucharadas.

A la mierda.

5

Siento unas ganas horribles de tirarme por la ventana cuando el despertador suena. Todavía tengo un leve dolor de cabeza que no es lo suficientemente fuerte como para llamar a mi jefe y decirle que no me verá el pelo hasta mañana, pero sí lo bastante molesto como para estar taladrándome la cabeza todo el día.

Y eso siempre me pone de muy mal humor.

Después de remolonear más de lo necesario, me deslizo por la cama como puedo mientras lucho contra las ganas de volver a ella y de abrazarme a la almohada durante media hora más, aunque eso signifique tener que ir después a la carrera.

Venzo a los fantasmas que me quieren atrapar y me meto en la ducha sin pensármelo. Cuando abro el grifo y no cae una sola gota me pongo furiosa. Se me había olvidado lo de la avería por completo, sin embargo, no tengo tiempo para pensar demasiado en ello, ya llego tarde al trabajo. Tengo ganas de pegarle un puñetazo al espejo, pero, en vez de eso, me visto con la poca dignidad que queda dentro de mí y me voy dando un portazo.

Cuando salgo al rellano escucho la puerta contigua cerrándose de golpe.

—¡Buenos días, *Don Rarito*! —grito bien alto para que el señor Johnson me escuche. Dios, qué amargura de día.

Me coloco bien la mochila, en la que llevo mis cosas básicas para sobrevivir un día en Nueva York: el móvil, una barrita energética, una botella de agua y un bote de desinfectante tamaño industrial que uso de manera compulsiva.

Le quito el candado a la bici, que descansa en un cuarto que los vecinos hemos preparado de manera exclusiva para ellas. No es que sea muy seguro dejar durmiendo nuestras bicis en las calles de Manhattan. Y a mí no es que me importe demasiado que se la lleven, la compré por un puñado de dólares en una subasta donde se vendían todas las pertenencias de un tipo que murió, pero lo cierto es que agradezco no encontrarme el manillar helado cada mañana.

Manhattan en noviembre es frío, muy frío. Todavía estamos en otoño, pero los pocos grados que hay ahora mismo me hacen pensar que bien podríamos estar ya en pleno invierno. Eso se debe a que los arquitectos que diseñaron esta ciudad no pensaron que construir calles interminables haría que el viento corriera por ellas como si lo estuviera empujando una fuerza invisible. Además, por si fuera poco, he decidido ponerme la chaqueta de cuero cuando debería haber optado por el abrigo. El catarro que coja se encargará de recordarme esta mala decisión.

Me dirijo al trabajo y tomo todos los atajos que conozco. Como no me ha dado tiempo a ducharme en casa, espero poder hacerlo en los vestuarios de la oficina. Lo bueno de que sea tan temprano es que el edificio estará completamente vacío, así que tendré toda la intimidad que necesito.

Después de veinte minutos dándole a los pedales, llego al trabajo. Como esperaba, soy la primera en aparecer por allí. Es un edificio grande y gris, típico de Manhattan. Se encuentra en el Distrito Financiero y llama la atención porque las cristaleras, que algún día lucieron limpias y brillantes, ahora están cubiertas por una capa de roña tan gruesa que nadie diría que dentro hay gente trabajando. La verdad es que no conocía esta zona antes de que se hiciera el One World Trade Center, ese coloso que se construyó como forma de decir que los neoyorquinos no nos íbamos a arrugar después del atentado del 11-S, y ahora mismo es de los sitios más bonitos de Nueva York. Cuidaron mucho su estética, incluso contrataron a Calatrava para que diseñara un centro comercial escandaloso y que nada tiene que ver con lo que es esta ciudad. Algunos piensan que el Oculus es horrible, pero a mí me gusta. Aunque espero que no empiece a caerse a cachos.

Subo las escaleras que llevan a mi planta, no sin antes pasar mi tarjeta por el lector. La silla de Adam está vacía, lo que me hace imaginar que todavía no ha llegado. Adam es el secretario, que hace las veces de chico de los recados. No tiene ni idea de preparar café, pero es muy bueno cogiendo las llamadas y calmando a la población enfurecida que cree que por llamar a un ente público puede perder la poca educación que le queda.

Suelto un suspiro de alivio cuando abro el grifo de la ducha y sale un chorro enorme de agua. Saco la toalla que he metido en la mochila y me dispongo a darme la ducha más reparadora de mi vida.

Ya como nueva, me siento frente a mi escritorio. Me he secado el pelo como he podido debajo del secador de manos, pero todavía lo noto húmedo y eso me provoca escalofríos de vez en cuando. Sin embargo, tengo que empezar la jornada, así que me olvido de todas las excusas y cojo la carpeta en la que mi jefe anota cada noche lo que debo hacer al día siguiente.

Mientras leo los informes, enciendo el ordenador, un potente cacharro de tres pantallas con un sistema infalible que hace que jamás se quede colgado.

Mi tarea consiste en elaborar y mantener un programa exclusivo. Tuve que pasar muchas entrevistas hasta que conseguí este trabajo y uno de los puntos que me dejaron bien claros al entrar fue que no podía hacer preguntas. Teclear sería mi única labor. Nada de cuestionarse las operaciones y nada de cuestionar las órdenes dadas desde arriba. Por lo que todos los días acabo haciendo lo mismo: abro la carpeta, veo qué tengo que hacer, lo hago y me voy a mi casa.

Hoy me toca *hackear* ciertas informaciones que existen en *hardwares* ajenos. Está especificado qué material es el que debo modificar y cuál es el que debo dejar intacto. Sé que tengo prohibido cuestionarme nada sobre este trabajo, pero la verdad es que manipular vídeos de los ordenadores y los móviles de otras personas no sé si es muy ético. Quiero decir, ¿qué le importará al Gobierno que elimine el vídeo de un hombre comprando en el súper? ¿Es que es de importancia nacional borrar una secuencia en la que se ve a una niña en su clase de Historia?

Por eso, el mejor consejo que me pudo dar mi compañera de oficina, Tracy Williams, fue el de ver, oír y callar. Ella me dijo que esa enseñanza de Confucio sería lo único que me mantendría cuerda aquí dentro y yo, en ese momento, no pude evitar pensar que toda la vida había creído que esa frase la había dicho Sócrates.

Sea como sea, eso es lo único que funciona en este trabajo. Obedecer y a casa. Ese es el motivo por el cual los vídeos que me toca *hackear* vienen sin sonido, para no entrometerme demasiado. Aunque tenemos la posibilidad de usar los auriculares si nos puede la curiosidad y deseamos saber lo que está pasando.

Admito que yo lo hice una vez, lo de ponerme los auriculares. Y creo que nunca lo volveré a hacer. Es una estupidez, de nada me sirve enterarme de las conversaciones que voy a borrar. Si sirven para algo, es solo para no dejarme dormir, así que muchas veces ni veo los vídeos. Abro la carpeta, programo y desprogramo y me olvido. Ver, oír y callar.

—¿Qué tal ha ido el finde?

Tracy acaba de entrar por la puerta. La miro de arriba abajo sin importar que se note que la estoy juzgando. Su falda de cuadros verdes, sus medias a juego, sus manoletinas marrones y su jersey de punto color *camel* me lo impiden. Por si fuera poco, hoy ha intentado recogerse el pelo rizado en un par de trenzas que amenazan con reventar.

—No ha ido mal. Mejor que el tuyo, parece ser.

—¿Por qué dices eso? —pregunta mientras se sienta y deja su bandolera de cuero a un lado de la silla. Aprovecha para quitarse las gafas y limpiarlas con su jersey, pues ya se le estaban empañando por el cambio de temperatura al entrar de la calle. Es de esa clase de personas que tiene el valor de llevar unas gafas con montura amarilla. Ella siempre dice que le encanta cómo quedan con su piel oscura.

—Pues… —La miro de arriba abajo de nuevo, a ver si así se da por aludida—. Ya lo hemos hablado mil veces, Tracy, no puedes venir así al trabajo. Debes quererte un poco más.

Llevamos tanto tiempo siendo compañeras que tenemos toda la confianza del mundo. Yo la tengo para decirle que sus atuendos me parecen horribles y ella la tiene para pasar de mí olímpicamente. Aun así, no sé si podría considerarla mi amiga. Nos caemos bien, pero durante las horas de trabajo. Cuando cruzamos la puerta que da a la calle, es como si no existiéramos la una para la otra. Jamás hemos salido por ahí juntas ni nos hemos mensajeado para ver qué tal nos va la tarde.

—Al menos, yo no vengo medio desnuda.

Dirijo mi vista hacia donde apunta su dedo: ha colgado en el perchero un enorme abrigo marrón con cuadros por todas partes.

—Dios mío, Tracy, eso parece sacado del armario de mi abuela.

—Sí, pero me protege del frío. No como la chaquetilla esa de cuero que traes. Que será muy bonita, pero no es nada práctica.

—Eso lo dirás tú. Abriga muchísimo —replico con orgullo.

—Todavía tienes los labios morados —dice poniendo los ojos en blanco.

Las dos nos reímos porque sabemos que es cierto.

—Entonces, ¿cómo ha ido el fin de semana?

Me está mirando a los ojos y sé que es porque mis ojeras no han desaparecido. Esta mañana no me he maquillado, así que me imagino que parezco un oso panda y eso dice más de lo que pretendo ocultar.

—Bueno, quitando este pequeño detalle, todo lo demás perfecto —concluyo mientras me remango el jersey burdeos.

Tracy emite un grito ahogado cuando ve la venda que recubre mi antebrazo.

—Pero ¿qué…? ¿Qué demonios has hecho?

—¡No, no es lo que parece! —grito cuando caigo en que ella ha interpretado que las vendas esconden unos cortes que no existen—. ¡Es un tatuaje! Por favor, Tracy, sería incapaz, ya lo sabes.

—Ay, no sé, chica, una nunca termina de conocer bien al que tiene al lado. —Se pone roja como un tomate al darse cuenta de lo desacertada que ha sido su primera impresión—. Venga, ¿a qué esperas? Enséñamelo.

Y, a pesar de que me encantaría llevarla un día de compras para que renovara su armario y me moriría del gusto al poder peinar esos rizos como se merecen, sonrío y empiezo a quitarme la venda. En ese momento, pienso que, en realidad, Tracy es lo más parecido a una amiga que he tenido jamás, aunque nuestra relación se limite a las horas de trabajo. Quizás deberíamos hacer algo para que eso cambie.

—¿Lo has diseñado tú? Me encanta la historia de Pandora —dice mientras alarga una mano para acariciarme la piel. Menos mal que tengo buenos reflejos y la puedo apartar antes de que sus manos me alcancen.

—¡Que no se puede tocar! —grito—. La verdad es que no, no lo he diseñado yo.

No había caído en que el dibujo representa la famosa caja de Pandora, pero eso es algo que nunca le confesaré a Tracy. Vuelvo a poner la venda en su sitio y noto cómo su mirada se clava en mi cogote. Ya sé lo que está pensando.

—Y si no has sido tú, ¿quién lo ha hecho?

—Un tío.

—Un tío —repite—. Ya veo.

—¿Qué es lo que ves? —pregunto, a la defensiva.

—¿Alguien que conociste el sábado? ¿Acaso te acuerdas de él?

No hay forma de engañar a Tracy. Pasamos demasiadas horas juntas en el trabajo y me conoce muy bien; tanto que sabe a la perfección lo que supone para mí una noche de fiesta. Al principio, traté de ocultárselo, sin embargo, un día llegué un poco borracha y ella me cubrió. Casi nunca viene nuestro supervisor por aquí, pero ese día vino y, de no haber sido por ella, ahora mismo estaría viviendo debajo de un puente y rogando en todas las cadenas de comida rápida por un trabajo de media jornada. Así que no me quedó más remedio que contárselo todo.

En ese momento, se me pasó la borrachera de golpe. Jamás había sentido tanta vergüenza y es que la cara que puso Tracy cuando salió nuestro jefe es algo que no se borrará de mi cabeza por mucho tiempo que pase. Recuerdo que me gritó y que quiso llevarme a la fuerza a la cafetería para que tomara un café con sal. Vale, eso, en parte, fue lo que me obligó a espabilarme, del asco repentino que me entró.

Intenté excusarme, decirle que había sido solo un despiste, que el fin de semana y la fiesta se me habían ido de las manos, que hacía muchísimo tiempo que no salía. Incluso pensé en decirle que alguien me había echado algo en la bebida.

Sin embargo, en ese instante, supe que todas esas excusas baratas no funcionarían con Tracy.

A primera vista, puede parecer una mojigata. La gente suele juzgarla de manera incorrecta cuando ve la ropa que usa, y también cuando abre la boca, porque casi siempre lo hace para hablar de su perro, un pomerania horroroso que parece más un pompón andante que un chucho. Y eso hace que la gente crea lo que no es, que es una niña tonta que todavía vive con mamá y papá, que no sabe lo que es el mundo real, porque vive en su universo de princesas y príncipes.

Y lo mejor de todo es que Tracy sabe que la gente la juzga de esa manera.

Y le da igual.

Porque precisamente ella es así para que el mundo no le duela tanto. Porque sabe muy bien lo que es sufrir y lo que es luchar. Y quizás no pueda entrar en el garito de moda un sábado por la noche, pues no tiene más ropa que la que se pondría su abuela, pero a ella le da lo mismo. Porque tiene un cerebro que se lo rifan en todas las empresas de Nueva York. Todos quieren a Tracy Williams, esa que es capaz de programar con los ojos cerrados y en menos de dos segundos. Además, para lo puritana que parece, tiene menos escrúpulos de los que aparenta: no cuestiona absolutamente nada de lo que le ordenan. Eso lo he comprendido después de mucho observarla. Mientras trabaja, es un robot, una máquina que tiene clarísimo lo que debe hacer y cuándo lo debe hacer.

Así que sí, se puede decir que es una tía increíble.

—Cuéntamelo todo —dice mientras se acomoda en la silla. Y supongo que es ese gesto que pone de niña buena o de maruja de Little Italy lo que me hace contarle con pelos y señales lo que ocurrió la noche del sábado.

Al final, las dos casi acabamos llorando de la risa, cosa inevitable, visto lo visto. Al menos, nos queda el consuelo de tenernos la una a la otra en este trabajo. Y damos gracias, porque así la monotonía y la rutina se hacen mucho más llevaderas.

Mi jornada pasa rápido entre *hackeo* y *hackeo*, y cuando me quiero dar cuenta es la hora de irse.

Iba a marcharme sin más, pero entonces pienso que es posible que el suministro de agua siga cortado, así que doy media vuelta y me dirijo a los vestuarios. Me doy una ducha rápida y rezo para que el abastecimiento haya vuelto cuando llegue a casa.

Una vez limpia y fresca como una rosa, voy hacia la puerta principal; pero antes me meto en el *desrutinizador*. Es una máquina que inventó un tipo de Silicon Valley con la finalidad de hacer que las empresas pijas lo fueran todavía con más motivos. Se lleva usando unos cuantos años y el Gobierno de Nueva York lo implantó hace un par en todas sus oficinas.

Consiste en una especie de cubículo de metal donde uno se tiene que introducir al terminar su jornada laboral. Una vez dentro, un montón de luces giran en círculos a la vez que una brisa suave te acaricia todo el cuerpo. Incluso tiene aromaterapia, y cada día nos ofrecen una fragancia distinta. Hoy toca de ciruela con canela. Mientras noto cómo mi pelo se revuelve gracias al aire, pienso que voy a estar todo el día oliendo a tarta. Aunque no me importa, porque la sensación que empieza a recorrer mi cuerpo es tan placentera que me olvido de todo enseguida.

Y esa es su finalidad: hacernos olvidar.

Al principio, me pareció una tontería. ¿Quién necesita olvidar su trabajo? Sin embargo, cuando lo usé por primera vez todas esas dudas se disiparon de mi mente.

Salir de trabajar y no volver a pensar en ello durante todo el día es una de las mayores ventajas que tiene ser parte de esta plantilla. Es posible que mucha gente no lo necesite, porque tenga una capacidad de abstracción envidiable, o porque tenga una vida tan activa fuera de la jornada laboral que no le dé tiempo ni a acordarse de lo que es programar un ordenador. Pero para personas como yo, que somos de darle vueltas a la cabeza y que no podemos desconectar en ningún momento —a no ser que haya ambrosía de por medio, claro—, esta máquina es el mejor invento del mundo.

Básicamente, lo que consigue es hacerte olvidar el trabajo por unas horas. Entras en tal estado de relajación que olvidas la rutina y todas las cosas que te han quedado pendientes y que tendrás que hacer cuando mañana, de nuevo, acabes allí metido. Solo así se puede disfrutar de verdad de la vida y solo así se puede llegar al día siguiente para trabajar sin esfuerzo. Bueno, eso del esfuerzo es relativo. *Casi* sin esfuerzo.

Además, los estudios dicen que el absentismo laboral se ha reducido en más de un setenta por ciento desde que se emplea esta máquina, por lo que es obligatorio su uso siempre que salimos de trabajar. De hecho, al firmar el contrato se acepta una cláusula que indica que el futuro trabajador está dispuesto a utilizar el *desrutinizador* y que lo hará bajo su propia responsabilidad.

Así que supongo que esa sensación de bienestar que me rodea cuando salgo del edificio y que me hace despedirme de Adam con más efusividad de la que debería es consecuencia directa de esa brisa y ese aroma que me han bañado hace un momento.

Buenos días a todos y a todas, habitantes de Nueva York. Yo, Rose Chester, me pongo ante vosotros en calidad de gobernadora para remitiros este comunicado.

Como todos sabéis, hace unos días se produjo un episodio de sequía aguda y, por motivos de seguridad, tuvimos que cortar el suministro del río Hudson. Estamos viviendo momentos de crisis y debemos hacer todo lo posible para cuidar y vigilar los recursos naturales que nos mantienen con vida. Por eso, como anunciamos en su día, las restricciones de agua eran una posibilidad que estaba en el aire y a la que no queríamos recurrir; pero, sintiéndolo mucho, así ha tenido que ser.

Vaya por delante que tanto yo, Rose Chester, como todo mi gabinete, sentimos profundamente los daños colaterales que esta restricción haya podido ocasionar. Esperamos, de corazón, que no haya supuesto ningún gravamen para ninguno de vosotros y que hayáis podido seguir con vuestras vidas como si nada de esto hubiera ocurrido. De no ser así, de nuevo, lo sentimos mucho.

Quiero deciros también que hoy, a las diez de la mañana, abriremos las compuertas del río para que vuelva a tener flujo y os animo a que lo aprovechéis para limpiar vuestros vehículos o incluso para hacer alguna actividad de recreo como salir en lancha. Enseguida todo volverá a la normalidad y este incidente parecerá que ocurrió hace mucho tiempo y, con un poco de suerte, nadie se acordará de que el río Hudson estuvo seco durante un tiempo.

Además, se han recogido miles de pertenencias del lecho del río que los encargados de su mantenimiento han puesto a disposición de este Gobierno, por lo que, si alguno de vosotros tiene el recuerdo de haber perdido algo en el río, deberá ponerse en contacto con la comandancia cuanto antes para que le sea devuelto.

En otro orden de cosas, quiero comunicar que estamos haciendo todo lo que está en nuestras manos para desratizar la zona del Soho. Nos han llegado innumerables quejas de los vecinos que dicen que hay una plaga de ratas y que no paran de multiplicarse. Por ello, desde ayer mismo, decenas de especialistas en la materia están trabajando para acabar con esta plaga.

No quería terminar este comunicado sin daros las gracias por la forma en la contribuís en esta ciudad. Gracias a vosotros, yo, Rose Chester, estoy al mando de ella y puedo llevar a cabo todo lo necesario para que viváis tranquilos y de la mejor manera posible. Tanto mi equipo como yo nos estamos dejando la piel para ofreceros el confort que os prometimos cuando fuimos elegidos en las elecciones y esperamos estar cumpliéndolo con la intención de devolveros con creces todo lo que habéis hecho por nosotros.

Sin más, ya me despido.

Que tengáis un bonito día.

6

Me cuesta la vida reprimir una arcada que hace que la bilis empiece a subir por mi garganta; pero al final lo consigo.

No entiendo quién pudo votar a esa mujer, de verdad que no. Yo, al menos, no lo hice.

Rose Chester..., la vanidad hecha mujer. Le encanta posar delante de los focos y dar discursitos que después emite por la tele. Incluso obliga a todos los canales de televisión —tanto públicos como privados— a interrumpir lo que sea que estén echando para retransmitir las bobadas que tiene que decir.

Al principio, me sorprendió mucho ver a una gobernadora dando mítines de ese tipo como si estuviéramos en los años sesenta. Pero supongo que después de tanto tiempo me he acostumbrado.

Hoy me he levantado temprano porque me apetecía desayunar viendo alguna de las series que admiraba de adolescente. Las tengo grabadas en un disco duro que está enchufado al televisor. Me decanto por *Jessica Jones*. Tendría unos quince años cuando empezó a emitirse y me tragué todas las temporadas, una detrás de otra. Después de tanto tiempo, sigue siendo una de mis series favoritas, a pesar de que me sé los diálogos de memoria.

Así que estaba tan tranquila, con mi bol gigante de cereales cuya proporción es noventa por ciento azúcar, diez por ciento diabetes tipo dos asegurada, cuando Rose Chester ha interrumpido mi momento zen del día. Tiene un sistema tan elaborado que, aunque estés utilizando un disco duro para olvidarte del mundo o estés visitando una página web, ella acaba apareciendo. Ni yendo por la calle puedes huir de ella: todas las pantallas que hay en los edificios y que están encendidas veinticuatro horas al día relegan la publicidad a un segundo plano para que ningún viandante se quede sin ver su cara.

De verdad que la odio. Es una mujer remilgada, peripuesta y estirada a más no poder. Siempre lleva un moño perfectamente hecho, que recoge toda su mata de pelo castaño, como si un peluquero viviera en su bolsillo y apareciera en cuanto un pelito se sale de su sitio. Sus gafas de gato no ayudan, ya que hacen que parezca una ejecutiva malvada y sin escrúpulos. Aunque tiene unos ojos bonitos, eso sí hay que decirlo. Son tan azules que podrían estar hechos de hielo.

Seguro que van a juego con su alma.

Apago la tele con indignación, como si eso sirviera de algo, y me voy a trabajar. Al madrugar más de la cuenta, me ha dado tiempo a arreglarme y a prepararme con tranquilidad. O, al menos, eso es lo que demuestra la sombra negra que tiñe mis párpados y cuyo ahumado me ha llevado más de quince minutos. Y el vestido, no nos olvidemos del vestido. El que he elegido en esta ocasión es un vestido rojo de lana que compré en una tienda de segunda mano y que queda perfecto con mis botas altas de cuero negro y plataforma y con la chaqueta del mismo material a la que no le cabe una hebilla más.

Como todas las mañanas, me monto en la bici y me dirijo al trabajo. Tengo que apañármelas para que el bajo del vestido no se enrede en la cadena y me haga tener un accidente; por todo lo demás, es un trayecto tranquilo.

Adam no está en su sitio cuando entro por la puerta, como de costumbre. A veces me encantaría tener su trabajo, pero después recuerdo que es el más infravalorado de la empresa y que todo el mundo se burla de él, y se me pasa. En el fondo, me da pena. No sé qué ha estudiado, ni siquiera sé si ha terminado una carrera. De lo que estoy segura es de que esta etapa que está viviendo no entraba en sus planes. O sí. Si es que sí, no es una persona de fiar.

Tracy ha llegado antes que yo. Compongo una mueca de sorpresa cuando veo que se ha alisado el pelo.

—Vaya, vaya. Alguien está pasando una crisis —le digo con sorna.

—Sí, la que lleva un vestido con botas de matar. ¿Te has visto?

Intento poner mi cara de seriedad mientras examino su vestimenta. Hoy lleva una falda de cuadros —cómo le gustan los cuadros a esta mujer, con lo horrendos que son—, de tonos azul y rosa, y un polo de manga larga color amarillo pastel. El pelo le cae a cada lado de la cara y me da la impresión de que ha tenido que utilizar un bote entero de gomina para mantenerlo así.

—Te noto distinta —comento. Quiero decirle que el maquillaje que ha utilizado no esconde en absoluto sus ojeras. Reconozco esas ojeras, esas que salen cuando te pasas toda la noche llorando—. No sé, como más… más…

—Tengo una cita después del trabajo.

Me alegra que me haya interrumpido, porque seguramente iba a soltar una barbaridad. Me siento en la silla, del revés, de forma que puedo apoyar la cabeza en el respaldo. Es mi manera de decirle que quiero que me cuente todo, con pelos y señales, y que no puede dejarse nada en el tintero.

Ella lo entiende a la perfección.

—Se llama Trevor. Llevamos hablando bastante tiempo por el móvil y por fin vamos a conocernos. —Asiento y no digo nada, así que ella continúa hablando—: Trabaja en Times Square, en un 7-Eleven. No es gran cosa, pero no encuentra nada de lo suyo.

Estudió Historia del Arte y se debe conformar con las cosas que le van saliendo. Tengo muchas ganas de verlo en persona, aunque la verdad es que estoy cagada. Hace mucho tiempo que no tengo una cita.

Ella no le da importancia al hecho de que sé que algo malo le ha ocurrido y yo no quiero hacer hincapié en el tema, así que le sigo el rollo.

—Ah, pensaba que esta sería tu primera cita.

Tracy pone cara de pocos amigos y me regaña con la mirada.

—No, idiota, no es mi primera cita. Tengo vida fuera de aquí, ¿sabes?

—Lo siento. Es que no te imagino saliendo con chicos.

—Ya, puede que no sea el prototipo de mujer que buscan los hombres. Pero, igual que yo, hay chicos que se salen de lo socialmente establecido. También hay bichos raros.

—Yo no he dicho que seas un bicho raro.

—Venga ya, lo estás pensando.

Esa es una de las cosas que más me gusta de Tracy, que es capaz de comprender lo que me cuestan las relaciones sociales. Supongo que se dio cuenta cuando vio que me resultaba inevitable meterme con su ropa o cuando comprendió que ponerme filtros al hablar con ella no es algo que se me dé bien. Si fuera otra persona, ya me habría mandado a la mierda. Pero Tracy sabe que no le digo nada con acritud.

Aunque eso no signifique que no sea una completa imbécil. *Soy* una completa imbécil, es algo que comprendí hace mucho tiempo y que no consigo arreglar.

—Lo siento, de verdad. No sé cómo me sigues soportando. —Nunca me ha resultado fácil eso de pedir disculpas, pero sienta bien intentarlo.

—Porque no me queda más remedio. Es eso o terminar trabajando en el 7-Eleven con Trevor.

Me río y doy la conversación por concluida. Me siento como se debe sentar una persona en su puesto de trabajo y me dispongo a ver qué hay hoy en la carpeta.

Al abrirla solo veo un expediente, y eso es algo muy raro. Normalmente, me dejan unos veinte para una sola jornada, así que muevo los papeles hacia atrás y hacia delante para cerciorarme de que no me estoy saltando ningún encargo.

—Tracy, ¿has visto esto? —Me acerco a su mesa con el archivador en las manos—. Solo tengo un expediente. Qué raro.

Ella revisa los papeles y pone cara de incertidumbre.

—Sí, solo tienes uno. Si quieres te lo cambio, a mí me toca revisar veintitrés.

—Muy graciosa. —Vuelvo a mi sitio y me siento con desgana—. En fin, voy a encargarme de él y después iré a hablar con el supervisor. Lo más seguro es que se trate de un error.

—Es posible, pero ya sabes que aquí la gente rara vez se equivoca.

Tiene razón. Nuestro trabajo está tan medido que no hay margen de error. De hecho, si alguna vez he *hackeado* algún dispositivo que no debía, no me he llegado a enterar. Y eso significa que, o bien los jefazos del Gobierno son muy pasotas, o lo tienen todo tan atado que jamás se *hackea* algo que no se debería.

Tecleo con rapidez para acceder al dispositivo y pongo cara de hastío al descubrir que se trata de un nacimiento. Es la sala de un hospital donde hay varias enfermeras y una doctora. Por los gestos que hace el personal sanitario, deduzco que el parto no está siendo nada sencillo; pero, después de un rato, el bebé por fin sale. Contengo una mueca de asco cuando veo al niño, jamás había visto un parto así, «en vivo y en directo», y, aunque me imaginaba que los recién nacidos no son como los pintan en las películas, no pensaba que fueran tan horrorosos.

Una de las enfermeras se lleva al bebé mientras la doctora se encarga de la madre. Puedo ver al que parece ser el padre, un hombre negro que está sudando a chorros y no sabe si reír o llorar. Un rato después, la enfermera vuelve con el niño, ya limpio y pareciéndose más a un ser humano que antes.

A pesar de mi primera impresión, pronto me doy cuenta de que es una escena conmovedora y que pone los pelos de punta, y quizás por eso me duele tanto darle al botón de borrar en cuanto termina la secuencia.

Cierro la carpeta y me levanto para ir donde el supervisor, pero entonces me doy cuenta de que algo no cuadra. En la pantalla ha aparecido otra secuencia. Me siento de nuevo en la silla y examino la imagen.

Esta vez hay un bebé en una cuna. Llora y su cara está roja como un tomate. Alguien lo levanta y lo acuna. Enseguida ese alguien empieza a amamantarlo, y entra un hombre en la habitación. Un momento... Es el mismo hombre que estaba en la secuencia del parto, la que acabo de borrar. ¡Sí, es el padre!

Después de un rato, la imagen se para y le doy a borrar.

Entonces aparece otra.

Me resulta muy raro, es la misma familia de nuevo. Están en una fiesta de cumpleaños. Delante del bebé hay una tarta con una vela. Borrar.

En ese momento, decido hacer algo que no he hecho en muchísimo tiempo: me pongo los auriculares. Y, en el mismo instante en que me los coloco, me arrepiento. Sé que no es una buena idea, pero esto es tan raro que mi intuición me dice que debo hacerlo.

Otra secuencia aparece en pantalla: el niño encima de un escenario, junto a un montón de críos más. Están en una función de Navidad y puedo oír perfectamente cómo cantan esos villancicos horteras que hacen que los padres se derritan. El aplauso que sigue a las canciones es atronador. Borrar.

En la siguiente secuencia, se puede ver al niño aprendiendo a montar en bici, y en la siguiente, cómo juega al béisbol con sus amigos.

Por delante de mis ojos pasan imágenes y más imágenes. Llega un momento en que pierdo la cuenta y ya no sé cuántas secuencias he borrado. De lo único de lo que estoy segura es de que todas ellas están protagonizadas por el mismo niño.

El tiempo se me pasa volando. Ni siquiera soy consciente de que ha llegado la hora de comer, hasta que Tracy me da un golpecito en el hombro.

—Qué concentrada estás —me dice al ver cómo boto en mi asiento.

—Me has asustado. El expediente de hoy me tiene absorbida.

—¿Vamos a comer y me cuentas?

Me levanto y cojo el monedero que guardo en la chaqueta. A veces me da por traer comida que cocino en casa, pero eso casi nunca ocurre por esa maldita manía que tienen las tiendas de no ofrecer comida fresca y vender solo basura ya preparada para comer, y porque me da muchísima pereza. Seamos honestos.

Bajamos a un local que hay en la esquina. Es un sitio de moda, lleno de lucecitas y de carteles que te dicen que todo va a ir bien y que tienes que ser optimista. Cada vez que entro aquí me sale urticaria, pero los sándwiches están tan buenos que hago de tripas corazón y no pongo ninguna pega.

Tracy se pide un sándwich de salmón con queso cremoso y nueces y yo, uno de *bacon*, dátiles y queso chédar. Le pido al camarero que le añada un poco de rúcula, por eso de comer más sano, y termino mi menú con un refresco bajo en calorías. Tracy me mira y se ríe, me tiene bien calada.

Nos sentamos en una mesa apartada y le cuento sobre el expediente.

—Es una vida entera, Tracy. ¡Entera!

—Shhh, habla más bajo —me reprende—. Nadie puede saber a qué nos dedicamos, ¿recuerdas? —Se limpia la comisura de la boca con una servilleta de papel, de esas que lo único que hacen es extender más la suciedad que quitarla—. No entiendo nada, ¿por qué crees que necesita el Gobierno hacer eso?

—No tengo ni idea, pero no me gusta un pelo. Jamás he tenido que hacer algo así. Siempre borro cosas sin importancia; alguna cita, algún vídeo antiguo, alguna conversación… Pero nunca una vida entera.

—¿Crees que es una vida entera?

—Intuyo que todavía me queda mucho por borrar, pero, sí, tiene toda la pinta. Se llama Archie, y es supermono.

—¿Supermono?

—Sí, ya sabes, es un niñito adorable, de estos que son torpes pero carismáticos. En realidad, me recuerda un poco a ti. Dan ganas de achucharlo y apretarle las mejillas hasta hacerlas…

Me callo de repente al ver la cara que está poniendo Tracy. Toda ella me está juzgando ahora mismo.

—No deberías utilizar los auriculares.

—¿Por qué? —pregunto con la boca llena. Este sándwich me encanta, pero la verdad es que odio la rúcula. No sé por qué narices la he pedido si sé que no me gusta.

—Porque te estás vinculando con el expediente.

—No digas tonterías —digo mientras pongo los ojos en blanco—. No me he vinculado jamás con un expediente.

—Lo estás haciendo, estás sintiendo cosas. Y eso no puede ser. Ya sabes en qué consiste nuestro trabajo. Ver, oír y callar —me recuerda—. Sobre todo callar. No puedes cuestionarte nada de lo que haces o ves, así que no le des más vueltas. Borra lo que tengas que borrar y se acabó.

—Pero…

—No, ni pero ni nada —me interrumpe.

Se levanta e intuyo que la conversación se ha terminado. Recogemos nuestras bandejas, las depositamos en el carrito preparado para que los camareros no tengan que ir mesa por mesa, y nos vamos. El frío de Manhattan me da una bofetada en la cara y me arrepiento al instante de no haber cogido la chaqueta. Así que salgo corriendo para entrar lo antes posible en el edificio y rezo para no pillar una pulmonía por el camino.

Tracy ha seguido mi ritmo y Adam se queda asombrado cuando nos ve entrar por la puerta, jadeantes.

—Tenemos que hacer más ejercicio, ¿eh? —dice con intención de hacerse el gracioso.

—Cállate, Adam —contestamos Tracy y yo a la vez.

Ya en mi mesa, vuelvo a ponerme los auriculares y me dispongo a seguir borrando imágenes.

Las horas pasan y yo ya no sé cuántos vídeos he borrado, solo que ese chico es especial. Ese Archie tiene algo. Serán los hoyuelos que se le forman en las mejillas al reír, o la manera que tiene de llamar a su madre por la noche cuando tiene miedo. No sé lo que es, pero tiene algo que me atrapa y que hace que no pueda parar de mirar la pantalla.

Entonces llego a un vídeo que, antes de empezar, ya sé que me va a partir el corazón. Tal vez por la cara seria que trae la pareja de policías que llama a la puerta. Parecen serenos, pero en el fondo están más nerviosos que nunca. Lo sé por su rostro, lo sé por la forma en la que el que golpea la puerta lo hace con decisión y con la esperanza de que no haya nadie en la casa para no tener que ser él quien dé la mala noticia. Sin embargo, no es así. Alguien abre, y no hace falta que el policía diga nada para que yo sepa lo que viene a continuación: ha habido un accidente y Archie ha muerto. Los niños estaban de excursión con el colegio y él se ha tropezado y se ha caído al río Hudson. Había tanta altura que se debió lesionar al chocar contra el agua, así que en cuestión de segundos se hundió hasta el fondo y, cuando el profesor consiguió sacarlo, ya era demasiado tarde.

No me doy cuenta de que las lágrimas corren por mi rostro hasta que no cae una en mitad del teclado. Había sentido muchas cosas en este trabajo, pero jamás algo tan intenso como lo que ahora mismo revolotea dentro de mi estómago. Con toda la pena que cabe en mi interior y sin permitirme cuestionarme lo que estoy haciendo, le doy a borrar.

Los siguientes vídeos son una sucesión de tomas tristes: el padre entrando por la puerta, desesperado, el momento del reconocimiento del cadáver, el cuerpo hinchado y amoratado de Archie, la llamada al abogado para que se encargue de todo, pastillas para dormir, pastillas para el dolor de cabeza, más pastillas para dormir, gente que entra y sale del velatorio y, por fin, el entierro.

Borrar.

Me quito los auriculares y corro hacia el baño. Me lanzo contra el retrete y vomito todo lo que he comido. Las lágrimas siguen cayendo por mi cara y respiro muy deprisa. No lo puedo controlar. El oxígeno entra en mi cuerpo, pero no se queda el tiempo suficiente como para ser absorbido, así que respiro con más intensidad, aunque sé de sobra que eso no funcionará.

Pasan los minutos y parece que mi cuerpo comienza a calmarse. Salgo del cubículo y me echo agua en la cara, sin importarme que la sombra ahumada se vaya a la mierda ni que el rímel se corra. Cojo un trozo de papel y me quito el maquillaje como puedo.

Me miro el rostro y veo el rostro de una mujer destrozada.

—Es tu puto trabajo —le digo a mi propio reflejo—. Ya está bien, es tu puto trabajo.

Decido subir a la azotea para respirar un poco de aire fresco. Voy sin chaqueta —de nuevo—, pero me da igual. Solo necesito aire.

La azotea de nuestro edificio es una de las cosas más bonitas que se puede encontrar uno en Manhattan. Desde aquí se ve toda la zona financiera y lo que se construyó a raíz del 11-S. También se ve el río y, a lo lejos, el Empire State. Si fuera de noche, las luces brillantes de los edificios me cegarían. Me darían ganas de entrecerrar los ojos para que los neones y las bombillas bailaran delante de mí. Es un sitio increíble, pero en estos momentos no puedo apreciarlo.

Pobre Archie. Y pobres padres.

Aunque hay una cosa que no me cuadra y que no para de revolotear dentro de mi cabeza como si fuera un pájaro enfurecido.

¿Por qué alguien grabaría todas aquellas secuencias? ¿Por qué una madre grabaría a unos policías que le dicen que su hijo ha muerto? ¿Cómo es capaz una madre de grabar a su hijo, que yace en una camilla de autopsias? Incluso su funeral... No entiendo esa frialdad, esa compostura que hace que una persona sea capaz de coger un móvil y grabar todos esos momentos. Y cómo el padre, a su lado todo el tiempo, no le arrancó el móvil de las manos y le dijo que estaba loca.

Entonces me quedo mirando el río Hudson, que vuelve a tener agua, y me doy cuenta de que estas imágenes han sucedido entre ayer y hoy. La muerte de Archie tuvo que suceder ayer, porque los días anteriores el río estaba seco.

¿Por qué querría el Gobierno borrar esos vídeos? ¿Qué más le dará al sistema que una mujer guarde esos recuerdos?

Me levanto de golpe y decido que todas estas dudas no se pueden quedar sin resolver. Me salto la estúpida norma de ver, oír y callar, así que busco a la única persona que puede responder a todas esas preguntas.

—¡Necesito hablar con Richard Coleman! —La secretaria de mi supervisor se asusta cuando entro gritando en su despacho.

—Ahora mismo está en una reunión.

—No me toques las narices, Diana —le digo con el tono más amenazante que me sale—. Sé de sobra que no tiene ninguna reunión.

—Cora, no puedes...

Pero, para cuando Diana ha terminado la frase, yo ya estoy dentro del despacho de Richard.

—Cora, ¿qué haces aquí? ¿Va todo bien?

Mi supervisor está sentado delante de una gran mesa de roble cuyo color rojizo me hace pensar que ningún decorador ha pasado por aquí desde hace varios años.

—No, nada va bien. ¿De qué va esto, Richard? Quiero que me cuentes la verdad.

Me apoyo en su mesa y lo miro directamente a los ojos. Veo en él la incertidumbre, y también un atisbo de inseguridad.

—No sé de qué me estás hablando.

—No me trates como si fuera estúpida. Te lo volveré a preguntar: ¿de qué va todo esto? ¿Para qué *hackeamos* todos esos *hardwares*?

—No entiendo a qué viene este numerito. Tranquilízate, por favor.

—Hoy he tenido que borrar los recuerdos que una madre tenía de su hijo. Un hijo que acababa de morir. Quiero que me expliques qué narices le importa eso al Gobierno. Qué tiene que ver con la seguridad de este país y por qué nadie sabe lo que hacemos aquí.

—Siéntate.

Parece una oferta, algo que me dice para que me relaje. Sin embargo, sé que se trata de una orden. No iba a cumplirla, pero cuando Richard clava en mí sus enormes ojos verdes, no puedo hacer más que obedecerlo.

—Ahora quiero que te tranquilices y que me escuches atentamente cuando te digo que no puedes entrar de esas formas en mi despacho. Jamás. ¿Ha quedado claro? —Asiento, ya que no me atrevo a abrir la boca. Me regaño a mí misma, porque no sé dónde ha quedado la bravuconería que me ha acompañado hasta entonces—. Bien, ahora vamos a hablar las cosas como seres civilizados. Diana —dice mientras pulsa el botón de su interfono—, tráele a la señorita Davis una tila, y un café con leche y canela para mí, por favor.

Se levanta de su silla y comienza a pasear por el despacho. Viste un traje gris oscuro con raya diplomática. Tendrá unos cincuenta años, aunque no los aparenta. Se nota que se cuida, no solo por los músculos que se intuyen debajo de la americana, sino por lo bien peinado que está y por lo tersa que luce su piel. No tengo ninguna duda de que es un hombre que no se avergüenza de echarse crema antes de irse a dormir. Si ese es su truco, le funciona. Se pasa una mano por el cabello cano en un gesto de cansancio.

—Cora, ya sabes cuál es nuestro lema, ¿verdad?

—Sí, Richard, pero...

—Y si sabes nuestro lema —sigue hablando como si yo no hubiera abierto la boca—, ¿por qué no lo cumples? Sabes de sobra que solo se exige una cosa para acceder a este trabajo: no cuestionarse nada de lo que se te ordene. Si no eres capaz de cumplir esta norma, tendré que despedirte.

Voy a replicar, pero en ese momento aparece Diana con una bandeja. La posa en la mesa y me mira con cara de odio. Richard le da las gracias y ella sale del despacho, aunque estoy segura de que se ha quedado con la oreja pegada en la puerta para enterarse de lo que pasa aquí dentro.

—Richard, sabes que necesito este trabajo —le digo—, lo necesito. Y nunca me he cuestionado nada de lo que hacemos, mucho menos lo he comentado con nadie, pero es que no he entendido nada de lo que ha ocurrido hoy.

—Es que no tienes por qué entenderlo. —Se acerca a la mesa y coge su taza. Me pregunto qué clase de persona le echa canela al café. Me hace un gesto con la cabeza para que me tome la tila—. Tu trabajo no consiste en entender, consiste en obedecer.

—Dame alguna pista, algo, lo que sea. No me puedo ir a casa así, no puedo hacerlo sabiendo que he borrado todos los recuerdos que una mujer guardaba de su hijo.

—No puedo, Cora, de verdad que no. Si pudiera, lo haría. Pero no puedo. Solo te digo que no hay nada por lo que debas intranquilizarte, tú sigue trabajando como hasta ahora y no te preocupes por nada más.

Quiero contradecirlo, seguir dándole vueltas al tema, sin embargo, Richard ya ha dado la conversación por concluida. Mira mi tila y después me mira a mí, así que sé que no me va a dejar salir hasta que no me la beba. Me acerco la taza a la boca y, aunque el líquido está todavía muy caliente, lo engullo de un trago. Dejo la taza encima de la bandeja y me levanto, indignada.

—Esto no va a quedar así.

Richard no intenta llevarme la contraria, porque me conoce de sobra y sabe que tengo demasiado ímpetu como para dejar las cosas como están. De todas formas, tampoco le doy tiempo, porque salgo de su despacho pegando un portazo y dejándolo plantado con cara de incredulidad.

Me voy a mi puesto y veo que Tracy ya se ha ido. Me ha dejado una nota en la pantalla del ordenador. «Mañana hablamos», pone. Estoy tan cabreada que hago una bola con el papel y la tiro a la basura; pero no encesto.

Me meto en la cabina del *desrutinizador* e intento que la brisa y los aromas me calmen. Hoy huele a lavanda y a tomillo. Respiro profundamente y trato de olvidarme de todo, ya que sé que, si no lo hago, esta noche será horrible.

Cuando salgo, parece que afronto el mundo de otra forma.

7

Sé que no es sábado, sé que no debería, aun así me apetece vaciar mi mente. Es como si mi cuerpo me lo pidiera, como si yo no pudiera mandar en él. Así que cuando salgo del trabajo, agotada y llena de energía a la vez, me dirijo al centro de Manhattan.

Me olvido de la bici y cojo el metro. Ya pensaré cómo acudir al trabajo mañana, ahora mismo no puedo cargar con ese cacharro infernal. Al menos, si me paso con la ambrosía sabré que la bici está a salvo en la puerta de mi trabajo y no tirada en cualquier callejón que no conseguiré recordar.

Sentada en el metro, saco un espejo que llevo siempre en la mochila y me observo con detenimiento. Tengo la cara abotargada. La sombra de ojos es casi invisible, aunque ha dejado un buen manchurrón en mis párpados que hace parecer que llevo décadas sin dormir.

Saco unas toallitas y me restriego una por la cara. No debería, sé que no están preparadas para la piel sensible del rostro, pero esto es una emergencia. Me vuelvo a mirar en el espejo y parece que ha funcionado, ya parezco menos zombi.

Un tipo se me queda mirando mientras intento arreglar este desastre. Yo también lo miro y entonces él me sonríe. Pero no es una sonrisa amable, de esas que te transmiten ánimo o cariño. Es algo visceral. Compongo una mueca de asco, qué rabia me dan los mirones.

Justo en ese instante el tren llega a mi estación. Por un segundo, me entran unas ganas tremendas de partirle la cara, de enseñarle que ni yo ni ninguna mujer somos propiedad de nadie y que esa forma de mirar se la podría meter por el culo. Sin embargo, al final agacho la cabeza, como siempre, y me bajo tratando de no rozar al tipo que sigue sonriéndome como si ese fuera el único gesto que sabe hacer.

Me estoy dirigiendo a mi destino, pero una idea se antepone. Me meto en el primer Sephora que veo. Está lleno de gente, por lo que es el momento perfecto. Me acerco a una de las estanterías y me decanto por un bote de maquillaje que va muy bien con mi piel. Podría haber escogido el que cuesta cinco dólares, pero prefiero el que marca cincuenta. Lo extiendo por mi rostro no sin antes echarme un poco de un antiojeras que descubrí hace un tiempo y cuyo precio también es prohibitivo para mi bolsillo. Cuando está todo cubierto, cojo unas sombras negras de Chanel y me hago un ahumado lo más rápido que puedo. Tengo que prescindir de brochas, pues no hay en los probadores —tampoco querría restregarme la cara con algo que ha pasado por decenas de rostros—, así que lo hago todo con los dedos. Un poco de *eyeliner* y de rímel, y estoy casi lista.

Me dirijo a la sección de las colonias y me quedo un rato mirándolas. Por fin, decido echarme un poco —bastante— de Hypnôse, de Lancôme, una de mis favoritas y que jamás puedo permitirme comprar porque el botecito cuesta más de cien dólares.

Me dirijo a la salida y, antes de llegar a la puerta, algo llama mi atención. Una barra de labios roja de la marca Dior. El color es espectacular, y pienso que está hecho para mí. Cojo el probador y me pinto los labios. Me parece increíble que dentro de una barrita como esa pueda caber tanta felicidad. Miro hacia un lado y hacia otro y me meto en el bolsillo la muestra. Me ha dado tiempo a quitarle la pegatina, así que no pitará al salir. O eso espero.

—Señorita.

Alguien me llama y mi corazón se para en ese instante.

—Señorita.

Me doy la vuelta poco a poco. Siento que me estoy muriendo de la vergüenza.

—Ese color le queda espectacular.

Mi corazón vuelve a latir al darme cuenta de que la que me estaba llamando es Brooks. Brooks Sanders. Suspiro con alivio mientras ella se acerca a mí. Me ha costado muchísimo reconocerla —de hecho, me he quedado mirándola sin saber cómo reaccionar porque no conseguía ubicarla—, pero cuando lo hago una horda de recuerdos me asalta. Es la camarera del Heart Attack y el sábado pasado estuve con ella un buen rato. En mi mente aparece la cara de otro chico, aunque no consigo recordar quién es. Estas cosas suelen pasarme después de cada borrachera, y luego tengo que ir uniendo piezas de un puzle que parecía abocado al fracaso desde el principio.

—Venga, vámonos de aquí —me dice, y observo que se mete algo en el bolsillo.

Salimos con la mayor tranquilidad posible y, al llegar a la esquina de la calle, empezamos a correr. Unos metros después, ya bastante alejadas del Sephora, nos reímos como unas locas.

—No sabía que te iba la marcha. —Se saca la barra de labios que ha guardado en su bolsillo. La abre y veo que es morada, como su pelo.

—Tu pelo…

—No me cambies de tema.

—Yo… Bueno, es la primera vez que lo hago. —Me guardo el comentario sobre el nuevo color de su peinado para otro momento, porque juraría que el otro día lo tenía fucsia. Aunque a estas alturas, no sé si puedo fiarme de mis recuerdos.

—No te lo crees ni tú.

—De verdad, te lo digo en serio. Jamás he robado nada.

—Pues no se te da mal. ¿Qué tal me queda? —me pregunta cuando ya se ha embadurnado los labios. Me sorprende su habilidad de poder hacerlo sin tener un espejo delante.

—Genial, no podría quedarte mejor.

Ella se ríe y me da un codazo de complicidad.

—¿Qué hacías por aquí?

—He tenido un día agotador en el trabajo y pensaba ahogar mis penas en ambrosía, la verdad.

—Eso tiene fácil solución. ¿Has cenado?

¿Cenado? ¿Qué hora es? Miro el reloj y me doy cuenta de que son cerca de las nueve de la noche. Normalmente, salgo a las seis del trabajo, pero hoy me he retrasado bastante.

—No, la verdad es que no. Y me muero de hambre, ahora que lo dices.

—Eso también tiene fácil solución. Vayamos a comer algo.

Me lleva a un garito que está en un sótano, de esos donde la gente ve los partidos de fútbol americano mientras se hincha a cerveza. Ahora mismo está lleno, a reventar, pero no hay ningún partido en la tele.

Conseguimos sentarnos en una mesa cuya limpieza cuestiono en el mismo instante en que la veo. Brooks hace un gesto para que venga el camarero.

—Una bandeja de minihamburguesas, otra de patatas fritas de esas que van con un montón de salsas, dos cervezas y dos chupitos de vodka, por favor —le pide. Sonríe mucho cuando dice esas dos últimas palabras, y me recuerda a una niña pequeña que sabe que va a hacer una travesura.

Enarco las cejas con sorpresa.

—¿Querías alguna otra cosa? —me pregunta Brooks.

—Tal vez haber elegido por mí misma. Pero bueno, no has hecho una mala elección.

—No seas petarda, he venido a este sitio un millón de veces y esto es lo único comestible que encontrarás aquí. Los pringados que vienen por primera vez siempre pican y acaban pidiendo los perritos calientes. Mala elección.

Me viene a la mente esa conversación que tuve con ella en la que hablábamos de que yo era capaz de elegir entre cosas básicas de la vida, como el chocolate y el queso. Y recuerdo perfectamente cómo me sorprendió que ella no fuera tan segura y no supiera decantarse por una cosa u otra. Justo al revés que en este momento. Supongo que uno no puede creer que conoce a una persona por haber pasado unas horas con ella. Qué estupidez más grande sería pensar lo contrario. Y qué raro resulta recordar un detalle así, tan profundo y tan vívido, y no ser capaz de recordar nada más. Me resulta tan extraño que llego a plantearme que, en realidad, esa escena formó parte de un sueño.

El camarero aparece con las dos cervezas y los chupitos. Brooks coge el vodka y lo echa en cada una de las jarras. Levanta una hacia mí.

—Salud.

Una hora después estamos fuera y nos dirigimos al Heart Attack. Brooks le hace un gesto al portero, que nos deja pasar sin hacer preguntas.

—¿Qué pasa hoy aquí? ¿Por qué hay lista para entrar? —Tengo que levantar la voz para que Brooks me pueda oír, ya que dentro del local hay demasiado ruido.

—Fiesta privada —dice como única contestación.

—¿Y podemos entrar?

Entonces, en ese momento, veo que un chico se acerca a nosotras. Es moreno y lleva el pelo peinado hacia atrás, engominado. Tiene los brazos llenos de tatuajes y unos ojos verdes que resaltan gracias a una sombra negra y un *eyeliner* marcado.

—¡Feliz cumpleaños, Brooks! Llegas tarde; toda esta fiesta montada para ti y tú vas y te retrasas.

—¡Eliott! —Brooks se lanza a sus brazos mientras este le canta el *Cumpleaños feliz* y le tira de las orejas—. ¿Te acuerdas de Cora? —pregunta cuando ha terminado.

Ambos me miran y yo no sé qué decir.

—¿Es tu cumpleaños? ¿Por qué no me has dicho nada?

—¿Cómo no me voy a acordar de una chica a la que he desvirgado? —dice Eliott sin que a Brooks le dé tiempo a contestarme. Ella hace un gesto de indiferencia con la mano y le quita importancia al asunto.

¿Qué? ¿De qué habla este tío?

—¿Cómo va el tatuaje? —me pregunta.

De pronto, mi mente ata cabos, como si fuera la primera vez que la sinapsis de mis neuronas funcionara. Él es quien me hizo el tatuaje. Me acerco a él y lo empujo lo más fuerte que puedo.

—¡Eh! ¿Qué haces? ¿Estás loca? —me grita.

—¡Tú, imbécil! Tú eres el que me tatuó estando yo inconsciente. ¿Cómo te atreves? ¿Qué clase de moral tienes si vas por ahí violando la piel de la gente sin su consentimiento?

Él se echa a reír y mira a Brooks, que en principio parece preocupada; sin embargo, pronto se une a las risas.

—¿De qué vais? ¿Por qué os reís?

Eliott se acerca a mí, despacio y con firmeza. Como si él fuera un guepardo y yo, un impala que, aunque sabe que corre mucho, también sabe que no tiene nada que hacer frente a él. Me coge de la mano y a mí se me corta la respiración. Entonces me mira a los ojos y empieza a levantarme poco a poco la manga de la chaqueta. Apenas me roza la piel y yo siento una corriente eléctrica que empieza en mi brazo y llega hasta lo más hondo de mi ser.

—Te estás poniendo roja.

Salgo de esa burbuja en la que me he metido sin pretenderlo y me doy cuenta de lo que está pasando. Muerta de la vergüenza, retiro mi brazo para que Eliott me suelte, pero él es más rápido y me agarra por la muñeca. Ahora sí que me toca la piel, directamente y sin nada que se lo impida.

—Déjame ver qué tal va. Solo será un momento.

Y, en ese instante, en ese mismo segundo, una duda aparece en mi mente. No sé si quiero que sea solo un momento.

—Vaya, veo que te lo has cuidado. Está cicatrizando muy bien. No es por nada, pero quien te tatuó sabía lo que se hacía.

—Serás imbécil —mascullo entre dientes—. Te tendría que haber denunciado.

—¿Y qué les dirías a los policías? ¿Que después de consumir droga te metiste en un garito de tatuajes donde bebiste hasta no poder más y que un tío con licencia te hizo un dibujo precioso? Sí, ibas a quedar genial en mitad de la comisaría. ¡Y no estabas inconsciente! Tuvimos unas charlas muy interesantes.

—Venga, Cora —Brooks intercede en la conversación y coge a Eliott por el brazo—. Los tres íbamos muy mal esa noche. Nos divertimos, nos pasamos bebiendo y nos tatuamos. No le des más importancia de la que tiene. Además, Eliott está en lo correcto, es un dibujo precioso.

—Sí, menos mal que algunos todavía tenemos gusto —dice él mientras se dirige a la barra. Aún revolotea en mi mente lo que ha dicho sobre lo de las charlas interesantes. ¿Será verdad o solo se está quedando conmigo?—. A otras les da por tatuarse ratas con plumas.

En ese momento, tengo dos opciones: darme la vuelta y volver a casa cabreada y cansada, o dejarme llevar y esforzarme para que esta noche merezca la pena.

A la Cora de hace dos horas le habría costado más tomar la decisión, sin embargo, la Cora de ahora mismo solo quiere sentirse libre.

Así que los persigo hacia la barra y le pido unos chupitos de ambrosía al camarero, que no tarda ni diez segundos en prepararlos. Después de tres rondas, todo me parece mucho más bonito.

Pronto acabamos en la pista, bailando como locos y sin importarnos nada. La gente se acerca a Brooks para felicitarla y ella se limita a saludar con cortesía sin separarse de nosotros; está pasando de todos y eso que es la anfitriona de la fiesta. Su forma de bailar me impide apartar la vista de ella: da saltos y va de un lado a otro de la pista sin parar. No necesito conocerla demasiado para saber que, en estos instantes, es la mujer más feliz del mundo. Me lo transmite su energía, su aura, que llena toda la pista de baile y que hace sombra a todo el que pasa por allí.

Normalmente, a estas alturas de la noche, yo estaría como ella, pero me cuesta arrancar más de la cuenta. Quizás porque hoy no he hecho la parada de rigor en la tienda de la esquina o porque tengo una sensación rara en la mente que no se va de ninguna forma. Sea lo que sea, bailo, aunque siga un poco cohibida.

Entonces Eliott lo nota, es como si pudiera leer mis pensamientos, y se acerca a mí igual que lo ha hecho antes, como si él fuera un gran felino y yo, una presa indefensa. Esa sensación me extraña, porque siempre soy yo la depredadora. Con él no, con él es imposible.

Está tan próximo a mí que parece que su nariz va a rozar la mía.

Me mantengo firme y trato de ser lo más fría posible. No conozco a este tío de nada, no puedo dejarme llevar. No así, no tan pronto.

Sin embargo, él no se aparta, ni una pulgada. Puedo notar su respiración contra mi boca. Huele a ambrosía, pero también a madera y a limón. Es una mezcla explosiva. Me coge los brazos y los levanta hacia el techo de la discoteca. Entonces se pone a saltar y consigue que yo salte con él. No me queda más remedio; o lo hago o me caigo. Así que le sigo el ritmo y permito que mi cuerpo se abandone a sus pasos. Ordeno a mi cerebro parar de pensar, dejar de cuestionar; necesito que solo piense en una cosa esta noche: en disfrutar.

Bailo y salto, sin importarme si empujo a la gente, o si la música que suena de fondo es una auténtica basura. Me da igual si ponen música pasada de moda como la de David Guetta, Avicii o Ariana Grande, o cualquier canción de esas de reguetón que tanto gustaban hace unos años. Me da lo mismo. Me dejo llevar por cualquier ritmo que al DJ le dé la gana poner.

Por un instante, reaparece la idea de que no he pasado por la tienda antes de venir aquí. Que, aunque quizás esté un poco embriagada por la ambrosía, sigo siendo yo, que mi mente sigue funcionando y soy la única que da las órdenes esta noche. Y eso me estresa. Porque no suelo ser yo la que está al mando de mi cuerpo cuando salgo. Porque me parece mucho más sencillo desconectar. Porque, si algo sale mal, la culpa no es mía.

Sin embargo, pronto me doy cuenta de que sienta bien, de que ahora mismo soy feliz y de que no querría que nada emborronara este momento.

Así que continúo saltando y chillando como si no hubiera nadie a mi alrededor.

Ha pasado un buen rato desde la última vez que he visto a Brooks, hace ya unos cuarenta minutos, cuando me ha dicho que tenía que ir al baño.

—¿Brooks? —le pregunto a Eliott, que no ceja en su intento por ser el que más baila de toda la pista.

—Ni idea. —Se encoge de hombros.

Empiezo a preocuparme y miro hacia todas partes para encontrarla. Al no hacerlo, decido que es el momento de dar una vuelta por la discoteca. Solo quiero saber que está bien. Pero, después de recorrerme todo el local, sigo sin verla. Entonces me parece detectar algo morado por el rabillo del ojo. Me giro rápidamente y la veo: está sentada en la mesa de un reservado con otra chica, y se están comiendo la boca como si no hubiera un mañana.

Aliviada, vuelvo con Eliott y le cuento que Brooks está teniendo una noche mejor que la nuestra. Él sonríe y me dice que no debo preocuparme por ella, que sabe lo que hace y que es muy propensa a desaparecer con alguna chica. Además, me comenta que es una tía que no se puede quitar de la cabeza, que lleva mucho tiempo detrás de ella y que estaba ya a punto de tirar la toalla.

—Así que ella se lo está pasando mejor que nosotros, ¿no? —me dice Eliott, con una sonrisa de medio lado.

—Yo me lo estoy pasando muy bien, pero ella parece muy entretenida.

Entonces él se acerca a mí.

Y lo hace como antes, aunque esta vez la presa ha sido cazada. No me da opción, y yo tampoco quiero que me la dé.

Cuando me besa, lo sé. Sé que no hay droga suficiente en este mundo que se equipare con la sensación que recorre mi estómago. Ahora no importan el trabajo, las deudas, la soledad o incluso Brooks. Solo importamos Eliott y yo; y este beso interminable que me está dando y que provoca que me tiemblen las piernas, aunque yo esté haciendo todo lo posible para que no se me note, me lo deja más claro que el agua.

—¿Estás nerviosa? —me pregunta. Se ha acercado tanto a mi oído que puedo sentir su aliento en mi lóbulo. Se me eriza el pelo y me entra un escalofrío que me recorre toda la espalda. Eliott lo nota y se ríe—. Vámonos de aquí.

Cuando quiero abrir la boca para decir algo que ni siquiera sé lo que es, ya estamos fuera del Heart Attack. El aire frío de Manhattan me recibe con los brazos abiertos, igual que Eliott, que me rodea con su cuerpo mientras me besa el cuello.

—¿Dónde vamos?

—Es una sorpresa.

Él echa a correr y lo sigo, y agradezco no llevar puestos los tacones de aguja que a veces completan mi atuendo de noche de fiesta. La ambrosía provoca que mi sangre bombee más deprisa, pero noto cómo su efecto se está diluyendo poco a poco. Ahora más que nunca, soy yo la que tiene el control, la que va a hacer algo porque quiere hacerlo y la que va a disfrutar de la noche como hace tiempo que no ocurre.

Eliott frena en seco y choco contra él, momento que aprovecha para besarme de nuevo con una pasión que no cabe ya en ninguno de nosotros.

Abre una puerta y hasta que no entro en su interior no me doy cuenta de que estamos en el estudio de tatuajes.

—Aquí es donde te desvirgué la otra noche —me dice.

Y le pego un pequeño empujón, porque eso suena fatal y podría malinterpretarse a todas luces, y porque todavía no le he perdonado que me tatuara sin mi consentimiento. Sin embargo, cada vez me voy acostumbrando más al dibujo del torbellino y cada vez me identifico más con él, como si yo misma fuera esa masa de aire que sale de la caja de Pandora y que necesita espacio para arrollarlo todo a su paso.

Entonces soy yo quien lo coge del rostro y lleva sus labios hacia los míos. Lo beso como nunca he besado a nadie.

Lo que pase aquí esta noche será algo que ni él ni yo podremos olvidar jamás. De eso me voy a encargar personalmente.

8

Estoy en una nube de la que me cuesta muchísimo salir. El despertador ha sonado hace cinco minutos, pero estar tumbada mirando el techo me parece el mejor plan ahora mismo.

Todavía puedo sentir en mi piel lo que pasó anoche. Las caricias de Eliott recorriendo todo mi cuerpo, sus besos, sus abrazos y su pasión. Hacía mucho tiempo que no me dejaba llevar así, tanto que ni lo recuerdo. Ni siquiera sé por qué lo hice, ni que yo fuera de las que se van con un tío la primera noche. Pero con Eliott ha sido distinto, como si ya nos conociéramos, como si existiera algo entre nosotros que nos une de forma irremediable. Sin embargo, ese desenfreno no sirvió para que llegáramos hasta el final. Cuando todo estaba a punto de descontrolarse, tuve que parar. En un momento de lucidez, descubrí que ya había traspasado varias fronteras yéndome a un estudio de tatuajes con un tío al que no conocía de nada. Y puede que la Cora del pasado lo hubiera hecho sin pensárselo dos veces, pero me prometí cambiar ese tipo de cosas que me convierten en una persona que no quiero ser. Así que, en un momento dado en el que fui dueña y señora de mi cuerpo y de mi voluntad, le dije a Eliott que lo sentía mucho, que tenía que marcharme. La decepción en su rostro fue más que evidente, pero en ningún momento insistió. Todo lo contrario: me acercó la ropa que se había quedado desparramada por el suelo cuando todo parecía ir bien y me acompañó hasta mi apartamento. Una vez allí, me dio un beso de despedida con sabor a limón y a una promesa que no terminé de entender, y se fue.

No tardé ni diez minutos en quedarme dormida, todavía con su aroma en mi piel y con la duda de si habría hecho lo correcto o no.

Me levanto medio atontada y me meto en la ducha. Abro el grifo y suelto un gritito de alegría porque ha vuelto el agua. Disfruto del vapor caliente que sale de la alcachofa y me demoro un poco más de la cuenta. Estoy agotada, me duele cada músculo del cuerpo, y sé a ciencia cierta que esto es lo que ahora mismo necesito.

Cuando me quiero dar cuenta, se me ha echado la hora encima, por lo que renuncio al desayuno. «Tampoco me pierdo gran cosa», me convenzo a mí misma, ya que tengo que hacer la compra y el par de cosas que queda en la nevera no sé si se puede catalogar como comestible. Me pongo unos vaqueros y un jersey blanco de punto, cojo la mochila y salgo corriendo.

Casi me da un ataque al ver que la bici no está en su sitio, pero entonces recuerdo que ayer se quedó en el trabajo. No me da tiempo a coger el metro, así que llamo a un taxi que, en unos minutos, me deja en la puerta del edificio. Entro y saludo con un gesto rápido a Adam, que está chateando con el móvil y parece muy entretenido. Ahora que lo pienso, Eliott no me ha dado su número ni yo le he dado el mío, así que no tengo forma de contactar con él.

Me regaño por no haberle pedido su número mientras entro en el ascensor y veo que en su interior está Diana, la secretaria de mi supervisor, que me mira con gesto de incertidumbre al verme hablar sola.

—Buenos días, Diana —le digo con retintín, pero ella no me contesta.

Por fin, llego a mi puesto de trabajo y allí está Tracy, con la cara blanca como la espuma.

—¿Qué pasa? ¿A qué viene esa cara?

—Es Richard, ha estado aquí y quería hablar contigo.

—Y, por lo blanca que estás, intuyo que no es para nada bueno —digo mientras dejo mi mochila en la silla.

—No, bueno, no sé. No me ha dicho nada. Solamente ha preguntado por ti; quería saber si he hablado contigo entre ayer y hoy. Yo le he dicho que ayer, cuando me fui a casa, tú no estabas en tu puesto y que no te había vuelto a ver después de que comiéramos.

—Bien, no te preocupes, seguro que es una chorrada. —Trato de quitarle importancia porque conozco a Tracy y sé que le da demasiadas vueltas a todo.

Me dirijo al despacho de Richard, pero antes paso por la máquina de café para coger algo que me espabile un poco.

Cuando llego al despacho, Diana me mira, sonriente, y soy consciente de que la forma que tiene de regodearse en ese gesto quiere decir que me prepare, que hoy toca marcha.

Llamo a la puerta y es el propio Richard el que me abre. Entonces paso y me siento en la silla, sin dejar de remover el café que todavía está a la temperatura de la lava deslizándose por un volcán.

—Veo que Tracy te ha dicho que quería hablar contigo.

—Sí, es lo primero que ha hecho en cuanto he entrado por la puerta. No deberías darle esos sustos, ya sabes que es muy susceptible y enseguida se preocupa.

—Solo quería saber qué tal estás. —Se apoya en el borde de la mesa, supongo que para romper la barrera que siempre hay cuando un jefazo se sienta en su escritorio de mandamás—. Ayer me dejaste preocupado.

—Bien, he pasado buena noche. —Levanta una ceja y yo, de repente, me siento estúpida—. No es lo que crees.

—No me importa lo que hagas en tus horas libres.

—¡Faltaría más! —le digo mientras me río—. No, en serio, estoy bien. Ayer tuve mucha presión en el trabajo, pero es solo eso. He dormido bien y ya estoy con las pilas cargadas para empezar un nuevo día.

—Así me gusta, entonces no tengo más que decir. Vuelve a tu puesto y tranquiliza a Tracy, dile que no era nada.

—No te preocupes, lo haré. Esta chica siempre le da muchas vueltas a todo. Parece una noria.

Richard se despide de mí y salgo de su despacho. Me dirijo a mi puesto, no sin antes dedicarle una sonrisa a Diana para que vea que todavía tengo bastante enchufe en este edificio.

Cuando llego a mi mesa, Tracy sigue con la cara del color de la leche.

—No era nada, solo quería preguntarme una chorrada.

Ella parece relajarse de golpe y suspira, aliviada, como si llevara mucho tiempo conteniendo la respiración.

—Menos mal, ya me había asustado. Richard ha venido como una furia, y eso no es normal en él.

—Habrá pasado mala noche —le digo para que se quede tranquila.

Las horas se suceden más rápido de lo que cabe esperar. Hoy tenía el archivador repleto de expedientes de los que me he ido encargando con calma pero sin pausa. Había tantos que no me ha dado tiempo ni a bajar a comer algo, y eso ha hecho que mi estómago no haya parado de protestar en todo el día, con la intención de recordarme que esta mañana tampoco le he dado nada para desayunar.

Tracy me ha traído un bocadillo, pero estaba tan concentrada en los expedientes que lo he dejado en la mesa y todavía no me lo he comido. De lo que sí he dado buena cuenta es del café tamaño extragrande que me ha subido mi querida compañera junto al sándwich y cuyo olor ha hecho que mi estómago sonara con más insistencia. Así, al menos, no se me cierran los ojos todo el tiempo.

—Cora, me voy a ir. ¿Te quedas?

Me doy la vuelta y veo que Tracy se está poniendo el abrigo. Miro el reloj de la pantalla, ya son las seis de la tarde.

—Sí, me queda un par de expedientes por resolver. No quiero que se me amontone con lo de mañana, que parece que Richard viene pisando fuerte esta semana.

Ella se despide y me deja a solas con mi ordenador. Hoy no me he puesto los cascos, no me apetece escuchar lo que estoy borrando. Tampoco hay nada interesante, solo cosas cotidianas, como un hombre comprando cervezas y picoteo, una niña saltando a la comba con sus compañeros de clase, un chico haciendo un examen, y poco más. Cosas que hacen que me pregunte por qué una persona decidiría grabar esos momentos. No lo entiendo y, aunque sé que no debo cuestionarme nada, los días siguen pasando y yo sigo sin comprender el alcance de la estupidez humana.

Entonces escucho un ruido sordo que viene de la planta de abajo. Me quedo quieta unos instantes y empiezo a distinguir sonidos metálicos, cada vez más fuertes.

Me levanto de un salto y me dirijo al sitio del que proviene el estruendo. No me cruzo con nadie, ya es tarde y la gente se habrá ido a su casa, así que la primera intención de ir gritando por el pasillo para saber qué pasa se reduce a un amago, a un pequeño susurro en forma de: «¿Hay alguien ahí?».

Al no recibir respuesta alguna, decido esconderme y dejar de hacerme la valiente. Me asomo poco a poco por detrás de la columna en la que me he refugiado y descubro a un hombre tirado en el suelo. Tiene las piernas y los brazos abiertos, como si se hubiera caído a plomo. Un hilo de sangre sale de su cabeza.

Empiezo a respirar muy fuerte. No sé qué está pasando, no sé quién es el que está rompiendo cosas y no sé qué es lo que se está cargando. Lo que sí tengo claro es que no quiero que ese algo sea mi cráneo, así que me quedo tras la columna sin hacer el menor ruido.

Allí no hay nadie, aparte del tipo que está inconsciente en el suelo —espero, de verdad, que esté inconsciente y no muerto. Desde aquí no soy capaz de comprobar si está respirando o no—, pero entonces una persona sale de una de las oficinas. Viste de negro y lleva una capucha y una máscara con el dibujo de una calavera, que me impide distinguir de quién se trata. Acto seguido, se dirige a la sala de los *desrutinizadores* y escucho otra vez los golpes metálicos. En cuanto voy a salir de mi escondite, una persona distinta sale de otra de las oficinas. Viste igual que el otro, y esta vez me fijo en que sujeta una gran barra de metal en la mano. No me da tiempo a ver mucho más, porque se dirige hacia donde está su compañero.

Los ruidos son ensordecedores y los noto retumbar dentro de mi pecho, como si estuviera en mitad de un concierto y tuviera el altavoz de los bajos justo enfrente de mí. Estoy tan asustada que me es imposible controlar mi respiración y comienzo a hiperventilar, sin poder hacer nada por remediarlo.

Una lágrima se me escapa sin querer, y me llevo las manos a la boca para no emitir ningún sonido.

No sé qué está pasando y no sé qué puedo hacer. Me he dejado el móvil arriba, en mi mochila, y no hay nadie más por aquí a quien pedirle ayuda. Si vuelvo hacia atrás e intento subir a mi oficina, es probable que escuchen mis pasos y eso podría ponerme en peligro. Y tampoco puedo enfrentarme a ellos, porque van armados y yo no tengo nada con lo que defenderme.

Lo mejor es quedarse aquí, respirar y esperar.

Unos minutos después, que a mí me parecen horas, los ruidos cesan. Entonces escucho los pasos de las dos personas: están huyendo. Me da tiempo a salir y observarlos por detrás. No son muy altos, aunque uno de ellos tiene bastante musculatura y el otro es delgado pero ágil. Por cómo corren, los dos están en muy buena forma.

Subo las escaleras que me separan de mi oficina. Entro como un torrente y cojo la mochila. Me la pongo en la espalda y, sin apagar el ordenador siquiera, salgo corriendo como alma que lleva el diablo.

Bajo los escalones de dos en dos y evito coger el ascensor. Cada vez que llego a una planta, me paro unos segundos para escuchar y ver si hay movimiento. Al comprobar que la zona está despejada, sigo mi descenso hasta que llego a la puerta principal. Allí ya no está Adam, así que salgo todo lo deprisa que puedo, cojo mi bici, cuyo candado quito tan rápido como me permiten mis manos temblorosas, y me marcho como si un monstruo me estuviera persiguiendo.

Pedaleo y pedaleo sin importarme los peatones ni los coches que están a punto de atropellarme en más de una ocasión. Escucho pitidos que me increpan y gente que grita a mi paso, pero no hago caso.

Todavía no soy consciente de lo que acaba de pasar. Todavía veo en mi mente la sangre saliendo de esa cabeza y ese cuerpo que no sé si respiraba o no.

Mierda, tendría que haberme quedado, tendría que haber ayudado a ese pobre hombre. ¿Qué clase de persona soy? ¡Una delincuente! ¡Eso es lo que soy! No socorrer a alguien es delito, ¡lo dice la ley!

Freno en seco y, con las manos aún temblorosas, llamo al 911. Les explico que ha habido un incidente en las oficinas del Gobierno, les doy la dirección y les cuento por encima lo que ha pasado.

Cuelgo y me dirijo a casa.

En cuanto llego, me meto en la ducha con la ropa puesta. Me da igual. No me importa que la lana gruesa de mi jersey blanco se me pegue al cuerpo como si fuera una segunda piel, pesada y húmeda. No me importa que el pelo se me empape y se lleve consigo todas las lágrimas que brotan de mis ojos. Es más, lo agradezco.

Cuando logro calmarme, me quito la ropa, todavía dentro de la ducha, y me intento relajar. Parece que funciona.

Me paro a pensar en todo lo que he vivido. ¿Quiénes eran esos tipos? ¿Por qué querrían destrozar las oficinas del Gobierno? ¿Qué ganan rompiendo un ordenador? ¿Y un *desrutinizador*?

Y entonces me acuerdo, hoy no he entrado en el *desrutinizador*, y me doy cuenta de que es la primera vez desde que trabajo allí, la primera vez en tantos años, que no me meto en esa cabina antes de irme a casa.

9

«Esto no está bien, no está bien». Era lo único que ella se repetía una y otra vez. «No está bien, tengo que contarlo». Sin embargo, en el fondo sabía que eso no era posible. No podía salir de su casa y gritarlo a los cuatro vientos, no podía arriesgarse.

O acabaría muerta.

Lo sabía de buena tinta, lo había comprobado. Su vecino, Nick, sabía lo mismo que ella. Sin embargo, él no fue prudente, terminó contándolo, y un día apareció muerto en el rellano del edificio. Y ella se lo había dicho mil veces: «Nick, no lo cuentes, cállate, ya averiguaremos el modo de arreglarlo», pero a él eso de las conspiraciones le encantaba y no podía evitar compartirlo todo cuando conocía a alguien.

Ella lo sabía, sabía que un día iba a acabar mal. Tampoco imaginó que de esa forma. Quizás un escarmiento, una advertencia. Pero no, ellos fueron a la raíz del problema y la eliminaron de cuajo. Se acabó.

Así que ahora ella tenía que callarse. Lo sabía mejor que nunca. Y le habría encantado, de verdad, poder contárselo a todos sus amigos y conocidos que, aunque no eran muchos, tal vez pudieran ayudarla con lo suyo. Porque, si había algo de lo que estaba segura, era de que nada de lo que le ocurría era normal.

No obstante, hacía ya bastante tiempo que había decidido que seguiría con su vida, como si nada pasara, y que trataría de convivir con ello de la mejor manera posible. Así que, como todas las mañanas, cogió su uniforme, lo metió en la bolsa de siempre y se fue al hospital, donde trabajaba desde hacía tantos años que ya había perdido la cuenta.

Allí los días se le pasaban volando. Normalmente, estaba en la sala de urgencias, la más entretenida para su gusto y también la que todo el personal eludía. Por esas camillas pasaba una variedad tremenda de incidentes. Desde lesiones producidas por objetos extravagantes o enfermedades raras hasta casos curiosos como el del hombre que llegó un día diciendo que en su casa aparecían cosas por arte de magia, como manzanas que él jamás compraba, o restos de pan en la encimera de la cocina cuando él no recordaba haberlo comido el día anterior. Ese expediente lo recordaba especialmente porque le marcó, fue lo que le hizo atar cabos. Sin embargo, tenía a un montón de supervisores mirando y tuvo que administrarle un sedante, como se le ordenó, y mandarlo a casa para que se relajara.

Vivir sabiéndolo era muy complicado, y ella tenía la sensación de ser una tetera a punto de romper a hervir. Lo notaba en su interior: acabaría hablando.

En cambio, llegó un día en que pareció que su mundo le daba un poco de tregua. Una buena noticia que prometía sacarla de su obsesión y de ese silencio que cada vez pesaba más en el interior de su mente.

Un hombre apareció en la sala de urgencias. Había sufrido una indigestión o algo parecido, porque tenía la tripa hinchada y se quejaba de fuertes dolores en el estómago. También había vomitado en alguna ocasión y tenía unas décimas de fiebre, así como sudores fríos y escalofríos. La doctora que lo atendió lo tuvo claro desde el primer momento: salmonelosis. Habría comido en algún sitio y le habrían servido un producto pasado o contaminado.

Cuando la doctora se fue, ella se quedó al cargo de su caso, por lo que se dispuso a inyectarle suero y butilescopolamina para que se le relajara la zona abdominal y dejara de dolerle. Entonces el señor la cogió del brazo y la miró como jamás la habían mirado. No era posible, pero ese señor lo sabía. Lo sabía todo.

—Tienes que venir conmigo cuando salga de aquí —le dijo él.

Ella estaba confusa. Observó su alrededor para comprobar que nadie estaba viendo aquella escena. No sabía cómo reaccionar. ¿Sería lo que estaba pensando? ¿O tan solo era un lunático que no sabía ni lo que decía?

—No tienes otra opción, Sally. —¡Sabía su nombre! ¿Cómo era posible?—. Tienes que venir conmigo y todo se acabará pronto. Te lo prometo.

—¿De qué está hablando usted? —le preguntó Sally. Quiso jugar al despiste, aunque en realidad sabía perfectamente a qué se refería aquel hombre. No entendía cómo, pero así era. Estaba segura de ello.

Por eso, tres días después, se citó con él en un local. Sally habría accedido a quedar el mismo día que salió del hospital, pero los dos acordaron que no era buena idea, ya que el hombre debía descansar y no estaba para mucha excursión.

Cuando entró en el local, le resultó increíble que ese hombre fuera el mismo al que había atendido en urgencias. Sin las ojeras y la cara chupada por haber estado vomitando sin parar, parecía otra persona. Incluso el color de sus mejillas le daba otro aire.

—Me muero de hambre —dijo él en cuanto Sally se acomodó en la silla.

—Yo también. Nunca he estado en este sitio, ¿qué me recomiendas?

—Sin duda, la *pizza* de anchoas y aceitunas.

SEGUNDA PARTE

10

Hoy no puedo ir a trabajar, de verdad que no. Después de lo que sucedió ayer, lo último que quiero es enfrentarme a preguntas sobre lo que vi o dejé de ver. Aunque nadie sabe que me quedé en la oficina hasta tan tarde, no les costará mucho revisar las cámaras de seguridad y comprobar que yo estaba allí, escondida como una cobarde detrás de una columna y que no hice nada por ayudar al hombre tendido en el suelo.

Dudo un momento antes de coger el móvil, pero al final lo hago. Marco el número de Diana.

—Hola, Cora. —No es la voz de la secretaria la que me responde al otro lado de la línea, es la de Richard.

—Hola, Richard. Hoy no puedo ir a trabajar, me encuentro mal. —Toso con fuerza y exageración para darle más veracidad a mi historia—. Creo que he pillado algo.

—Te he visto en las cámaras, Cora.

—Yo… —trato de disculparme.

—No hace falta que me mientas. Entiendo que ayer viviste un momento horrible y que te resulta complicado gestionarlo. No pasa nada, lo comprendo. Quédate en casa hoy, descansa y relájate. Pero necesito que me cuentes todo lo que viste, cualquier detalle que nos haga pillar a esos cabrones que metieron a Cliff en el hospital.

—¿Cliff? ¿El de mantenimiento? —Ahora que lo pienso, recuerdo que el cuerpo estaba boca abajo y no pude verle bien el rostro. Pobre Cliff, me siento culpable por haberme ido de allí sin ayudarlo. Es un buen tío—. No pude hacer nada, Richard, me quedé paralizada.

—Lo sé, lo entiendo. En las imágenes se te ve muy asustada. Cliff está en cuidados intensivos, le dieron un buen golpe en la cabeza y tiene un traumatismo bastante grave. Los médicos no saben cómo va a evolucionar, pero no se teme por su vida. —Escucho que le dice algo a alguien a la vez que tapa el altavoz, aunque no llego a entender el qué—. Ahora, Cora, cuéntame todo lo que viste. Hasta el más mínimo detalle.

—No sé qué decirte que no se vea en las imágenes. —Me siento en el sofá y abandono mi plan de prepararme un sándwich de queso mientras hablo por teléfono—. Eran dos tipos, no muy altos y atléticos. Vestían de negro y una careta con el dibujo de una calavera. Llevaban barras de metal y escuché cómo arremetían contra los ordenadores y los *desrutinizadores*.

»Pero no sé nada más. En cuanto cesaron los ruidos, salí corriendo. No pensé en nada, solo en salvar mi culo, si te soy sincera. Y después llamé a la policía, porque me acordé de que no había socorrido a ese tipo, a Cliff, y eso es un delito y...

—Vale, Cora, tranquila —me interrumpe Richard—, hiciste lo que tenías que hacer. Nadie en su sano juicio se habría quedado allí para que lo mataran.

—Hay una cosa que no entiendo —digo después de analizar la situación—. ¿Por qué las oficinas? ¿No sería mucho más productivo atracar un banco o la tienda de Tiffany?

—Ya, bueno, hay mucho loco suelto por la vida. Vete tú a saber qué querían esos dos. Lo más probable es que fueran unos mandados, que cumplieran órdenes de alguien que quería que eso se hiciera por algo. Es lo que nos queda todavía por averiguar. En fin, Cora, debo dejarte, acaba de entrar la policía por la puerta. Descansa, ¿vale? Y, si recuerdas algo más, llámame en cuanto puedas.

Me quedo mirando el teléfono, cuya pantalla no puede estar más rota, y me dan ganas de estrellarlo contra la pared. Me encantaría tener a alguien al que poder llamar ahora mismo, con el que poder compartir todo lo que me ha pasado. Que me hablase y me tranquilizase. Alguien que me comprendiera y me animara.

Sin embargo, hace demasiado tiempo que eso no ocurre. Hace demasiado tiempo que no puedo coger el teléfono para llamar a un amigo con el que desahogarme.

Podría hundirme en la miseria y compadecerme de mí misma, quedarme en el sofá llorando toda la mañana o comiendo porquerías y viendo telebasura. Pero entonces decido que las cosas pueden cambiar, o al menos puedo intentar que cambien.

Así que me levanto, me pongo unos pantalones negros y un jersey azul eléctrico que hice durante una temporada en la que pensaba que el punto me relajaba, y me lanzo a las calles de Manhattan.

Es pronto, son las nueve de la mañana, y no creo que un estudio de tatuajes abra a estas horas, pero lo voy a intentar. Tengo que hablar con alguien y la única persona que se me ocurre es Eliott.

Cuando llego a la puerta de su estudio, unos veinte minutos después, está cerrada a cal y canto. Las luces de dentro están apagadas y no se intuye movimiento. «Si es que eres imbécil», me digo a mí misma.

Resignada, me doy la vuelta en busca de una cafetería. Me alivia ver que hay una justo en la esquina. No tiene mala pinta, y tampoco hay mucha gente en su interior. Entro y le pido al camarero un americano con crema de vainilla. Me siento en una de las mesas y cojo un periódico para enterarme de qué pasa en el mundo; pero entonces me doy cuenta de que el titular de la portada habla de una noticia antigua que poco interesa ya.

Lo dejo en la mesa, no sin antes echar una mirada de incredulidad al camarero, que se encoge de hombros como queriendo decir que a él le importa una mierda que ese periódico lleve ahí más tiempo que la lámpara del techo. En ese momento, un chico entra por la puerta y llama mi atención porque se tropieza al entrar y casi se cae al suelo llevándose consigo al camarero.

Siempre me han dicho que soy demasiado expresiva y que mi cara no puede ocultar nunca lo que siento, así que no me extraño en absoluto cuando una sonrisa se planta en mitad de mi rostro. ¡Es Eliott! Nunca me había alegrado tanto de ver a una persona. Por un segundo, esto hace que mi escepticismo sobre las casualidades se disipe un poquito, lo justo para no hacerme pensar que Manhattan es enorme y que las probabilidades de encontrarme a Eliott en la cafetería eran casi nulas.

Él me mira y viene directo a mí. Se sienta y coge el periódico que tengo delante.

—Oh, noticias frescas —dice. Yo imito al camarero y me encojo de hombros—. ¿Qué haces tú por mi barrio?

—Pasaba por aquí.

Él levanta una ceja. Me ha pillado.

—No te lo crees ni tú.

—Bueno, está bien. He venido a verte.

—A ver, Cora. Lo de la otra noche estuvo muy bien, pero soy un hombre libre, no me vengas ahora con que te has enamorado.

—No digas tonterías, idiota. —Hago el amago de darle con el periódico—. Necesito hablar, eso es todo.

—Qué mala es la soledad, ¿verdad? —Asiento y él aprovecha ese silencio incómodo para pedir un café con leche condensada—. ¿Qué ha pasado?

Antes de que pueda decir nada, coge mi teléfono, que descansa encima de la mesa y anota algo en él.

—Te he guardado mi número. Ya sabes, para que en próximas ocasiones, si necesitas hablar conmigo, no tengas que abordarme en mi barrio para encontrarme. Así podrás llamarme como hacen las personas normales.

Intento reprimir una sonrisa, pero no puedo. Cuando me devuelve el móvil, le cuento todo lo que llevo dentro y que grita por salir.

—Ayer me pasó algo horrible en el trabajo y no sabía con quién hablarlo. Ahora mismo estoy en un momento de mi vida bastante extraño y no es que tenga a mucha gente a mi lado.

—Ya, la vida es una mierda, que diría Brooks.

—Sí, la vida es una mierda total —repito. Y me viene un recuerdo momentáneo de la noche en que los conocí, pero no le hago caso, necesito centrarme en esto—. El caso es que ayer estaba en el trabajo, tenía muchísimos expedientes, así que me tocó quedarme hasta tarde. Escuché unos ruidos horribles que venían del piso inferior. Bajé a la carrera y vi a un tío tirado en el suelo, con la cabeza abierta, y a dos tipos saliendo de una de las oficinas. Iban con barras metálicas y estaban destrozando todo a su paso.

Eliott se lleva las manos a la cabeza, y entonces puedo ver que en uno de sus puños tiene tatuada la palabra «fuerza» y en el otro, «lealtad». Menudo macarra.

—¿Te hicieron algo? ¿Estás bien? —me pregunta.

—No, no me hicieron nada. Me escondí. Ese es el problema, no hice nada por ayudar al tipo que estaba en el suelo desangrándose. Menos mal que sigue vivo, está bastante mal, pero vivo, al fin y al cabo. Y yo no puedo parar de darle vueltas a la cabeza. Como le queden secuelas, no me lo podré perdonar en la vida.

—Tú no hiciste nada mal, Cora. Fuiste lista. No podías quedarte. ¿Qué pretendías? ¿ Enfrentarte tú sola a dos tipos armados con barras de metal? Habría sido un suicidio. Hiciste lo que tenías que hacer.

—No sé, Eliott. Me quedé bloqueada. No supe reaccionar. Y esta mañana, en vez de encarar mis problemas y aparecer en el trabajo, he llamado para decir que estoy mala y luego he venido corriendo a buscarte. Estoy huyendo, como hago siempre.

—Venir hasta aquí no me parece un buen método de huida, la verdad.

Enarco una ceja, porque me doy cuenta de por dónde van los tiros, pero lo cierto es que lo último que me apetece ahora mismo es pensar en enrollarme con nadie.

—No creo que…

—Es una broma, Cora —me interrumpe Eliott antes de que yo pueda decir nada de lo que seguramente me arrepentiría—. Solo intentaba que sonrieras un poco, no me gusta verte tan seria.

No estoy segura de si son sus hoyuelos, cómo se ríe, que parece que lo hace con los ojos, o si es por la sonrisa tan sincera que tiene, pero siento que estoy un poco prendada de lo que me transmite este chico. Y eso provoca que me regañe a mí misma, porque no he venido hasta aquí para alimentar el enamoramiento repentino que estoy empezando a sentir, y no porque no quiera, sino porque necesito compañía que me ayude a dejar de pensar en todo lo que ocurrió ayer.

—No sé, Eliott, no entiendo nada. No entiendo a qué se debió ese ataque tan gratuito. Ni siquiera puedo decir si fue gratuito. ¿Qué buscaban? ¿Qué órdenes obedecían?

—Tal vez querían información. Ya sabes, la información es poder.

—No estoy de acuerdo. Soy de las que piensan que el poder es poder. Además, nuestro trabajo no es tan interesante como puede parecer.

—¿En qué consiste?

—¿El qué? —pregunto, confundida.

—Tu trabajo.

Dudo unos instantes. Me encantaría contarle todo, aunque no debo hacerlo. Mi trabajo es confidencial y nada de lo que haga dentro de esa oficina puede ser compartido con nadie. Sin embargo, estoy en un momento de mi vida en el que no puedo ser racional, aunque sea extraño ser consciente de estar pensando esto. Y no sé si será por sus hoyuelos o por su sonrisa —de nuevo—, pero siento que me vuelvo vulnerable cuando estoy a su lado.

—Trabajo borrando información.

—¿Qué tipo de información? ¿Cosas sobre el Área 51?

—No, no es algo tan trascendental —digo mientras me río. Aprovecho que el camarero pasa por mi lado para pedirle otro café. Me da a mí que esto va a ser largo—. Borro vídeos de personas, cosas que graban y que el Gobierno cree que hay que hacer desaparecer.

—Eso no tiene ningún sentido. ¿Qué tipo de vídeos borras? ¿Material sensible? Si es algo turbio y asqueroso, no me lo cuentes, preferiría pensar que no te pasas ocho horas al día viendo cosas raras.

—No es nada extraño. A veces borro alguna escena comprometida, aunque no es lo habitual. Suelen ser imágenes aleatorias de vidas aleatorias. Gente que graba su día a día con el móvil y el Gobierno decide que ese material debe desaparecer.

—¿Y nunca te has preguntado qué sentido tiene todo eso? Porque yo no se lo veo.

—Muchas veces, pero nuestro lema es: «Ver, oír y callar». Uno de los requisitos para entrar a trabajar aquí fue no cuestionarme nada. —Me cojo un mechón de pelo y me quedo mirando las puntas rubias. Están más abiertas de lo que me gustaría y piden a gritos una buena dosis de hidratación, o un buen tijeretazo, que ya va siendo hora—. La verdad es que es difícil, es muy complicado no cuestionarme nada. Y más cuando cada día tengo que borrar tantas cosas.

Eliott no dice nada y parece que ha puesto el modo automático, porque su mirada hace un rato que está fija en su taza de café. No obstante, lo voy conociendo y sé que está maquinando algo. Él no es de los que se quedan con la mente en blanco tan fácilmente.

—Es que no lo entiendo —dice por fin—. Nada tiene sentido. Hay algo que no me cuadra en toda esta historia que me estás contando.

—¿Por qué? ¿Qué es lo que no te cuadra?

—Que, si tu trabajo fuera tan inocente y consistiera en borrar algún que otro vídeo de gente aleatoria, como dices, nadie querría destrozar los ordenadores ni las máquinas de vuestras oficinas.

—Puede ser que la gente no quiera que nosotros borremos cosas que pertenecen a su privacidad.

—Esa teoría es una gilipollez. Piénsalo bien: si el Gobierno decidiera que no puedes tener según qué vídeos en tu móvil, lo promulgaría abiertamente. Rose Chester haría un comunicado y diría que, por cuestiones de seguridad, todo el material informático sería revisado y las cosas que pongan en peligro la seguridad nacional se borrarían. La gente rechistaría un poco, es cierto, pero pronto se acostumbraría y se acabó.

»En cambio, es ese secretismo el que no me hace entender nada. Aparte de que lo que me estás contando no tiene ningún sentido. Debe ser algo que comprometa mucho más la seguridad, algo más turbio, aunque tú no te des cuenta.

—No lo sé, Eliott. Tu teoría es muy descabellada. ¿Qué estás queriendo decir? ¿Que no estoy borrando vídeos de los móviles de la gente?

—Exacto.

—Entonces, ¿qué es lo que borro?

—No lo sé. ¿Recuerdos, tal vez?

—Eso sí que es una gilipollez. ¿Cómo voy a borrar recuerdos? ¿Qué te crees que es esto, una película de Spielberg?

Eliott se calla unos instantes y puedo escuchar que, de fondo, han puesto a los Foo Fighters. Suena *Best of you*, aunque no puedo seguir el hilo de la canción porque mi cabeza va a mil por hora y tiene toda su energía focalizada en lo que acaba de decir Eliott.

—No es una idea tan descabellada, ¿a que no? —pregunta mientras me observa con detenimiento. No me gusta en absoluto esa mirada.

—No digas tonterías. Si el Gobierno pudiera borrar los recuerdos de las personas, yo no estaría manipulando la memoria de la gente, haciendo que olvide su última clase de Historia o el último trozo de *pizza* que se ha comido. Además, ¿no crees que yo habría llegado a esa conclusión hace tiempo si tu teoría fuera cierta? Quiero decir, llevo años trabajando en esto, llevo muchos años dedicándome día tras día a lo mismo. Y nunca se me ha pasado por la cabeza esa idiotez.

—Eso es porque quizás a ti también te borran los recuerdos.

La furia que siento ahora mismo en mi interior es indescriptible. Me da la sensación de que Eliott me está vacilando, que se está quedando conmigo. Que no comprende por lo que estoy pasando. Después de lo que le acabo de contar, de lo que viví ayer, lo último que necesito es a alguien que se ría de mí. Y vale que no lo conozco de nada, vale que esta es la tercera vez que nos vemos y no es justo pedirle que me comprenda ni que me ayude, pero esto es pasarse de la raya.

—¡Eh! ¿Adónde vas? —me grita Eliott mientras trata de agarrarme por el brazo.

—A mi casa. No voy a permitir que nadie me vacile. —Estoy tan enfadada que me dan ganas de gritarle, aunque en el último instante me contengo, no me apetece montar un numerito.

—Cora, no me estoy burlando de ti —me dice, con semblante serio. Por un momento, me sorprende verlo así, sin sus hoyuelos marcándose y sin su risa en los ojos—. Te lo estoy diciendo completamente en serio.

—Déjalo, Eliott. Me voy. Gracias por el café, supongo que invitas tú. Igual así puedes burlarte de mí con el camarero.

Con todo el pesar de mi corazón, salgo de la cafetería intentando no volver la vista atrás, y puedo notar cómo un puñal se clava en mi pecho cuando Eliott no hace el menor amago por detenerme.

11

Adam se levanta de su asiento cuando me ve aparecer en el edificio.

—¿Qué tal estás? Ya me han contado lo que tuviste que ver. Pobre Cliff, todavía sigue en el hospital, pero, por lo que he oído, está mucho mejor. ¿Viste algo? ¿Te acuerdas de algún dato más?

En esos instantes, no sé si reír o llorar. Adam es como una cotorra que solo sabe hablar y hablar, tanto que a veces ni piensa lo que dice. Si me acordara de algo más, no se lo diría a él, se lo diría a la policía. Si vi algo, ya lo sabría todo el mundo; sobre todo él, que todo lo sabe y de todo se entera.

—Buenos días, Adam —digo como única respuesta. Espero que con eso le valga por el momento.

Subo a mi cubículo y allí está Tracy, con esa cara de susto como si acabara de ver un fantasma o algo por el estilo. Últimamente la pone mucho. Cuando me ve, corre hacia mí y se tira a mis brazos. Me pregunta qué tal estoy y me hace un interrogatorio en el que lo único que falta es el flexo apuntándome a la cara.

—Tranquila, Tracy —susurro con un hilo de voz. Me está abrazando tan fuerte que me resulta complicado hablar—, estoy bien. Solo ha sido un susto. Ayer me quedé en casa para descansar. Nada más.

—Richard no me ha contado casi nada, solo me dijo que tú estabas bien, pero, después de enterarme de lo de Cliff, ya no sabía qué pensar. ¿Te hirieron?

Y entonces me resigno y le cuento a Tracy la batallita al completo, porque sé que se queda más tranquila cuando maneja toda la información. Aunque me duele mucho recordar el incidente y me cuesta contar los detalles más escabrosos, lo cierto es que es divertido ver los gestos de Tracy mientras le relato la historia. Es una chica muy expresiva y no puede evitar que sus cejas hablen por ella o que su boca se abra anticipando la sorpresa.

—Lo tuviste que pasar fatal —me dice cuando termino, y me da otro gran abrazo por si el de antes no hubiera sido suficiente.

—Gajes del oficio.

—De eso nada. No tendrías por qué haber pasado por eso. Y ahora estarás cansada después del incidente. Se llama estrés postraumático y lo padece un gran porcentaje de personas que sufren un trauma. Y es posible que no hayas podido dormir, o que no puedas comer, o que comas demasiado. Pero tú tranquila, dale a tu cuerpo lo que necesite y cuídate, porque…

—Ya, Tracy, para. Para el carro —la interrumpo antes de que me dé una lección sobre cómo sobrellevar una enfermedad que seguramente no tenga—. Estoy bien, ya te lo he dicho. Ayer me quedé en casa para descansar y ya me he recuperado. Solo necesito trabajar y distraerme, eso es todo.

Ella se me queda mirando y me examina el rostro como si estuviera buscando una pista, algo invisible que le indique si estoy diciendo la verdad o no.

—Bueno, está bien —cede al fin—, pero, si necesitas descansar o irte a tomar un café o lo que sea, cuenta conmigo. Yo te cubro. Y si te encuentras mal, te vas a casa, que ya hablaré yo con Richard y se lo explicaré todo. De verdad, no entiendo cómo no te han dado la baja, por lo menos de una semana, para que descanses y te recuperes y…

Dejo de escucharla. Tracy es muy buena chica, pero a veces es como una locomotora que, una vez en marcha, es imposible de parar. A los cinco minutos de estar hablando sola, por fin se da cuenta de que no quiero continuar con la conversación. Sé que es una forma horrible de hacer que se calle, pero lo de pedirle con amabilidad que deje el tema es algo que con ella no funciona. Lo sé de sobra.

Cojo mi archivador en cuanto Tracy se da por vencida y me dispongo a descubrir qué tengo preparado para hoy. Me alegro al comprobar que no hay demasiado trabajo y eso me hace pensar que quizás Richard sí que tiene corazón, al fin y al cabo.

El primer expediente es de un chico que está en la universidad. Estudia algo así como Aerodinámica, o al menos eso deduzco por los dibujos que hay en la pizarra. Estoy tentada de ponerme los cascos para saber qué está diciendo el profesor, que no para de escribir a la vieja usanza con su tiza blanca, aunque eso no me serviría de nada, porque lo que tengo delante de mí tiene que ser borrado sin excusas.

Estoy a punto de darle a borrar cuando algo me llama la atención. El chico está escribiendo en su cuaderno. Tiene una letra horrorosa e ilegible y no entiendo nada de lo que pone. Escribe deprisa y dibuja flechas que, imagino, unen unas ideas con otras. Supongo que copiar todo lo que está diciendo el profesor es una tarea difícil si se quiere coger toda la información. Pero eso no es lo que más me extraña; lo que no me cuadra es que su otra mano descanse en la mesa, justo al lado del cuaderno en el que está escribiendo. ¿Por qué no me había fijado antes en estos detalles? Si está utilizando su mano derecha para escribir y la izquierda la tiene apoyada en el pupitre…, ¿con qué mano está grabando el vídeo?

Fijo mi vista en sus compañeros de clase. La imagen no se puede mover, no se me permite enfocar más allá de lo que la cámara esté grabando, pero sí que puedo congelar la imagen y ampliarla para observar con más detalle. Y veo que ninguno de sus compañeros tiene un móvil en la mano. Todos están atentos a la clase y nadie está grabando nada. Sin embargo, lo más extraño de todo es que el profesor no mira directamente al chico que graba el vídeo. Está dando su clase como si nada, sin fijarse en nadie en particular.

Recuerdo a la perfección cuando iba a la universidad. Tenía profesores de todo tipo; los había más enrollados, más carcas, más espabilados o más muermos; pero todos ellos coincidían en una cosa: los móviles estaban prohibidos, sin excepción. Me imagino a mí misma sacando un móvil para enfocar al profesor y grabar una de sus clases, y sé perfectamente cómo habría acabado esa escena: con mi móvil confiscado y un parte de amonestación.

Entonces, ¿por qué este profesor no dice nada? ¿Por qué no se sorprende de que un alumno suyo lo grabe con tanto descaro? Por un momento, pienso que quizás tienen un pacto, que el chico tiene permiso para hacerlo, pero enseguida me doy cuenta de que este planteamiento es una estupidez. Que da igual que tenga permiso o no, que lo haga a la cara del profesor o sin su consentimiento. Lo que me perturba es que no sé cómo demonios lo está grabando.

Puede que tenga una cámara deportiva sujeta a su cabeza, una de esas que a veces he visto por las calles de Nueva York. No es que sean muy habituales en estos tiempos, pues pasaron de moda hace algunos años, pero todavía hay algún nostálgico que las sigue utilizando para grabar sus paseos en bici. Sin embargo, esa es una idea que pronto desaparece de mi mente.

Y eso ocurre por dos razones. La primera es que esa teoría suena tan estúpida que no sé ni cómo la estoy teniendo en cuenta. Si llevara una cámara deportiva en la cabeza, el profesor no pararía de mirarlo todo el tiempo, porque no podría evitar fijarse en ese ente extraño que no debería estar ahí. Pero lo que me convence es la segunda razón: su sombra es normal. Si me fijo, con la imagen congelada, la sombra de su cabeza y de su torso se refleja encima de la mesa, y es lo bastante nítida como para ver que no hay nada raro a su alrededor, ningún aparato que sobresalga.

Dejo todo como está y salgo corriendo del cubículo. Escucho a Tracy llamándome, pero hago caso omiso, ni siquiera me doy la vuelta.

He salido con tanta brusquedad que no sé a dónde ir. En un primer momento, pensaba que mi destino era el baño, que necesitaba vomitar, pero después me he dado cuenta de que no, de que lo que de verdad necesito es respirar, así que subo las escaleras del edificio, sin importarme que mis músculos chillen cuando salto los escalones de dos en dos, y, en menos de lo que esperaba, estoy en la azotea.

Mil ideas se arremolinan en mi cabeza y no me dejan pensar. Son muchas y muy variadas, pero hay una que sobresale todo el tiempo y que destaca entre todas las demás, como si fuera la única válida, como si yo supiera de antemano que es la única con sentido: ¿y si Eliott tiene razón?

Me siento porque empiezo a marearme. Trato de controlar mi respiración, como otras veces, y me río para mis adentros; ya he tenido que hacerlo en más de una ocasión durante estos últimos días. Entre todas las cosas que pasan volando por mi cabeza ahora mismo, se me ocurre que debería apuntarme a yoga para aprender a manejar mis emociones. O pedir cita con un psicólogo, directamente.

Pero no, esto no se trata de que yo no sepa manejar mis emociones, ni tampoco es por algún trauma pasado guardado en la recámara. No, esto es culpa de Richard o de quienquiera que esté al mando del asunto. Tal vez Richard solo sea un pelele, alguien que da la cara, pero que no está al corriente de lo que en realidad pasa, puede que solo sea un chivo expiatorio.

Me asombro de lo rápido que avanza mi mente a la hora de hacer estas deducciones, como si ya hubiera decidido que eso es lo que está ocurriendo, que Eliott tiene razón, que no son vídeos lo que *hackeo*, que son recuerdos lo que acabo borrando.

«Esto es una locura, es imposible, no puede ser», me repito una y otra vez. ¿Cómo se va a dedicar el Gobierno a borrar recuerdos? O, mejor, ¿cómo se supone que eso es posible? Porque no es posible..., ¿verdad?

Me da la sensación de que me estoy volviendo loca, de que mi cabeza va a estallar de un momento a otro.

Las palabras de Eliott resuenan en mi interior como si alguien las hubiera grabado a fuego en mi cerebro. Se repiten tanto y de una forma tan insistente que parece que tengo dentro una banda sonora que no para de sonar y sonar.

Es imposible, no tiene sentido.

Siento que tengo que hablarlo con alguien. Debería bajar y contárselo todo a Tracy, seguro que ella me ayuda. O, tal vez, ir sin más miramientos al despacho de Richard y explicarle lo que he descubierto.

Sin embargo, no sé muy bien qué he descubierto.

Así que trato de aclararme y analizar todo lo que ha pasado.

Veamos, llevo unos años trabajando aquí como informática. Me dedico a borrar vídeos de gente aleatoria. Después me voy a casa y no vuelvo a pensar en el trabajo, como si no existiera. Firmé una cláusula de confidencialidad cuando entré y nuestra máxima es «Ver, oír y callar». No nos dan más explicaciones y no tenemos permitido preguntar. En el vídeo de hoy se veía claramente que allí no había ninguna cámara que grabara, ningún teléfono, y tampoco se distinguía a la persona que lo hacía, como si no pudiera enfocarse a sí misma. Las palabras de Eliott vuelven a resonar dentro de mi mente. «Son recuerdos».

Me hundo en el sitio donde estoy sentada y meto la cabeza entre las piernas, derrotada. Tiene razón, tiene razón, tiene razón. Es lo único que tiene sentido ahora mismo, por muy descabellada que pareciera esa teoría en un principio. Es la única explicación lógica, aunque no tenga ni idea de cómo se puede hacer eso, lo de borrar recuerdos. No sé cómo alguien es capaz de meterse en la mente de otra persona, seleccionar algo y succionarlo como si fuera basura. Y eso que, supuestamente, lo hago a diario y en muchas ocasiones.

Entonces me llevo la mano a la nuca y, sin querer, busco algún dispositivo, algo que me permita darle sentido a todo esto. Me digo a mí misma que he visto demasiadas películas cuando no hallo ningún microchip ni nada por el estilo debajo de mi piel. Seré estúpida, si la gente tuviera algún objeto raro dentro de su cuerpo, ya se habría dado cuenta, ¿no? Aunque, por otra parte, si el Gobierno puede borrar los recuerdos a su antojo, es muy posible que manipule el de la persona que ha descubierto que tiene algo extraño dentro de ella.

Voy a volverme loca. Y lo que más me sorprende es que estoy intentando darle un sentido, una explicación. Que he cogido la teoría de Eliott, la he tomado como lógica y la estoy llevando al límite para que pueda ser real.

Pero es imposible que nadie lo haya advertido, es imposible que ninguna de las personas que trabajan aquí haya reparado en esto. Pienso en la cantidad de gente que trabaja en estas oficinas, somos muchísimos, ¿nos dedicaremos todos a lo mismo? Si es así, ¿hasta dónde llega el poder del Gobierno? ¿Dónde está el límite?

Emito un grito de furia y frustración, porque yo lo que necesito es encontrar respuestas, y este rato solo ha valido para hacerme más preguntas.

De repente, se me viene a la mente el incidente del otro día, los dos tipos destrozando las máquinas de la planta de abajo y los *desrutinizadores*. Las imágenes se pasean delante de mí como si fueran *flashbacks*, y lo veo claro, lo veo muy claro: hay más personas que lo saben, claro que sí. ¿Cómo puedo ser tan estúpida de pensar que soy la única que lo sabe? Entonces me acuerdo de Cliff, de su cuerpo tendido en el suelo rodeado de un charco de sangre, de su cabeza abierta y de sus miembros inmóviles, y pienso en lo peligrosos que eran los tipos que entraron en las oficinas. Les dio igual herir a una persona, les dio igual reventar a un tipo que, seguramente, no sabe nada de esto, y todo con tal de destrozar unos cuantos puestos de trabajo.

Todo va cobrando sentido dentro de mi cabeza, pero de forma pausada. Respiro cada vez con más lentitud y me doy cuenta de que ya he aceptado esta teoría como cierta. No me importa que sea una locura, no me importa que todavía queden muchos cabos sueltos que me impiden verlo todo con claridad. Lo único que me importa es que empieza a tener sentido. Las piezas del puzle van encajando poco a poco, aunque aún hay muchas que no tengo en mi poder.

¿Es posible? ¿Es cierto?

Solo hay una forma de averiguarlo.

Bajo las escaleras, despacio, y trato de serenarme. Lo más importante es que nadie se entere de lo que acaba de pasar. Nadie puede saber que lo sé, ni siquiera que tengo una pequeña sospecha de lo que se cuece aquí dentro.

—¿Va todo bien, Cora? ¿Dónde estabas? —Tracy me mira con cara de preocupación. Estoy tentada de contarle todo, ella podría ayudarme, aunque no quiero meterla en líos. Si algún día consigo averiguar algo, algo de verdad, ella será la primera en saberlo.

—Sí, tranquila. Solo me ha dado un ataque de ansiedad.

—¿¡Ataque de ansiedad!? —grita. Se levanta de golpe y viene hacia mí para examinarme.

—Estos días me han dado unos cuantos, pero no te preocupes, está todo bajo control.

—De eso nada, ven, levántate. Acompáñame a la enfermería, necesitas un tranquilizante o algo. —Intenta levantarme y yo la miro, incrédula, porque siempre le digo que tiene la fuerza de un grillo.

—La que necesita un tranquilizante eres tú —concluyo mientras retiro su brazo—. De verdad, estoy bien. Es solo que últimamente tengo mucho trabajo y no lo estoy gestionando como debería. Pero todo va bien, de verdad. Ahora necesito sentarme, calmarme y distraerme.

No parece muy convencida, sin embargo, por fin se va su sitio y me deja pensar.

El tiempo corre y, pese a que Tracy no ha dejado de mirarme cada cinco minutos para cerciorarse de que no hiperventilaba ni me pasaba nada extraño, no he dicho ni una palabra en toda la mañana. Cuando llega la hora de comer le pido que baje sin mí. Tampoco he hecho nada, he estado casi todo el tiempo mirando la pantalla sin parpadear, aunque sí que he estado pensando en qué hacer.

Cuando Tracy vuelve de comer me doy cuenta de que debería seguir actuando como si nada. Debería trabajar como lo hago todos los días, para que nadie se entere de lo que he descubierto, así que me pongo a revisar los expedientes y a darle a las teclas.

Ahora cuesta, cuesta muchísimo más que antes. Ya no es algo frívolo, ya no se trata de borrar un vídeo del que nadie se acordará. Se trata de borrar un recuerdo, una historia que está dentro de la mente de alguien. Algo que ha dejado ahí guardado porque es importante, porque algún día querrá volver a ello. Puede ser algo doloroso o algo que produzca alegría, da igual. El caso es que son nuestros, son nuestras vivencias, nuestro día a día y nuestro pasado. Me estremezco cuando pienso en aquellas palabras que escuché hace tiempo, esas que decían que cuando seamos viejos solo nos quedarán los recuerdos. Que llegará un momento en el que tan solo podamos quedarnos sentados en el sofá y hacer eso, recordar.

Se me salta una lágrima cuando pulso la tecla de borrar. Ahora todo duele mucho más.

Me vuelve a sorprender lo rápido que lo he aceptado, de lo convincente que suena en mi cabeza y del sentido progresivo que va tomando.

—Me voy, Cora.

La voz de Tracy me saca de mis pensamientos. Se han pasado las horas volando y no he sido consciente.

—Bien, yo voy a seguir un rato más, tengo mucho trabajo.

—Deberías irte a casa ya, no has pasado un buen día. Y deberías ir al médico, quizás necesites unos días de descanso.

—Tranquila, te prometo que, si mañana no me encuentro mejor, hablaré con Richard.

—Eso espero, sino te llevaré de las orejas. O mejor, se lo contaré yo misma. En fin, me voy. Qué ganas de meterme en el *desrutinizador* para relajarme un rato.

Sus palabras se precipitan sobre mí como si fueran un jarro de agua fría. Como si un interruptor hubiera hecho «clic» dentro de mi cabeza. ¿Cómo he sido tan imbécil de no caer en ello antes? Toda esa mierda de Silicon Valley, toda esa historia de hacernos descansar mejor, de no pensar en el trabajo cuando estamos fuera de él. ¿Cómo vamos a pensar en el trabajo si nos hacen olvidarlo?

Entonces cojo un papel y un boli y empiezo a escribirlo todo. Todo lo que he averiguado, desde la conversación con Eliott hasta ese pensamiento sobre el *desrutinizador*, para que no se me olvide. Pienso que si alguien encuentra este papel me meteré en un lío, pero no puedo arriesgarme a olvidarlo. Simplemente, no puedo. Necesito apuntarlo todo, así la Cora de mañana podrá enterarse de lo que estoy pensando ahora mismo. La ansiedad aparece cuando pienso que, si me olvido de todo y mañana leo esto, me costará comprender que es verdad. Así que escribo en mayúsculas: «NO ES UNA BROMA», y lo subrayo veinte veces como si eso le diera más credibilidad. De repente, me veo como la protagonista de *El diario de Noa*, solo que con un toque mucho más tétrico y realista. Quién quiere tener a un Ryan Gosling que te construya una casa blanca con ventanas azules cuando puedes vivir una vida donde no sabes si tus recuerdos son reales.

Escribo deprisa y espero que la Cora que lo lea mañana sepa entender perfectamente mi letra. Soy consciente de que algunas de ellas son ilegibles y de que estoy apretando tanto el boli que es muy posible que acabe por romper el papel, pero no tengo tiempo que perder.

Entonces escucho que alguien entra en mi cubículo. Pego un salto sin querer y eso hace que mi mano pinte una línea que tacha todo lo que he escrito hasta ahora. Mierda.

—Hola, Cora, he visto luz en tu puesto y quería ver qué tal estabas.

Es Richard. Me late tan fuerte el corazón que parece que se me va a salir del pecho. Me acuerdo del capítulo de *Los Simpson* en el que se representa *El corazón delator*. Veo a la perfección a Lisa sudando y sufriendo porque escucha el corazón más alto que nadie, sabe que al final la van a pillar, sabe que todo el mundo acabará por descubrir que tiene un secreto. Y es curioso que piense en esa serie antigua de los personajes amarillos cuando he leído el relato de Poe como un millón de veces.

—Hola, Richard. —Trato de tranquilizarme como sea—. Tenía trabajo atrasado con eso de que ayer no pude venir y he decidido quedarme un rato.

—Eso no responde a mi pregunta, ¿qué tal te encuentras?

—Bien, supongo. Ya me han dicho que Cliff está un poco mejor. ¿Se sabe algo de los encapuchados?

—Nada. Manipularon las cámaras de seguridad y se cercioraron de ir bien tapados; no hay forma de identificarlos, pero seguimos trabajando en ello.

—Bueno, espero que los pilléis pronto. —Necesito irme de aquí de inmediato—. En fin, Richard, me voy a ir a casa, que estoy bastante cansada. Creo que he terminado todo por hoy.

—Faltaría más, Cora. Vete y descansa. Y, si necesitas quedarte mañana, hazlo, no vengas.

—No, estoy bien, de verdad. Solo necesito dormir unas cuantas horas seguidas.

Él me sonríe y se va. Vuelvo a respirar y me quedo mirando el papel al que le he dado la vuelta sin que Richard lo notara. Creo que he apuntado todo lo importante, así que lo doblo en cuatro partes y lo guardo en mi cazadora.

El último pensamiento antes de meterme en el *desrutinizador* es que espero que la Cora de mañana no sea tan estúpida como para no entender nada de lo que hay escrito en ese papel.

12

En la puerta había un cartel grande. Aunque las palabras escritas en él eran gigantes, no llamaba demasiado la atención. Se podía leer «*In Memorial*», las letras eran tan elaboradas que resultaba difícil distinguir a la primera lo que significaba.

Sally miró el papelito que tenía en la mano. Aquella era la dirección, no cabía duda. Había encontrado el sitio y ese ya era un gran paso, porque su cabeza era incapaz de descifrar el mapa de su móvil. En cambio, a pesar de la alegría repentina que sintió por haber podido hacer algo que tenía pinta de fracasar antes incluso de empezar, tuvo dudas. Tal vez se debieran a que el edificio no era lo que esperaba. Su cabeza había dibujado el lugar de encuentro como una vieja iglesia, la típica que los alcohólicos utilizaban para sus reuniones semanales de desintoxicación o algo por el estilo. Pero se topó con un edificio enorme, lleno de vidrieras que casi no se podían ver debido a todas las hiedras que trepaban por ellas. Era rectangular y se intuía que los cristales eran azules, algo bastante típico en Nueva York. En el papel que le dio aquel hombre al que atendió hacía unos días en urgencias aparecían, aparte de la dirección, las siglas «IM», así que no había margen de error, era allí.

Entró, despacio, como temiendo interrumpir algún acto, y se dio cuenta de que aquello era una recepción. Una chica, con una gran sonrisa y un pendiente en la nariz, estaba sentada detrás del mostrador. Llevaba unos auriculares de diadema para poder atender el teléfono a la vez que tecleaba.

—Buenos días, ¿en qué puedo ayudarla?

Sally dudó. Aquel hombre le dejó muy claro que nadie podía enterarse de nada de lo que ocurría allí dentro. ¿Y si esa chica no sabía nada? ¿Y si la reunión secreta se celebraba en alguna sala, pero la secretaria del edificio no tenía ni idea? Podía notar cómo el sudor hacía acto de presencia y se tocó la frente con nerviosismo para comprobar que no le caía a chorros, porque esa era la sensación que le daba.

—Me han dicho que tenía que venir aquí hoy —dijo sin saber muy bien si esa era la respuesta correcta.

La secretaria examinó a Sally de arriba abajo, lo que hizo que ella se ruborizara un poco y se preguntara si iba bien vestida. Ahora que lo pensaba, quizás había código de vestimenta. Maldijo al hombre de la sala de urgencias, pues esas cosas deben explicarse cuando invitas a alguien a un evento. Si es que aquello podía considerarse así.

—¿Y quién se supone que te lo ha dicho?

—Verá, es una historia un poco larga de contar —titubeó Sally mientras se miraba los pies. En un amago infantil, entrecruzó los dedos índice y corazón detrás de su espalda, aunque no porque fuera a mentir, sino porque sentía que ese gesto le daría la fuerza suficiente para enfrentarse a aquella situación—. Conocí a un tipo en la sala de urgencias, soy enfermera, ¿sabe? No…, claro que no. ¿Cómo iba a saberlo? —La secretaria empezaba a mirarla como si estuviera loca—. El caso es que, después de hablar un rato con él, me dijo que debía venir aquí. No me dio muchas explicaciones, solo me comentó que habría una reunión y que mi nombre aparecería en la lista de invitados.

Ahora sí que se le estaba formando un goterón en la frente, y eso se debía única y exclusivamente a que al final sí que había tenido que mentir, algo que Sally odiaba con todas sus fuerzas.

La secretaria mascaba chicle sin parar y seguía mirándola de arriba abajo, como si pretendiera examinar cada poro de la pobre enfermera.

—Hola, Klaus —dijo mientras apretaba un botón. No le importó que Sally pudiera ver el interior de su boca, donde el chicle daba vueltas y vueltas—. Aquí hay una mujer que dice que está invitada al evento, ¿qué hago? —La secretaria escuchó con atención lo que aquel tal Klaus le estaría diciendo a través del auricular—. Ya te lo he dicho mil veces, Klaus, no me voy a jugar el culo nunca más, no después de aquello. ¿Sabes? ¡Estoy harta de este trabajo! Me tratáis como si fuera el último mono. Si te estoy diciendo que no sé qué hacer con la tipa esta, es que no sé qué hacer.

Sally la quiso interrumpir para decirle que ella no era una «tipa», pero la secretaria levantó la mano en su dirección con la intención de hacerle entender que nada de lo que soltara por la boca iba a ser importante.

—Mira, Klaus, no me vengas con tus tonterías —siguió diciendo—. La dejo pasar o no, es muy sencillo. Te repito que no me voy a jugar el culo otra vez, así que la decisión es tuya.

Después de unos segundos de silencio, la secretaria colgó el teléfono. Sally quería recriminarle aquel comportamiento, decirle que esas no eran formas de tratar a una persona que acababa de llegar a una recepción. Incluso estuvo tentada de pedirle la hoja de reclamaciones, si es que eso existía en aquel lugar, pero todos esos pensamientos se borraron de su mente cuando la secretaria le dijo que podía pasar.

«¿Quién es la tipa ahora, eh, *mascachicle*?», pensó Sally. Le habría encantado decírselo en voz alta, incluso se imaginó a sí misma chasqueando la lengua y meneando la cabeza como si fuera una malota de esas que salen en la tele. Sin embargo, no dijo nada. Se limitó a dirigirse con la cabeza bien alta a la puerta que la secretaria le había indicado, lo que le supuso ganar una batalla.

Cuando entró no pudo creer lo que sus ojos veían. Por fuera, el edificio daba la sensación de que su interior sería moderno, minimalista, quizás incluso un poco cubista. Pero aquello parecía sacado de una película protagonizada por masones. El techo era tan alto que daba vértigo mirarlo. De él colgaban unas lámparas hechas con ruedas de carros viejos repletas de pequeñas bombillas amarillas que imitaban velas derritiéndose. Todo estaba lleno de vigas de madera gigantes de las que pendía decoración antigua.

Sally se fijó en las paredes, y vio varios frescos dibujados en ellas. Supuso que esos muros estaban hechos de piedra —aunque el exterior del edificio fuera de cristal—, porque allí se respiraba un aire distinto, como aquel que respiró en una bodega cuando viajó a España con sus padres. De eso habían pasado muchísimos años, pero la sensación de frescor y humedad que guardaban los edificios de piedra era algo que no se olvidaba jamás.

El suelo era de baldosas de barro cocido y había varias mesas alargadas con infinidad de sillas a cada lado. Y en esas sillas había gente sentada. Mucha gente. Gente que miraba a Sally y que esperaba que esta hiciera algo más que quedarse con cara de boba observando aquella sala.

—Parece que tenemos una nueva invitada —dijo alguien.

Sally salió de su ensimismamiento y zarandeó un poquito la cabeza. Tenía que espabilar; estaban dirigiéndose a ella.

—No te preocupes, querida, no tienes que decir nada. Siéntate donde quieras. Ya tendremos tiempo para las presentaciones.

Era un hombre el que estaba hablándole. Tendría unos sesenta años, con tripa prominente y gafas rectangulares. Llevaba una boina, seguramente para tapar sus inevitables entradas, y su ropa recordaba a un granjero cuyo sitio no era la ciudad.

Sally le hizo caso y se sentó en un rincón. La chica que tenía al lado le dirigió una sonrisa.

—¡Bienvenidos a *In Memorial*! —dijo el hombre—. Gracias a todos por venir un día más. Este es un momento tan perfecto como otro cualquiera para hacer lo que mejor se nos da: recordar.

13

Juraría que estoy soñando. Espero estar soñando, con todas mis fuerzas, porque eso significaría que el teléfono que está sonando solo lo hace en mis sueños. Es más, esa melodía asignada a Richard, mi jefe, solamente sería parte de una pesadilla.

Sin embargo, pronto me doy cuenta de que no es así. Que el teléfono suena de verdad y que en la pantalla aparece un nombre bien grande: Richard.

—¿Diga? —contesto como puedo. Tengo la boca seca y pastosa, y resulta inevitable que mis palabras salgan de forma forzada y áspera.

—Buenos días, Cora. —Escucho la voz de mi jefe al otro lado del auricular. Está activo y enérgico. Aparto un segundo el móvil para comprobar qué hora es: las seis y media de la mañana. No puede ser, ¿qué desayunará este hombre?—. Siento despertarte, ya sé que este sábado no te toca trabajar y me sabe muy mal pedirte esto, pero debes venir hoy a la oficina. Hemos tenido un extra de expedientes y no van a aguantar hasta el siguiente turno.

—Richard, sabes que no puedes llamarme así en mi día libre. Díselo a cualquiera de los que nos sustituyen los fines de semana.

—Tu sustituta se ha puesto mala y el de Tracy también ha pillado algo, es lo malo de que los trabajadores sean pareja… En fin, que no hay nadie en tu puesto hoy y es urgente.

Gruño a modo de contestación y cuelgo el teléfono.

Las seis y media de la mañana. ¡Voy a matar a Richard!

Hoy pensaba quedarme mucho rato en la cama. De hecho, pretendía hacerlo todo lo que me fuera posible. Estoy agotada y no sé por qué, pero el cuerpo me pedía descansar, dormir y vaguear. Tal vez jugar un rato al *Grand Theft Auto*, a uno de los antiguos, a uno de esos cuyo mapa me sé de memoria por haber pasado tantas horas recorriéndolo.

Es cierto que algunos sábados me toca trabajar, sin embargo, se supone que dos sábados al mes —junto a los domingos de resaca— son mis días libres. Es en lo único que puedo pensar, aunque esa excusa no le vale a Richard, así que, como si mi cuerpo fuera automático, me levanto, me ducho y me preparo el desayuno.

He puesto la radio y de fondo suena *You could be mine*, de Guns N' Roses. Quizás sea un poco fuerte para ser un sábado antes de las siete de la mañana, pero a las únicas personas a las que podría molestar serían a mi vecino de abajo —sordo como una tapia y que necesita algo más atronador que la guitarra de Slash para despertarse— y a mi vecino de puerta. Y, solo por este último, decido subir un poco más el volumen.

Media hora después ya estoy dirigiéndome al trabajo. Nueva York es una ciudad curiosa a estas horas de la mañana un día en el que se supone que casi todos deberíamos estar descansando. Es como algo que parece muerto, aunque en realidad está muy vivo. Como las colas de las lagartijas cuando se sueltan del cuerpo, pero justo al revés. Esta es la única metáfora que se me viene a la mente cuando pienso en Manhattan, por rara que sea. Y es algo que no comparto con nadie, porque nadie lo entendería. Los coches pasan por mi lado, aumentando un tráfico que en cuestión de minutos será denso y mortífero, y yo me refugio en mis auriculares y me dejo llevar por la voz de Jaymes Young. Un lugar seguro en esa jungla de cemento.

Cuando entro por la puerta del edificio, Adam no está en su sitio. En su lugar, hay una chica jovencita que parece perdidísima. Le doy los buenos días y se pone roja como un tomate. Pongo los ojos en blanco sin querer, no puedo evitarlo, y su gesto se tuerce tanto que parece que se va a echar a llorar.

Quizás en otro momento de mi vida me habría parado a consolarla, a decirle que no era mi intención herirla y que no debe preocuparse por nada, que yo soy así de imbécil. Que los sábados, además, casi no hay gente en el edificio y que puede estar tranquila, ya que no tendrá casi trabajo ni nadie que la incordie.

Pero este no es ese momento.

Me dirijo a las escaleras y, por el rabillo del ojo, veo que la chica se levanta de su asiento y se va corriendo al baño. Imagino que a llorar.

En momentos así echo muchísimo de menos a Adam y su pasotismo.

Tracy no está, como ya me imaginaba, porque suelo ser yo la pringada a la que llaman a las seis de la mañana para decirle que tiene que pasar su día libre encerrada. Por lo que me preparo para la que va a ser una larga y aburrida jornada.

Antes de empezar, me apetece procrastinar un poco, así que cojo el móvil que tengo en el bolsillo de la chaqueta y, al hacerlo, se me cae un papel al suelo. Lo miro, extrañada, porque no sé lo que es y no recuerdo haber anotado nada.

Lo abro y comienzo a leer. Lo primero que reconozco es mi letra, aunque no entiendo nada. Habla de recuerdos, de mi trabajo, de los *desrutinizadores*. Está claro que lo he escrito yo, porque hay expresiones como: «hazme caso y deja de ser tan incrédula». Aun así, no lo comprendo.

Es como si mi mente no fuera lo suficientemente rápida como para establecer las conexiones necesarias y poder descifrar toda esta información.

Siento que mi cabeza está a punto de estallar, que todo esto que estoy leyendo va a acabar con mis neuronas, porque nada tiene sentido. Dice que, en realidad, a lo que me dedico es a borrar recuerdos de personas, no a *hackear* dispositivos móviles. También que me limpian la mente de forma selectiva cada vez que salgo de trabajar y que por eso no soy capaz de recordar nada. Que no se sabe cómo sucede ni qué tipo de tecnología utiliza el Gobierno, pero que es casi cien por cien seguro que es lo que de verdad ocurre. Además, especifica que no se lo debo decir a nadie —sobre todo si ese alguien es Tracy o Richard— y que la única persona en la que puedo confiar ahora mismo es Eliott.

De hecho, son muchas las ocasiones en las que el nombre de Eliott aparece en mayúsculas y subrayado.

Cojo mi teléfono, encuentro su número en la agenda y lo llamo. En cuanto empieza a sonar el pitido, me pregunto qué narices le voy a decir. Ni siquiera sé si seré capaz de hacer que las palabras salgan de mi boca.

—¿Diga? —La voz es de Eliott, no hay duda—. ¿Cora? ¿Eres tú?

Me quedo callada, porque no sé por dónde empezar y porque me paralizo al ver que él ya tiene mi número guardado en su móvil. Decido que esta segunda cuestión puede esperar y me armo de valor.

—No debería llamarte, lo siento, pero es que…

Un silencio se interpone entre nosotros, lo noto como si fuera tangible, como si se pudiera cortar con unas tijeras.

—Yo… —trato de decir.

—Tranquila. —Y esa simple palabra hace que mis músculos se relajen casi por arte de magia—. ¿Dónde estás? Voy ahora mismo.

Me alegra saber que no necesito decir nada más.

—Estoy en el trabajo. Está en la calle…

—Ya sé dónde trabajas —me interrumpe de nuevo. Esta vez su tono cambia. Está serio, muy serio—. Nos vemos en la cafetería de abajo en quince minutos.

Creo que ya no me quedan uñas que morderme. Estoy tan nerviosa que mis piernas tiemblan sin que pueda hacer nada por evitarlo. He pedido un café mientras espero a que Eliott aparezca y, por la mirada que me ha echado la camarera, he notado que quizás no haya sido la mejor opción.

Cuando Eliott aparece por la puerta, me levanto de un salto. Voy corriendo hacia él y lo abrazo con todas mis fuerzas.

—Me estoy volviendo loca —le digo en un susurro.

Entonces me suelto y me muero de la vergüenza. Porque yo a este chico lo he visto un par de veces en mi vida y no es normal que lo espere con tantas ganas, porque en un segundo me doy cuenta de que tal vez no haya sido buena idea contactar con él, porque no lo conozco y ahora va a pensar que estoy loca.

—No vengo solo —me dice.

En ese momento, Brooks cruza la puerta. Hoy lleva el pelo de color amarillo limón, a juego con una falda escocesa de cuadros amarillos y un jersey de cuello alto negro. Desentona con la sudadera roja que viste Eliott. Está claro que, si quería que esta charla fuera discreta, ahora ya no lo va a ser.

Brooks me saluda dándome un abrazo y nos dirigimos a la mesa donde espera mi café.

—¿No tendrías que haberte pedido una tila? —me pregunta Brooks.

La miro con cara de indignación, como si quisiera hacerme la ofendida, aunque eso es algo que se me da regular.

—Estoy bien.

—Ya lo veo —dice Eliott a la vez que me coge una mano y observa mis uñas mordidas—. Menudo destrozo.

Aparto la mano, también indignada, y me la pongo debajo de las piernas para que nadie pueda mirarla. Creo que me estoy empezando a poner roja.

—Bueno, ¿para qué nos has llamado? —Brooks aprovecha para preguntarme mientras Eliott va a pedir un par de cafés. Yo la miro con extrañeza—. Vale, sí, has llamado a Eliott, aunque él ha pensado que debía traer refuerzos y, ahora que te veo, entiendo por qué.

—No te ofendas, Brooks, me caes muy bien, pero no sé si deberías estar aquí. Necesito hablar con Eliott. A solas. —Ella levanta una ceja—. No es mi intención molestarte, pero es que tengo que hablar con él de un tema un poco… peliagudo.

—Sabes que todo lo que hablas con él después me lo cuenta, ¿no? —Mi cara responde por mí, porque no, no tenía ni idea de esto—. Pues así es. Entre nosotros no hay secretos, ni uno solo. Es mi mejor amigo y me cuenta absolutamente todo lo que ocurre. Y eso te incluye a ti.

»No pienses que es un bocazas ni nada por el estilo, es que nosotros somos así. Vamos en paquete. Si tienes a uno, tienes a los dos. Como un dos por uno, ya sabes.

—La verdad es que no, no lo sé.

—¿Qué es lo que no sabes? —pregunta Eliott, que llega con los dos cafés en la mano. Por el olor, identifico uno de ellos como un *pumpkin latte* y eso hace que me entre una arcada repentina. No entiendo cómo puede haber gente que tome esa asquerosidad. Es incluso peor que el café con canela. No me sorprende nada que sea el de Eliott.

—No sabe que tú me lo cuentas todo —explica Brooks—. Se ha extrañado de que haya aparecido y quería que me fuera. Ha sido educada, eso sí, no te preocupes. Pero tendrías que haberle dicho que entre nosotros no hay secretos.

Toda yo debo de ser un poema. Soy consciente de que necesito practicar mi cara de póker para ocasiones como esta, para no quedar como una estúpida, pero, de momento, soy incapaz y mis gestos acaban hablando por mí casi siempre.

—Sí, te lo tendría que haber dicho, Cora. Brooks y yo venimos en paquete. —Pongo los ojos en blanco sin querer, porque eso ya lo he oído antes—. Y todo lo que me cuentes acabará sabiéndolo.

Sé que lo que me vas a decir hoy es algo muy importante y quería que ella estuviera aquí para ayudarte. A veces soy un poco bruto y no tengo la paciencia que debería tener.

—No te he llamado para que tengas paciencia conmigo. Te he llamado para que me expliques por qué tengo este papel y por qué aparece tu nombre escrito tantas veces.

Decido darme por vencida. Si Eliott le va a contar todo a Brooks, será mejor que acabemos con esto cuanto antes.

Por un segundo, arrepentida, me siento tentada de quitarle el papel, de arrancárselo de las manos antes de que pueda leer nada; pienso que lo que está escrito puede ser fruto de algún día en que me pasé con la ambrosía o con las pastillas. Puede ser que lo escribiera estando superborracha y que no me acuerde de nada por ese motivo. Puede que solo haya sido una alucinación, que necesite un psiquiatra o algo así, que me esté volviendo loca o que incluso sea sonámbula y escriba esas cosas por la noche.

Cualquiera de estas explicaciones me habría servido. Cualquier excusa habría sido mejor que escuchar las palabras que salen por la boca de Eliott:

—Es cierto. Todo lo que pone aquí es cierto.

—¿Cómo dices?

—Que es verdad, Cora —contesta Brooks, que ha estado leyendo por encima del hombro de Eliott—. Tómate el tiempo necesario para asimilarlo. Sabemos que es algo chocante, pero cuanto antes comprendas lo que ocurre, mejor.

Siento que mi mundo da vueltas otra vez y estoy empezando a cansarme de tener esa sensación de estar en una montaña rusa todo el tiempo. No sé cómo reaccionar, y me encantaría saberlo, porque así no se me quedaría la cara de idiota que debo tener.

—No hace falta que digas nada. —Eliott me coge la mano y me mira a los ojos, es justo lo que necesito ahora mismo—. Deja que nosotros te expliquemos. No tenemos mucho tiempo, debes volver pronto a la oficina o te echarán de menos, pero es importante que nos escuches y que retengas todo lo que te vamos a contar.

—Y lo más importante de todo —continúa Brooks— es que después apuntes cada detalle que salga en esta conversación en un cuaderno. Un cuaderno que puedas guardar a buen recaudo y que veas cada día antes de ir a trabajar.

Mi cara sigue siendo de incomprensión, aunque estoy haciendo un gran esfuerzo por entender lo que me están contando. No tengo tiempo para dudar de ellos, no tengo tiempo para creer que esto es una broma. En su momento lo pensé, que era una jugarreta de Eliott para burlarse de mí, pero sus caras, ese gesto de preocupación con el que me miran, me hace pensar que esto puede ser muchas cosas, y entre ellas no está la posibilidad de que sea una broma.

—¿Quién lo sabe? —pregunto cuando me atrevo a hablar. Creía que no sería capaz.

—Muy poca gente. Hay un club.

—¿Un club?

—Sí, una especie de club —explica Eliott—, donde las personas que pueden recordar se reúnen y hacen charlas y esas cosas.

—No entiendo nada.

—No te preocupes por eso, es una larga historia y no tiene demasiada importancia. El caso es que, contado por encima, hay personas que pueden recordar, aunque se les intente borrar los recuerdos. Para que tú lo comprendas, sus *hardwares* no se pueden *hackear.*

—Y vosotros sois como ellos —concluyo.

—Eso es —continúa Brooks—, pero lo mantendremos en secreto. Eliott y yo nos hemos cuidado mucho de que así sea.

—¿Y cómo lo sabéis? ¿Cómo sabéis que no tenéis recuerdos borrados? Quiero decir, es algo que es imposible de saber, ser conscientes de que un recuerdo ya no está.

—Es difícil de explicar —dice Eliott. Sé que está buscando las palabras adecuadas, su gesto de concentración lo delata—. Un día descubrimos que la gente perdía la memoria. Eran pequeños detalles del día a día que nos hicieron sospechar. Brooks y yo ya nos conocíamos y pronto empezamos a unir las cosas y comprendimos que algo raro estaba pasando. Nos pusimos a investigar y te conocimos. Ahí lo entendimos todo.

—¿Yo? ¿Qué tengo que ver yo?

—Sales todos los sábados por el Heart Attack y, aunque te parezca mentira, nosotros ya nos conocemos desde hace mucho tiempo. —Los sonidos salen de la boca de Brooks, pero yo siento que tardan una eternidad en llegar a mi cerebro.

—¿Y por qué no os recuerdo?

—Cariño —me contesta Brooks—, siempre te pasas demasiado con la ambrosía. Y, normalmente, la gente se va de la lengua cuando habla con el camarero. Ya que no sabes estar callada más de dos minutos, pronto descubrí en qué trabajabas, aunque ni tú misma lo sabías.

—Así que empezamos a investigarte —dice Eliott.

Se van tomando el relevo de la palabra y eso hace que me maree.

—¿Cómo que empezasteis a investigarme? ¿Os estáis quedando conmigo?

Ahora sí que espero con todas mis ganas que esto sea una especie de broma.

—Enseguida lo supimos. Supimos a lo que te dedicabas. Tú no eras consciente, claro, de haberlo sido nos habrías puesto las cosas mucho más complicadas. Pero eras la pieza que nos faltaba para que todo encajara.

—Esto es una locura. ¿No creéis que yo tendría que haberme dado cuenta antes? ¿Que tendría que haber deducido todo esto? Llevo mucho tiempo trabajando aquí y jamás se me ha pasado por la cabeza esta teoría.

—Claro, eso es porque a ti también te borran la memoria. Todos los días, cuando sales de trabajar.

—Los *desrutinizadores* —digo con un susurro.

—Eso es —corrobora Brooks—. Esas máquinas sirven para eso, para teneros controlados. Vosotros borráis recuerdos, pero ¿quién borra los vuestros? Es la única forma de que permanezcáis bajo su mando. No hacéis preguntas, y es porque cada día os borran la mente y solo dejan en ella los datos que consideran oportunos. Lo justo para que no entorpezcáis su tarea. Como un borrado selectivo.

—¿Y cómo funciona? —pregunto. Mi cabeza va a mil por hora, tratando de analizar toda la información.

—Es lo que todavía no sabemos. Nuestra teoría es que las personas tienen un chip implantado o algo por el estilo que une su cerebro con vuestras bases de datos. Así, tecleando un código o lo que sea que hagáis los informáticos, se consigue *hackear.*

—Eso no tiene sentido. Estáis hablando de una tecnología superavanzada, algo que es dificilísimo de conseguir. Es algo que, para que sea efectivo, requiere muchísima técnica. ¿Cómo pueden controlar tantas mentes? ¿Vosotros sabéis la población que existe solo en Manhattan?

Entonces me quedo callada unos segundos y observo sus caras. Me intentan decir algo, no saben cómo.

—Porque esto solo ocurre en Manhattan... ¿No es así?

—No lo sabemos, Cora. —Brooks está abatida, y sus palabras lo demuestran a la perfección—. Ojalá tuviéramos más información, pero, de momento, esto es lo que sabemos.

—Por eso necesitamos tu ayuda —dice Eliott, que sigue removiendo su café de calabaza sin parar. A estas alturas de la conversación ya debe estar helado—. Ahora que ya lo sabes y que estás al tanto de lo que ocurre, tú eres la única que puede ayudarnos a entender lo que está pasando.

—Tú trabajas para ellos —continúa ella—, todos los días entras en su sistema operativo y eso nos acerca al objetivo.

—¿Cuál es el objetivo?

—Descubrir toda la verdad.

Mi cabeza va a echar humo, como si yo fuera un dibujo animado y esto, una producción de Pixar. Empiezo a comprender la situación poco a poco, aunque me cuesta digerirlo.

Pienso en Tracy, ¿sabrá ella todo esto? ¿Y Richard? ¿Sería Richard capaz de estar metido en este embrollo y no decir nada? ¿Cuánta gente lo sabe? ¿Cuánta gente lo permite?

Ojalá mi cabeza no fuera un hervidero de preguntas que no puedo evitar. Me dan ganas de salir corriendo, de huir de la cafetería sin volver la vista atrás, de desconfiar de estas dos personas que me miran fijamente y que esperan que diga o haga cualquier cosa.

—Sabéis que no sois los únicos que estáis buscando algo, ¿verdad?

—No comprendo —dice Eliott.

—Acabo de acordarme del día del incidente, aquel en el que se colaron dos tipos en las oficinas y destrozaron unos cuantos ordenadores. —No sé por qué, de repente, me ha venido a la mente este recuerdo, pero tiene todo el sentido del mundo pensar que está relacionado con lo que me cuentan. ¿Y por qué tengo este recuerdo? ¿Por qué no se han encargado los *desrutinizadores* de eliminarlo de mi mente? «Borrado selectivo», las palabras de Brooks resuenan dentro de mi cabeza.—. Seguro que buscaban respuestas, como vosotros.

Eliott y Brooks se miran de nuevo, y me da la sensación de que no saben cómo reaccionar. Y, aunque esa es la impresión predominante, en realidad, en el fondo de mi corazón, ya sé lo que van a decir a continuación. Ahora sí que quiero levantarme antes de escucharlo, porque sé que, una vez lo haga, nada volverá a ser como antes.

—Cora, fuimos nosotros.

14

Esperaba poder ser capaz de sentarme en mi mesa y fingir que nada había ocurrido.

Eliott y Brooks me han dejado bien claro cuáles son los pasos a seguir. Es muy sencillo: volver a mi puesto de trabajo y actuar con normalidad, nada más. Pero mi cabeza sigue siendo un enjambre de pensamientos que va de un lado a otro sin parar y que está haciendo que me quiera tirar por la ventana.

Es una locura, no hay explicación lógica que responda a mis preguntas ahora mismo. O tal vez todo es mucho más sencillo de lo que parece. Igual no tengo que darle tantas vueltas, quizás no tengo que pensar, sino que basta con actuar.

Alguien llama a la puerta y justo después aparece Richard.

No puedo. No puedo fingir, no puedo actuar como si no llevara en el bolsillo de mi chaqueta un papel que explica el mayor secreto de Estado jamás guardado. ¿Por qué yo? ¿Por qué tengo que ser yo?

—Cora, ¿te encuentras bien? Has pasado demasiado tiempo fuera en tu pausa para el café.

¿Qué le respondo? ¿Que estaba con un par de tíos trazando un plan para que todo salga a la luz?

Entonces pienso que igual Richard no sabe nada, igual él es un peón más del sistema que no tiene nada que ver con esto. Eso me tranquilizaría, porque, pese a que Richard es mi jefe, en el fondo le tengo aprecio. Podría tratarme mucho peor, podría dedicarse a ser únicamente mi superior, pero se preocupa por mí, aunque me haya hecho venir a trabajar hoy.

—Sí, Richard, se me ha pasado el tiempo volando y no me he dado cuenta de la hora que era, lo siento.

Hasta yo misma me sorprendo por la entereza que demuestro. No sé cómo he sido capaz de contestar así, sin dudar, sin venirme abajo y sin dejar salir todo lo que llevo dentro.

—Sé que no debería haberte llamado hoy. —Richard se apoya en el quicio de la puerta y me muerdo el labio inferior en un gesto nervioso, porque eso significa que tiene ganas de charlar—. Sé que este es uno de tus sábados libres, y no lo habría hecho si no lo necesitara con urgencia.

—¿Y Tracy? —pregunto. No es que quiera que la molesten en su día libre, pero siempre soy yo la que acaba pringando.

—Ya sabes que Tracy tiene que cuidar de su madre. Pedirle que venga también los sábados que no le toca sería demasiado.

—Claro, como yo no tengo familia, es mucho más sencillo. No tengo excusas.

—No he querido decir eso, Cora. Y lo sabes.

—¿Sabes qué, Richard? —Voy a explotar. Lo noto—. Que estoy cansada. Estoy harta de que siempre tenga que ser yo la que os salve el culo. Mi contrato es muy claro: dos sábados libres al mes. Y no se cumple casi nunca. Me ponéis expedientes como si yo fuera la única que trabaja aquí, no os preocupa lo más mínimo que tenga que hacer horas extra porque no me da tiempo a terminar todo lo que me mandáis. Yo también tengo una vida, aunque consista en jugar a videojuegos, salir de fiesta y pasar ratos a solas conmigo misma. Pero es una vida, y tengo el mismo derecho que Tracy o que cualquier otro a que se cumplan las condiciones que me prometisteis.

Mi pecho sube y baja a un ritmo frenético. Estoy de pie, mirando a Richard a los ojos, y eso me pone casi a su altura. No me intimida, nunca lo ha hecho, así que no me importa sacar toda la frustración que llevo dentro y tirársela a la cara.

Soy consciente de que nada de lo que le he dicho es lo que de verdad me importa. Estoy acostumbrada a trabajar los sábados, a hacer más horas, a ser la que más expedientes resuelve porque soy constante y aplicada. Pero también sé que lo hago porque soy la mejor.

Y esa realidad me golpea, como si me hubieran tirado un vaso de agua helada a la cara.

Soy la mejor. Soy la mejor. Soy la mejor. Esas palabras se repiten en mi cabeza una y otra vez.

Soy la mejor borrando los recuerdos de las personas.

Soy la mejor haciendo que olviden su propia vida.

Soy la mejor siendo un monstruo.

—Cora, vete a casa. —Richard está serio y me examina con la mirada—. Creo que el incidente del otro día todavía te afecta y no estás en condiciones para trabajar.

—Lo siento, lo siento, Richard. —Me dejo caer en la silla—. Solo estoy cansada, eso es todo. Lo siento, de verdad.

—Está bien, pero vete a casa.

No puedo irme ahora mismo. Eliott y Brooks han sido muy claros al respecto: me han dado unas pautas y yo debo seguirlas como sea.

—De acuerdo, aunque antes voy a encargarme de unos expedientes. Déjame al menos terminar cinco y me marcho a casa.

—Hace unos segundos te estabas quejando porque te he obligado a trabajar en tu día libre. Ahora te digo que te vayas a casa y no quieres. No hay quién te entienda.

—Ya te lo he dicho, Richard, es el cansancio, nada más. Me hace decir cosas de las que después me arrepiento.

Él se queda pensativo. Sigue examinándome y yo solo puedo suplicar para que dé media vuelta de una vez y me deje a solas.

No sé por qué le he montado ese numerito ni sé qué pretendía con ello. Ni siquiera sé si pretendía algo. Pero lo que está claro es que no he hecho que la situación sea más sencilla.

—Cinco expedientes y te vas a casa.

Cuando salen esas palabras de la boca de Richard, siento como si al fin pudiera soltar un peso que llevo acarreando durante siglos.

No tengo tiempo que perder. Primero me encargo de los expedientes. Lo hago de forma rápida y mecánica, aunque es complicado, ya que una voz en mi cabeza no para de repetir que eso no son imágenes, que son recuerdos.

Cuando por fin termino, decido ir al departamento donde tenemos todas las cosas de papelería y cojo un cuaderno pequeño. Vuelvo a mi cubículo y empiezo a anotarlo todo, todo lo que había escrito en el papel que ahora es un gurruño en mi bolsillo: la charla con Eliott y Brooks y las impresiones que me ha provocado Richard. Lo esquematizo todo y remarco bien las palabras clave para que la Cora del futuro no piense que se trata de una broma. Sobre todo, escribo en letras bien grandes las palabras: «Llamar a Eliott», para que él pueda aclarármelo todo en el caso probable de que no entienda absolutamente nada de lo que pone en el cuaderno.

Por un momento, dudo, y esa duda da paso a una inseguridad tremenda que se apodera de mí. No sé si seré capaz de repetir esto muchos días.

El plan de Brooks y Eliott es que manipule el *desrutinizador*. Es muy importante que consiga que mis recuerdos no se borren cada día, porque sería muy difícil avanzar si cada veinticuatro horas debo recurrir al cuaderno. Por no hablar de que es muy posible que me cuestione la veracidad de su contenido cada día que acceda a él. Así que la clave es esa: manipular el sistema que borra algunos de mis recuerdos cuando salgo de trabajar.

Hace ya un tiempo que he dejado de preguntarme si esto es real, si no es una ida de olla de dos colgados que solo tienen ganas de entretenerse.

Y esto ha ocurrido porque a cada segundo que pasa estoy más segura de que es real. La teoría de que el Gobierno se dedica a borrar los recuerdos de las personas está cobrando sentido en mi mente a gran velocidad. No sé ni cómo lo hacen ni por qué, pero lo que tengo claro es que lo averiguaré como sea.

Me pongo a teclear en mi ordenador. No tengo tiempo que perder, así que investigo en sus entrañas. No es que yo sea una experta en la informática más oscura, pero en la facultad salí con un tipo al que le encantaba navegar en la *deep web*. El amor no me dejó darme cuenta de cómo era en realidad. Durante el tiempo que estuve con él, aprendí muchas cosas de informática que no se enseñan en la universidad: cómo acceder a lo más profundo de un ordenador y, lo que es más importante, a hacerlo sin dejar ningún tipo de rastro.

Me limito a guiarme por mi intuición y sigo tecleando sin parar. No es que tenga mucho tiempo, Richard anda por aquí y en cualquier momento podría entrar en mi cubículo para ver qué tal me encuentro o para preguntarme por qué no me he ido a casa todavía. Así que no sigo un patrón determinado, solo el que creo que es el camino correcto.

Estoy buscando una forma de entrar en el sistema de los *desrutinizadores*. Pronto me doy cuenta de que todos los sistemas operativos del edificio están unidos, todos están enganchados a una red que se llama «GM». No he visto nada así en mi vida, pero enseguida caigo en que es un error, porque es mucho más fácil derrotar a un ejército que viene de frente que a uno que se ha dividido y ataca por muchos flancos.

Eso nos lo enseñaron en primero de carrera y me asombra muchísimo que el técnico que ha diseñado esto no haya reparado en que, si una persona accede al origen, está accediendo a absolutamente todo el entramado de red del edificio.

Si me cargo ahora mismo el GM, si consigo bloquearlo y que deje de emitir señal, me estaré llevando por delante todos los ordenadores de todos los cubículos, y con ello también todos los *desrutinizadores*.

Es un movimiento arriesgado. No sé si me atrevo a hacerlo. No sé las consecuencias que podría acarrear. Si decido manipularlo, estaría metiéndome en el corazón del sistema operativo. Me estaría jugando el trabajo, y la vida también, seguramente. Si hay alguien que se ha tomado las molestias en crear algo así, hará lo posible por mantenerlo a salvo como sea.

Sin embargo, se me viene a la mente una escena: la de aquella madre que perdió a su hijo y cuyos recuerdos borré. No estaba borrando vídeos, estaba quitando las huellas de la existencia de un niño de este mundo.

Empiezo a sentir un vértigo horrible, porque esto no hace más que generarme más preguntas. Eliminé los recuerdos de la madre, pero ese niño tenía un padre. Y una profesora y un montón de compañeros del colegio. ¿También nos hemos dedicado a manipular esas mentes para que nadie se acuerde de él? ¿Cuánto tiempo puede llevar eso? ¿Por qué al Gobierno le importa tanto que la gente recuerde a un niño? Y, lo más importante de todo, ¿por qué yo puedo recordar esa escena?

Si a mí me borran la mente después de cada jornada, lo lógico sería que no recordara nada de lo que hago aquí; aunque, por otra parte, si fuera de esa manera, yo no sabría ni a qué me dedico, y eso podría hacer que me volviera loca. «No puedes tener una mente vacía», dice una voz dentro de mi interior, y decido hacerle caso, porque es lo único que tiene sentido dentro de este torbellino de información.

¿De verdad esta gente tiene todo tan bien atado que han pensado incluso en eso?

Es una locura, esto no puede estar pasando. Quizás me he tomado más pastillas de las que debería, seguro que me he metido una botella de ambrosía entre pecho y espalda y estoy en coma o algo peor y por eso tengo estas alucinaciones tan raras. Debe ser eso, no hay otra explicación.

Pero mi mundo se me echa encima al pellizcarme la mejilla con tanta fuerza que acabo gritando de dolor.

Una lágrima se me escapa al darme cuenta de que no, no es un sueño ni nada parecido.

Es la realidad, que ha llegado para quedarse y que duele como un bofetón.

Y, como si ese bofetón me lo hubieran dado ahora mismo y lo pudiera sentir en la piel, reacciono de la única manera posible que se me ocurre: tecleando la combinación necesaria para entrar en el GM.

Entonces ocurre lo que no esperaba que ocurriera. La luz de mi cubículo se apaga, así como mi ordenador. Una sirena suena con una intensidad atronadora y las luces naranjas de unos focos situados en la esquina del techo empiezan a girar sobre sí mismas, mareándome.

Mierda. ¿Qué he hecho? ¿Qué estupidez acabo de cometer?

Reacciono rápido, no hay tiempo para más preguntas. Richard está en el edificio y sabe que soy la única que queda por aquí, así que cojo mi chaqueta, el cuaderno donde he apuntado todo y salgo corriendo a la máxima velocidad que me permiten mis piernas.

Bajo las escaleras lo más deprisa que puedo, sin mirar atrás, sin acordarme de los *desrutinizadores* ni de nada que no sean los escalones que se suceden debajo de mis pies.

Todo el edificio está envuelto en esas luces naranjas parpadeantes que hacen que esto parezca una escena salida de una película de terror. La alarma resuena tan alto que ni siquiera puedo escuchar mi propia respiración, aunque intuyo que está agitada a más no poder.

Debo pensar en algo. En menos de cinco minutos el edificio estará rodeado por la policía. Si lo que se maneja dentro de estas paredes es tan importante, no me extrañaría nada que el tema fuera de seguridad nacional. Eso me deja pocas opciones, tengo que huir y lo tengo que hacer ya.

Mientras bajo los escalones, pienso un lugar en el que esconderme. Porque tengo que esconderme, eso está claro. Richard sabe que yo estaba con el ordenador y, si lo he hecho tan mal como creo que lo he hecho, pronto se dará cuenta de que he sido yo la que ha intentado manipular el sistema. Y entenderá que sé cosas que no debería saber.

No me explico cómo he podido ser tan estúpida, no entiendo cómo he sido capaz de dejarme llevar por dos tíos a los que acabo de conocer. Ahora mismo tendré al mismísimo FBI pisándome los talones. O no sé si eso solo pasa en las películas.

Lo único de lo que estoy segura es de que me he metido en un sitio donde no debía meterme, que ahora sé algo que no debería saber y que eso me pone en peligro.

Así que tengo que salir de aquí cuanto antes. Aunque todavía no tengo claro qué voy a hacer cuando lo consiga. No puedo ir a mi casa, pues aquí todo el mundo sabe dónde vivo y sería un blanco fácil si me quedara allí. No tengo familiares a los que recurrir y, aunque los tuviera, tampoco sería buena idea pedirles asilo temporal, porque acabarían encontrándome igualmente.

Solo me queda una opción: Eliott.

Cuando llego al rellano del edificio trato de aparentar la mayor normalidad posible dentro del escenario en el que estoy, ya que las alarmas y las luces tampoco dejan mucho margen para ello.

Me detengo unos segundos a analizar la situación. Me tranquiliza que todavía no haya llegado la policía ni nadie que vaya en un vehículo con sirenas. Eso es bueno. La secretaria tampoco está en su puesto de trabajo y supongo que ha salido despavorida en cuanto ha visto que el edificio estaba envuelto en una nube de luces naranjas y ruido insoportable. Así que eso me permite salir tranquilamente por la puerta principal intentando disimular, pese a que por dentro soy un manojo de nervios.

De pronto, alguien me da unos golpes apresurados en el hombro.

—¿Qué ha pasado? ¿Qué es todo este jaleo?

Es un hombre mayor que se ha parado a mirar, se le ve preocupado.

—No tengo ni idea —digo mientras me ordeno calmarme—. Ha debido haber algún problema en el sistema, vaya usted a saber. A veces ocurre, no se preocupe.

El hombre parece más relajado que antes, pero todavía se puede leer la alteración en su rostro. Le doy una palmadita en el brazo a modo de despedida y me voy del lugar del crimen.

Una vez que he conseguido dejar atrás el edificio, empiezo a correr con todas mis fuerzas.

Mis muslos arden y gritan que pare, los estoy destrozando. Sin embargo, yo no les hago caso, continúo como si este fuera mi último día en la Tierra.

Un buen rato después, estoy frente al estudio de tatuajes de Eliott. Entro por la puerta haciendo demasiado ruido. Él, que estaba hablando con un chaval que parece más acalorado de lo normal y no para de gesticular con los brazos, me mira de repente.

Entonces lo sabe, sabe que lo he hecho, sabe que estoy con ellos y que he dado el paso.

Sabe que no hay marcha atrás.

15

Sally no podía parar de pensar en lo que había vivido el día anterior. Su cabeza le daba vueltas al mismo tema y eso había hecho que no pudiera ni siquiera comer algo. Llevaba más de veinticuatro horas en ayunas, aunque ni lo notaba. Porque en lo único que podía pensar era en las palabras que había escuchado salir de la boca de aquel hombre.

Aquel hombre, el que tenía pinta de granjero, resultó llamarse Arthur, y se presentó como el portavoz de *In Memorial,* o «IM», como los miembros lo llamaban para acortar.

Este IM resultó ser un grupo selecto de personas que se reunían para hablar de una sola cosa: sus recuerdos.

Según entendió, desde hacía un tiempo, el Gobierno había decidido manipular las mentes de las personas por un motivo que estaba vetado conocer. No se sabían muchos detalles, pero todos eran conscientes de que las razones que habían llevado al Gobierno a tomar esa decisión tenían la suficiente envergadura como para compensar todos los daños que se pudieran hacer. Se referían a ellos como daños colaterales.

Sin embargo, había determinadas personas a las que no les afectaba, y entre ellas estaba Sally. Por eso, estaba invitada a esa reunión.

Le habían recalcado en numerosas ocasiones que no podía contar nada a nadie. La tenían localizada, sabían en qué trabajaba y dónde vivía. Si un día decidía abrir la boca y soltar la más mínima información sobre todo aquel asunto, su cuerpo aparecería colgado de una viga y todo el mundo pensaría que su vida era tan asquerosa y ella estaba tan harta de que así fuera que decidió acabar con todo de raíz.

Y nadie, jamás, sospecharía que no había sido así.

Porque ellos —y esto lo dejaron claro muchas veces, más de las necesarias— eran una piña y tenían que protegerse los unos a los otros. Y no les importaría llevar a cabo cualquier acto, por inmoral que fuera, con tal de que la integridad del grupo siguiera intacta. Eso era importante y se lo debía grabar a fuego.

Sally no sabía a qué venía todo aquello. Si la habían investigado, como ellos decían, sabrían de sobra que no contaba con nadie en su vida. Estaba sola. Nunca se había casado y no había tenido hijos. Sus padres murieron hacía muchos años y la familia que le quedaba —si es que se le podía denominar familia— vivía en otro estado, por lo que estaba sola. Tampoco es que tuviera amigos y en su trabajo había tanta rivalidad que era complicado conseguir un rato para tomar una cerveza con alguno de sus compañeros. Así que no había ninguna persona a su alrededor a quien poder contarle lo que estaba viviendo y que estaba haciendo que su cabeza diera vueltas sin parar.

Allí, amablemente, le repitieron que era una afortunada. Que su mente no podía limpiarse —como ellos lo llamaban—, por lo que podía estar tranquila al saber que todos sus recuerdos eran ciertos y que su vida era tal y como ella pensaba que era.

«Menudo alivio», pensó con sarcasmo. En esos instantes, habría preferido que le dijeran que su vida era una broma, que ahora empezaba su verdadera existencia y que pasaba por ser una mujer de éxito en su trabajo y en la vida en general. Pero no, aquellos hombres le aseguraron una y mil veces que todo lo que tenía dentro de su cabeza era real. Como si ella se hubiera planteado alguna vez que pudiera ser de otra forma.

Estaba tumbada en la cama mirando el techo. No podía parar de mover las piernas, que le temblaban como si se hubiera metido demasiados broncodilatadores en el cuerpo.

Aquella fue una escena surrealista, y lo único en lo que podía pensar era en que aquello se parecía mucho a la boca del lobo. La palabra «secta» se repetía en su mente sin parar. Pretendían lavarle el cerebro, eso debía ser. Ayer le contaron esas patrañas sobre los recuerdos y demás tonterías, y pronto empezarían a pedirle dinero para construir una nave espacial que los llevaría a otro planeta donde el Gobierno no pudiera manipular las mentes de la población.

Aunque ver a tanta gente allí metida hizo que tuviera dudas, muchas dudas. Tanta gente no podía estar equivocada, ¿no? No era posible que existieran tantas personas estúpidas en Manhattan como para creerse aquella historia y llenar una sala entera. No podía ser.

Algo le olía muy raro y ya no sabía qué pensar. Sabía que no podía hablarlo con nadie, pero a esas alturas del día le estaban entrando unas ganas tremendas de comentarlo con alguien. Con quien fuera. Incluso con el panadero que le vendía el pan cada mañana. Cualquier persona habría sido una buena opción con tal de desahogarse.

Sin embargo, las amenazas de Arthur retumbaban en sus oídos con insistencia. Lo había recalcado una y otra vez: aquello era alto secreto y como se le ocurriera decir una sola palabra acabaría muerta. Fin de la historia.

Debía permanecer callada. Era cierto que su vida no era un idilio, y tampoco estaba cumpliendo los sueños que tenía de niña, pero lo que estaba claro era que no quería morir, bajo ninguna circunstancia.

Así que, secta o no, no le quedaba más remedio que seguir acudiendo a las reuniones para ver en qué desembocaba aquella situación. Quizás era el momento perfecto para hacer nuevas amistades, aunque estuvieran tan locas como para creerse todo aquello.

Cuando quiso darse cuenta, el reloj marcaba las diez de la mañana, quedaba media hora para que empezara la próxima sesión.

Seguía en la cama, incapaz de moverse o de pensar en otra cosa que no fuera el destino que estaba tomando su vida. No sabía qué hacer; quería ir a aquella reunión, pero solo por cuestiones de interés científico, obvio. Nunca le había gustado mucho el periodismo, aunque ya podía verse a sí misma dando un gran comunicado de prensa en el que destapaba todos los entresijos de la secta en una exclusiva a nivel mundial. La escena era tan real que hasta podía escuchar los objetivos de las cámaras disparándose sin cesar; hasta podía sentir los haces de luz en la cara, cegándola por momentos. En su imaginación todo era glorioso. La gente la aclamaba, la vitoreaba mientras ella sonreía orgullosa ante las cámaras. Había destapado una red que se alimentaba de la inseguridad y la incultura de las personas y ahora le darían un puesto de periodista en el mejor periódico de Nueva York para cubrir futuras investigaciones.

Pero luego recordó la amenaza de Arthur, esa amenaza que le rondaba la mente a cada segundo. Hizo que su sueño, en el que ella era la protagonista por una vez en la vida, se desvaneciera como si fuera niebla movida por el viento.

Se levantó sin muchas ganas, se lavó la cara y los dientes, cogió el bolso y se dirigió al edificio.

Cuando llegó, se sentó en una de las últimas mesas de la sala. La gente estaba llegando. Miró el reloj y vio que todavía faltaban cinco minutos para que dieran y media. Durante ese tiempo, se dedicó a observar a las personas que la rodeaban. Eran normales y corrientes y se dio cuenta de que no parecían menos listas que ella, y eso, en parte, la asombró. El otro día no se pudo fijar bien, porque estaba bastante ocupada en mantener la boca cerrada para no parecer idiota, pero ahora tenía un ratito para examinarlas. Sí, era gente normal. Algunos parecían más elitistas que otros, pero, al final, era gente como la que se podía encontrar un día cualquiera por las calles de Manhattan. ¿En qué momento había pensado que ella era más inteligente que los demás? ¿Que todos los que habían decidido formar parte del IM eran tontos que no sabían lo que hacían? ¿Es que era posible que todos aquellos hombres y mujeres estuvieran equivocados?

Entonces ocurrió algo que le hizo frotarse los ojos. No podía ser, aquello no podía estar ocurriendo. Su mente le tenía que estar jugando una mala pasada.

Al igual que ella, los que la rodeaban se quedaron en silencio, guardando la compostura. Algunos estaban de pie, con la intención de hacer un recibimiento solemne, pero muchos otros, como Sally, se habían quedado sentados sin saber muy bien cómo actuar.

En la sala solo se escuchaban sus tacones, que caminaban firmes hasta el atril ubicado en un escenario improvisado con tablones.

Se puso delante del micrófono y le dio un par de golpecitos para comprobar que funcionaba. Cuando escuchó el eco retumbando por los altavoces, habló por fin:

—Buenos días a todos. Yo, Rose Chester, os doy la bienvenida a una nueva sesión del grupo *In Memorial*. Gracias a todos por asistir. Os podéis sentar.

16

—Lo siento, chaval, no puedo hacer lo que me pides.

Cuando entro en el estudio de tatuajes, me encuentro a Eliott discutiendo con un chico rubio con el pelo más lacio que he visto en mi vida.

—Venga, enróllate —le dice a modo de súplica.

—Que no puedo, de verdad. Eres menor de edad y no creo que tatuarte un elefante asesino sea la mejor de las opciones ahora mismo. Ven dentro de unos años y veremos qué puedo hacer.

La voz de Deryck Whibly suena a través de los altavoces. En otro momento habría disfrutado muchísimo de este *Underclass Hero*, pero ahora estoy tan nerviosa que soy incapaz.

—Eres un imbécil, eso es lo que eres. Si no me quieres hacer tú el tatuaje, ya encontraré a otro pringado que lo haga.

Se da la vuelta y se dirige a la puerta. Puedo notar cómo me mira al pasar. Me sonríe y veo que tiene un aparato dental lleno de sarro. Suprimo una mueca de asco.

—¡Este lugar apesta! —grita al salir por la puerta.

Eliott me mira y suspira con fuerza.

—Me enfrento a esto día sí día también, no te preocupes —me consuela. Yo no puedo hacer más que encogerme de hombros.

Al compañero de Eliott, que está sentado en un rincón jugando con una consola portátil que probablemente tenga más de veinte años, no le hace ninguna gracia que su jefe lo llame para que lo sustituya.

Cuando por fin nos quedamos a solas no puedo evitar que mi cara de pánico haga acto de presencia. A él no le hace falta nada más para saber qué ha ocurrido, que he dado un paso hacia delante y que todo el plan está en marcha, si es que había plan.

No sé cuándo pasa, pero en el trayecto hacia la trastienda donde ahora nos encontramos ha debido de coger el móvil, porque a los cinco minutos Brooks entra por la puerta como si fuera un huracán.

Hasta entonces hemos estado callados. Nos hemos mirado como si fuera un reto, una partida de ajedrez en la que cada movimiento cuenta. Nos hemos dicho mucho sin necesidad de abrir la boca, y eso no me ha tranquilizado; todo lo contrario, me ha asustado muchísimo.

En cuanto llega Brooks, con su pelo naranja —¿cuándo ha tenido tiempo para teñirse?— y sus pantalones de pata de elefante a juego, los tres sabemos que ya está, que a partir de aquí no hay vuelta atrás y que tenemos que ir a por todas.

Les cuento lo que ha pasado, lo que he averiguado sobre el GM —que es poca cosa—, aunque, al menos, nos sirve para saber que toda la red está unida a un mismo sistema. Les digo lo que había pensado al principio: que eso me ponía las cosas fáciles si mi objetivo era derrocarlo, pero que después me he dado cuenta de que, si se ponen todos los huevos en la misma cesta, debe estar bien envuelta en corcho y en mil cosas más para que, en caso de caerse, los huevos queden intactos.

No sé si esta metáfora es la más adecuada, sin embargo, ellos asienten, lo que me hace entender que sí que han captado mi mensaje. Si toda la red, cuya finalidad es borrar los recuerdos, tiene su origen en el GM, este estará mucho más que protegido.

Acceder a él no va a ser sencillo, no bastará con teclear unos cuantos códigos y entrar en su sistema, porque quienes hayan diseñado esto lo habrán hecho pensando en todas las contingencias que puedan ocurrir. Aunque una de esas contingencias tenga nombre y apellidos.

—¿Qué hacemos ahora? —pregunto mientras doy vueltas por la trastienda. Es un sitio relativamente grande para tratarse de un almacén que hace las veces de trastero, aunque está tan lleno de cajas y de trastos que se amontonan en el suelo, que da claustrofobia pensar en el poco espacio que queda para tres personas. Aun así, consigo caminar unos cuantos pasos, lo que me permite demostrar más mi nerviosismo. Como si este no fuera evidente.

—No tenemos muchas opciones. Hay que seguir con ello —dice Brooks, sentada encima de una caja de cartón que no cede bajo su peso.

—¡Me han pillado, saben quién soy! —Intento calmarme, sin embargo, me resulta imposible—. Seguro que he dejado rastros en el sistema y, aunque no los hubiera dejado, ya saben que he sido yo, soy la única que estaba trabajando a esas horas. Mi jefe me ha visto, ¡si hasta ha estado hablando conmigo un rato antes! Seré estúpida, no sé por qué os hago caso. Ahora me habré quedado sin trabajo y...

—Tranquilízate, Cora —me dice Eliott, y yo lo miro con cara de furia. Odio a las personas que, cuando les dices que estás mal, su respuesta es que estés bien, como si con eso bastara y se arreglara todo—. Ya sabemos que los planes no han ido como nosotros pensábamos, pero...

—¿Planes? —grito—. ¿Qué planes? ¡Ese es el problema! Que no hay ningún plan. Me habéis metido una idea en la cabeza y yo, como si fuera tonta, os he seguido la corriente. Me he jugado todo por algo que no sabía ni lo que era, me lo he jugado y he perdido. No sé quiénes os pensáis que sois. No somos Tom Cruise ni ningún actor de Hollywood con un guion delante de las narices. Somos unos pringados frente a un sistema muy elaborado. Lo he visto con mis propios ojos. He visto cómo está diseñado, cuantísima seguridad hay a su alrededor. No sé de qué va todo esto, pero no tenemos posibilidades contra ellos.

Eliott y Brooks se miran entre sí y me parece que se van a echar a reír. Menos mal que no lo hacen, porque si se les ocurre me largo de aquí en menos de cinco segundos, aunque no tenga adónde ir.

—Bueno, tienes razón —cede Eliott—. Esto es disparatado y puede que acabe mal, muy mal. Pero ya estamos en ello, la rueda ha comenzado a girar, así que de nada vale preguntarse si lo tendríamos que haber hecho de otra manera o si deberíamos mirar hacia otro lado, porque ninguna de las dos cosas va a suceder. Ahora mismo tenemos que pensar en qué y cómo lo vamos a hacer.

—Yo apuesto por derribar el edificio —dice Brooks. Y lo dice con emoción. Casi puedo ver chispas ardiendo en sus ojos. Lo mejor es que va en serio.

—Nadie va a derribar nada. —Eliott la regaña mientras la apunta con el dedo para dejarle claro que esa idea es una locura tremenda—. Tenemos que pensar algo lógico, dentro de lo que cabe, y que no nos ponga en peligro a nosotros ni a nadie, si es posible.

—Mira quién habla —le recrimino—. ¿No fuisteis vosotros los que dejasteis a Cliff en coma? Eso no os importó demasiado.

—Eso nos costó más de lo que tú te piensas. A Brooks y a mí no nos quedó otro remedio. Iba armado, Cora. ¡Llevaba una pistola! Pero eso no te lo contó tu querido jefe. Me estaba apuntado al pecho. Entonces Brooks salió de un cubículo y vio la escena. Menos mal que reaccionó rápido y le dio con la barra en la cabeza. De no haber sido así, yo ya estaría muerto.

Me quedo en silencio unos segundos y trato de asimilar la información que acabo de recibir. Eso era algo con lo que no había contado y, lejos de tranquilizarme porque entiendo que Eliott y

Brooks no son como yo pensaba, hace que me dé cuenta de que aquí todo el mundo va armado. Me estoy jugando la vida.

Aun con todo, por una vez tomo las riendas. Hago que los malos pensamientos que residen dentro de mí —la inseguridad, las dudas— se esfumen de repente. He decidido que estoy en este barco, así que no me queda más remedio que coger el timón y llevarlo a buen puerto. Eso, o dejar que vaya a la deriva y acabe estrellándose contra cualquier roca puntiaguda.

—Vale, pensemos —digo, y Eliott y Brooks respiran aliviados al ver que estoy respondiendo bien—. Nos hemos metido en un lío tremendo, de eso no hay duda. Y estamos hundidos hasta el cuello. No tenemos tiempo, porque pronto averiguarán que he sido yo la que ha intentado acceder al sistema. Y eso significa que no puedo volver ni a mi casa ni a mi trabajo.

—¿Qué propones? —pregunta Brooks, intrigada.

—Propongo que montemos aquí nuestra base de operaciones. —Utilizo los dedos para entrecomillar este último término, pues no sé muy bien cómo llamarlo—. A mí no me relacionan con vosotros, nadie nos ha visto juntos. El único cabo suelto que podría delatarnos es el café que nos hemos tomado esta mañana en la cafetería.

—Sí —corrobora Eliott—, pero, hasta que intuyan que ese café puede ser una pista, habrán pasado días. Además, aunque encontraran las grabaciones de la cafetería, solo tendrían dos rostros y no sabrían por dónde empezar a buscar. Brooks y yo no estamos registrados en el sistema, no hemos delinquido nunca y nuestra cara no es familiar para la policía. Así que, como primero te investigarán a ti y querrán saber qué haces en tu día a día, piensa si hay algo que haga que lleguen hasta aquí.

Doy unos cuantos pasos más y, de repente, me paro en seco.

—No —aseguro—, no hay nada más. Me cuesta reconocerlo, pero no es que yo tenga una vida demasiado apasionante. Trabajo, juego a la consola, hago algo de deporte y me emborracho en el Heart Attack más de lo que debería. Nunca salgo con nadie, al menos más de una vez, y… —Me quedo pensativa—. No, no hay nada más en mi vida.

—Eso es una ventaja, aunque una gran mierda para ti —dice Brooks—. Es decir, que lo único que nos podría unir es esa discoteca.

—Pero es muy difícil tirar de ese hilo. —Puedo ver desde aquí cómo la cabeza de Eliott trabaja a pleno rendimiento—. Por ese local pasan cientos de personas cada día, hay muchísimos camareros que rotan noche sí noche también, lo que nos deja muy pocas posibilidades de que se den cuenta de que nos conocemos.

—Estoy de acuerdo —contesto, y la verdad es que sí, esto va tomando sentido poco a poco—. Va a ser difícil que nos relacionen y eso nos da ventaja porque tenemos algo que ellos ahora mismo no: tiempo. Se van a volver locos intentando descubrir qué sé y qué no sé. Se van a romper la cabeza tratando de averiguar por qué hice lo que hice. Y no van a tener ni idea.

—Vale, ahora tenemos que pensar cuál es el siguiente paso.

Brooks está decidida. Su actitud me hace corroborar lo que ya intuía: que es una tía que va a muerte con lo que sea. Que no hay forma de pararla una vez que se le mete algo entre ceja y ceja. Que no sabrá elegir entre las cosas banales del día a día, pero que, cuando se trata de su vida y de la de los suyos, no hay duda que valga.

—Eso es sencillo.

Me quedo mirando a Eliott, porque no sé qué es lo que ve de sencillo en este plan.

—¿Ah, sí? —Brooks piensa igual que yo.

—Sí, el siguiente paso es descubrir qué es el GM.

—A esa conclusión también hemos llegado nosotras —digo con evidencia—, pero el problema es que no sabemos cómo hacerlo. Yo no puedo volver al trabajo, ¿recuerdas? Y vosotros, por lo que he podido deducir, no tenéis mucha idea de informática y no os podéis colar en el edificio para *hackear* el sistema.

—Claro. Y, precisamente por eso, solo nos queda una posibilidad.

—¿Cuál? —pregunto con intriga.

—Tenemos que convencer a Tracy de que lo haga ella.

De nuevo, me paro en seco y me doy cuenta de que he seguido caminando por el estrecho pasillo en actitud nerviosa.

—¿Qué? ¡Ni de coña! —grito—. No podemos meter a Tracy. Un momento... ¿También habéis estado siguiéndola?

—No nos quedaba otra opción.

—¿Vas en serio? ¡Te has vuelto loco! Tracy no tiene ni idea de esto. No podemos pedirle que sacrifique todo lo que tiene por un plan que no le incumbe. Me parece muy egoísta esa propuesta. No lo voy a permitir. ¿Cómo se os ocurre inmiscuirla a ella? No tenéis ni idea de cómo es, no es una persona normal.

En cuanto termino de decir estas palabras espero con toda mi alma que no me malinterpreten. No pretendía que sonara a insulto, sino todo lo contrario. Sin embargo, ellos no parecen haber reparado en lo que he dicho.

—Cora... —Eliott trata de tranquilizarme—. Cora, no hay más remedio. Tú lo has dicho bien claro: no puedes volver a trabajar y nosotros no podemos entrar en el edificio. Necesitamos a una persona que tenga acceso al sistema operativo y que investigue un poco. No necesitamos que haga nada, no queremos que intente *hackearlo*, como has hecho tú. Solo queremos que nos dé un dato al que solo se puede acceder desde dentro.

—Estás hablando en plural —digo, y miro a Brooks, que observa la escena sin decir nada—. ¿Por qué hablas en plural? ¿Tú estás de acuerdo con esto?

Brooks entiende que me estoy dirigiendo a ella y no le queda más remedio que asentir.

—¡Habéis perdido la cabeza! Si de verdad vamos a dar el paso, tenemos que hacerlo bien, lo que significa que no podemos meter a otras personas en el plan. Sobre todo si son personas como Tracy. Dios… ¡Ella se volvería loca si le contáramos lo que sabemos! No tenéis ni idea de cómo es.

Entonces Eliott y Brooks se lanzan una mirada que me hace fruncir el ceño, ahora parece que sí que me han escuchado. Cómo odio esa mirada. Y la odio porque sé lo que significa: que ellos van un paso por delante de mí y que saben algo que yo no sé. Sin embargo, poco a poco, me voy acostumbrando a este juego.

—Ya se lo habéis contado, ¿verdad?

—No teníamos otra opción, Cora. —Eliott trata de sonar conciliador.

—¿Cuándo? —pregunto.

—Hace unos cuantos días. Sabíamos lo que iba a pasar, sabíamos que intentarías acceder al sistema y que no podrías hacer nada. Su seguridad no es tan fácil de derrocar.

Casi estallo al darme cuenta de que he sido un peón de estos dos. Si ellos sabían que yo no podría hacer nada para *hackear* el sistema, no me queda más remedio que pensar que me han usado. Pero Brooks no me deja hablar, porque sigue narrando el relato de Eliott:

—Debíamos tener un plan B, porque el plan A iba a fallar sí o sí. No pienses que te hemos utilizado —me dice. Sabe a qué conclusión he llegado—, había que hacerlo. Había que ponerlos en jaque para que ellos empezaran a seguir un camino que no les llevará a ninguna parte. Se entretendrán tanto en buscarte y en averiguar por qué lo sabes, que nadie pensará que hay otro peón suelto, que es Tracy. Así que la llamamos. No se lo tomó muy bien, pero lo comprendió todo, incluso antes que tú.

—¿Que lo ha comprendido todo? ¿Así de fácil?

—Nos escuchó desde el principio. Es cierto que se mostró un poco reacia, pero, al saber que tú también estabas implicada, cambió de idea. Parece que va contigo a muerte y que te respaldará en todo lo que tú hagas.

Ese comentario hace que me sonroje un poco. No esperaba eso de Tracy. Es mi compañera, incluso mi amiga, pero jamás pensé que tuviera una fe ciega en mí.

—Fue decirle que tú estabas con nosotros y ella se subió al carro. Quiere ayudar, Cora.

—Además —continúa Brooks—, tiene una visión del bien y del mal bastante extrema, ¿no crees? Es la típica persona que nunca ve en gris. Para ella, todo es blanco o negro, no hay término medio.

—Y eso es lo que necesitamos precisamente ahora —comenta Eliott—, personas que vayan con todo.

—Si lo estás diciendo por mí —contesto al darme por aludida—, estoy en esto al cien por cien.

—Pero te ha costado.

—Yo no veo el mundo en blanco y negro.

—Aun sabiendo que lo que están haciendo es amoral.

—Puede ser —corroboro—, pero, de momento, la duda de no saber por qué lo hacen convierte este blanco en un gris perla. Aunque a Tracy le da igual el fin si el medio no es el correcto.

—Exacto, Cora, aquí lo que importan son los medios. El fin lo averiguaremos, y estoy seguro de que seguirá sin parecerme bien que el Gobierno se dedique a jugar a ser Dios borrando los recuerdos de la gente.

Tuerzo un poco la boca, porque no sé qué decir. Supongo que tiene razón, que no importa por qué se está haciendo, solo importa el hecho de que está mal, que es amoral, como bien han mencionado antes.

—¿Y qué va a hacer Tracy? —pregunto.

—Como de ella nadie sospecha nada —me explica Brooks—, intentará hallar la ubicación del GM. Es posible que la interroguen, porque es tu amiga y porque trabajáis una pegada a la otra, pero es buena actriz, no dirá nada.

He dejado de escuchar cuando Brooks ha mencionado lo de «la ubicación del GM». No entiendo a qué se refiere.

—Perdona, es que hay una cosa que no… ¿Has dicho «ubicación»?

—Eso es —confirma Eliott, y tengo la sensación de que me estoy empezando a marear con este partido de tenis en el que se ha convertido nuestra conversación—. Estamos convencidos de que el GM es un ente físico en sí mismo. Un superordenador que controla todo el sistema al que has podido acceder.

»Es lógico pensar que no puede existir un *software* sin un *hardware*, así que lo que tenemos que hacer es encontrarlo y destruirlo.

—Lo dices como si fuera fácil. Si es verdad que el GM es algo físico, un aparato, por llamarlo de alguna forma, lo tendrán a buen recaudo. No nos será sencillo acceder a la ubicación de algo de lo que depende un asunto como el que nos traemos entre manos.

—Y ahí es donde entra Tracy —dice Brooks—. Tracy es buena, muy buena. Es una de las mejores informáticas de Manhattan. Terminó la carrera con honores y se la rifan en cualquier trabajo. El Gobierno ha conseguido mantenerla aquí porque su sueldo es más que sugerente, y precisamente se lo pueden permitir, porque no hay nadie que sea como ella.

—¿Y por qué no la han cogido para ser una de las cabecillas de la trama? —Sé que son muchas preguntas, demasiadas, pero no puedo evitar que mi cabeza funcione ahora mismo como una locomotora.

—Por lo que hablábamos antes del bien y del mal. Tracy tiene el sentido de la ética disparado. Imagínate que le hubieran contado los entresijos del asunto, de qué va realmente la cosa. Se habría negado, no hay ninguna duda.

Sí… Eso tiene sentido. Me duele tener que involucrar a Tracy. Sé que no ha sido mi decisión y, de haber sido así, jamás le habría pedido una cosa de tal envergadura. Pero también soy consciente de que, si hay alguien que puede ayudarnos, ese alguien es ella. Tienen razón, Tracy es buenísima. Tiene una mente que no es de este mundo, y aun así consigue mantener los pies en la tierra. Al menos, la mayoría del tiempo. Ella podrá ayudarnos.

—¿Y dónde creéis que puede estar ese chisme?

—¿El GM? —pregunta Eliott, un poco distraído, cosa que me sorprende dadas las circunstancias—. La verdad es que no tenemos ni idea.

—Puede estar en mil sitios —dice Brooks—, pero seguro que está a buen recaudo.

—Es posible que esté en algún ministerio —propone Eliott—, o tal vez enterrado en mitad de Times Square.

—O bajo el río Hudson.

—O en la corona de la Estatua de la Libertad.

—O quizás en un sótano del edificio Chrysler.

—O en la Estación Central.

—La Biblioteca Nacional también sería una buena opción.

—Sí, o tal vez debajo del monumento de Lennon.

Los miro con cara de incredulidad. Siguen hablando de opciones sin parar. Cuando uno suelta un lugar emblemático de Nueva York, el otro le rebate con otro todavía más conocido. Van a volverme loca, así que decido interrumpirlos antes de que esto ocurra:

—¡Ya vale! ¿De verdad os pensáis que esta gente es tan estúpida como para guardar algo tan importante en la azotea del Empire State? De estar en algún sitio, debe estar escondido en un lugar nada sospechoso. Estáis haciendo una lista con los lugares más típicos; el Gobierno nunca cometería esa estupidez.

—¿Y tú dónde crees que está? —me pregunta Eliott. Me examina con la mirada y, en ese instante en que nuestros campos de visión chocan, siento ese desarme que me invade cada vez que me mira.

—No lo sé, pero apostaría más por un tugurio de Chinatown que por cualquier otro sitio de los que habéis mencionado.

Ellos se quedan pensativos y, aunque no dicen nada, sé que he dado en el clavo. Acabo de descorrer una cortina que antes parecía muy pesada. He abierto un camino y eso me hace sentir orgullosa, porque por fin noto que soy útil en todo este asunto.

—Sí, eso tiene más lógica —cede Brooks—. Es más fácil esconder algo a simple vista que buscándole un escondite infalible. Pero hay una cosa que me preocupa más.

Eliott y yo estamos callados, esperando a que diga algo. Sin embargo, a Brooks le gusta hacer pausas dramáticas en sus discursos.

—Si Tracy se va a encargar de descubrir dónde está el GM, ahora lo que tenemos que averiguar nosotros es por qué se creó. Ir a la raíz para comprender de una vez qué significa todo esto.

Nadie sabe las ganas que tengo ahora mismo de darle un buen trago a una botella de ambrosía. Esto empieza a sobrepasarme.

—¿Y os serviría de algo? —pregunto, abatida—. Acabáis de decir que os da igual el fin si el medio es el incorrecto.

—¡Claro que serviría! —me recrimina Eliott—. Es esencial saber el porqué para comprender el cómo. De nada nos vale saber cómo desactivar el GM si no descubrimos por qué fue creado. No es que vayamos a cambiar de opinión, nos va a seguir pareciendo una aberración lo que está haciendo el Gobierno con la población, pero, al menos, entenderemos cómo funcionan sus mentes.

—¿Y si cambiáis de opinión después? —Me arrepiento en el mismo instante en que esas palabras en forma de susurro salen de mis labios.

—No vamos a cambiar de opinión —dice Brooks con firmeza—. ¿Y tú?

No sé la respuesta, y como no puedo darla de una forma tan rotunda como ella, niego con toda la seguridad de la que soy capaz —que es poca—. No lo sé, esa es la verdad. Tengo miedo de descubrir que el fin de todo esto tiene lógica, que la decisión de borrar la mente de las personas se ha tomado por algo que tiene sentido. No sé si decir que el fin puede ser legítimo vistos los medios, pero ¿y si lo es? ¿Y si con nuestros actos estamos entorpeciendo algo que ayuda a que la ciudadanía sea más cívica y viva en paz y feliz?

Me da por mirarme el tatuaje. En un momento de acaloramiento, me he levantado la manga y ahora el dibujo reluce contra mi piel blanca. ¿Por qué no puedo ser como ese torbellino? ¿Por qué no puedo tomar una decisión y acatarla sin pensar en las consecuencias? Repaso mi mente y trato de averiguar cuántos de mis recuerdos han sido borrados o modificados. Ese pensamiento hace que me invada una sensación de vértigo repentina, porque, desde que empezó todo, por fin me doy cuenta de que soy una ciudadana más, que es posible que lo que estoy recordando ahora mismo no exista, que haya sido puesto en mi mente de forma artificial. Entonces pienso en mis padres… y mi mundo empieza a dar vueltas.

Sin embargo, no puedo dejar que esto entorpezca los planes, no puedo dejar que Eliott y Brooks sepan que tengo dudas. Me aferro a la idea de que ellos no las tienen. Veo su seguridad, en sus rostros y en sus gestos. No hay incertidumbre en ellos, quieren ir a por todas y lo quieren hacer ya. Así que yo solo pienso en eso; en que estas dos personas no pueden estar equivocadas —por favor, que no lo estén—, y que yo me hallo en mitad de esta lucha para averiguar la verdad, para destaparlo todo.

Vuelvo a negar con la cabeza, esta vez creyéndome lo que intento exteriorizar con palabras y siendo consciente de que aquí no valen los pasos hacia atrás.

No puedo decir que no haya sido de las que se rinden, de las que miran por el retrovisor para autocompadecerse o de las que necesitan revisar su pasado para cerciorarse de quiénes son. Pero ahora tengo claro que lo único que importa aquí es la Cora del presente, la que va a hacer lo posible por descubrir la verdad.

Cueste lo que cueste.

—De acuerdo, ¿por dónde empezamos?

17

Salir de la tienda de tatuajes ha sido fácil, lo complicado ahora es mantener la calma y andar por Manhattan como si nada hubiera ocurrido.

Me distraigo constantemente con el pelo de Brooks, que ondea bajo su gorro de lana. El naranja le queda muy bien, y parece llamar la atención a gritos. Pienso que sabía lo que iba a ocurrir y que podría haber elegido algo que no hiciera que todos los viandantes dirigieran su mirada hacia ella. Sin embargo, esa es una batalla que estaba perdida antes de comenzar.

Hemos decidido que tenemos que ir hasta Queens. Eliott conoce a alguien que nos puede ayudar. No me ha dado más datos, pero parece ser que Brooks está al tanto de quién es esa persona y está de acuerdo con que ese debe ser el siguiente paso que demos.

El problema es que Queens está bastante alejado de donde nos encontramos nosotros. Podríamos ir en bus, lo que supondría un trayecto de unos cuarenta minutos si no hay tráfico. El metro también es una opción, aunque tiene cámaras por todas partes y no queremos que nuestras caras lleguen tan pronto al Gobierno, así que solo nos queda la opción del Uber. Brooks saca su móvil y teclea a la velocidad de la luz. En cuestión de unos minutos, aparece un coche negro. Ella se adelanta y eso nos indica que, según el GPS del vehículo, ese es el nuestro.

En ese instante, se me ocurre que es buena idea poner el móvil en modo avión. Por un momento, pienso que es una chorrada, que nadie me va a rastrear utilizando la señal que emite mi móvil, y entonces recuerdo el lío en el que estoy metida y me convenzo a mí misma de que esta gente es capaz de cualquier cosa.

Hacemos el trayecto en silencio. El conductor nos ha formulado varias preguntas para intentar hacernos el viaje más confortable, pero pronto se da cuenta de que no nos importa demasiado la temperatura del coche ni la música que ponga. Como no contestamos, opta por poner una emisora donde suena *Sharks*, de Imagine Dragons y resignarse a conducir mientras marca el ritmo dando golpecitos en el volante con las manos.

A mi lado está Eliott. Mira por la ventana con aire distraído. No sé cómo explicar lo que ha pasado durante este tiempo, pero creo que empiezo a conocerlo. Lo sé, porque parece que está en su mundo y, en realidad, no es así. Su cabeza ahora mismo es un hervidero de planes, preguntas y proyectos. Estoy segura.

Él nota que lo estoy mirando y aparta sus ojos de la ventana. Cuando los clava en los míos veo que están un poco vidriosos, como si fuera a ponerse a llorar de un momento a otro.

Entonces hace algo que me deja sin aliento. No por el gesto en sí, sino por lo que significa en ese instante. Me coge de la mano y me la aprieta con todas sus fuerzas. No sé si llega a hacerme daño, pero no me importa, porque lo que me está transmitiendo con ese apretón empaña todo lo demás.

Me doy cuenta de que entre nosotros se ha creado un vínculo que va más allá del plan que estamos llevando a cabo, y eso hace que me pregunte cuántos recuerdos compartidos con Eliott habré perdido. ¿Habré vivido cosas con él que no recuerdo? ¿Cuántas veces se ha cruzado conmigo y yo no he sido consciente?

—Tranquila —me susurra. Ha notado que estoy empezando a respirar más deprisa de lo normal. No quiero hablar, no quiero abrir la boca, porque nada de lo que salga por ella va a servir en estos momentos, así que respondo a su apretón estrechando su mano con más fuerza todavía.

Con eso estoy intentando que sepa que me alegra estar en esta aventura junto a él, si es que la palabra «alegría» tiene cabida en esta ecuación. Que entienda que voy a ir hasta el final cueste lo que cueste, porque necesito respuestas a todas las preguntas que hay dentro de la cabeza. Y que, pase lo que pase, no voy a soltar su mano mientras él quiera que así sea.

Eliott vuelve a mirar por la ventana, con los ojos más serenos. Me hace gracia que intente demostrar que vamos por el buen camino, que estamos haciendo lo correcto y que nada va a salir mal, porque en el fondo sabe que nada de eso es así, aunque deba hacerse el fuerte.

No sé cómo decirle que no hace falta, que puede flaquear cuando quiera, incluso venirse abajo. Que, si él se cae, yo intentaré ser su apoyo. Al menos, para que no caiga más.

Quiero decírselo, pero no sé cómo transmitirlo a través de un apretón de manos.

Brooks va en el asiento delantero y, de vez en cuando, le dice al conductor por dónde debe ir. Lo hace casi sin palabras, tan solo utilizando un pequeño movimiento de mano para indicar que en la siguiente calle gire a la derecha o a la izquierda. Ese tipo de gestos son los que corroboran mi teoría de que, bajo esa fachada de asiática punk y mirada que transmite más locura de la que debería, en realidad se esconde una persona controladora y detallista.

Esto me da rabia de verdad, porque, si fuera más observadora, podría deducir cosas básicas con solo echar un vistazo. Si me fijara más en lo que me rodea, podría sacar mucha más información de la que siempre acabo obteniendo. Y lo haría de una forma eficiente. No me haría falta pasar varios días con una persona para llegar a conocerla bien. Es el caso de Brooks: tendría que haberme fijado en su pelo, cada día de un color distinto y siempre a juego con su ropa. Alguien que es un desastre o que tiene una actitud pasota jamás podría hacer eso. En cambio, ella lleva siempre su atuendo calculado a la perfección. Es muy controladora, tanto con su vida como con la de los demás.

Y eso, en realidad, me gusta. A veces me encantaría ser como ella, no el despropósito en el que me he convertido. Estaba convencida de que ese caos me gustaba, de que formaba parte de mí y que debía aceptarlo y darle la bienvenida. Pero, después de estos días, he entendido que uno puede ser lo que quiera —con ciertos límites, por supuesto—, que hay métodos que pueden servir para convertirse en la persona que se quiere ser.

Ahora quiero ser un poquito más como Brooks.

Me da envidia que tenga las cosas tan claras y que le importe un carajo todo lo que la rodea. Es única.

Así que no me sorprende nada cuando le dice al conductor que pare. Ha sonado brusca, pero tiene tanta seguridad en sí misma que el hombre no puede hacer más que obedecer, aunque todavía estemos lejos del destino que Brooks ha marcado en su teléfono.

Bajamos del coche y este desaparece entre las calles de Queens. Nosotros seguimos en silencio y nos ponemos a andar. Bueno, ellos se ponen a andar, yo los sigo sin decir nada porque no tengo ni idea de cuál es nuestro destino.

El aire que se respira es distinto al de Manhattan. Es como si todo lo que estuviera ubicado en Queens fuera más glamuroso. Las casas están cuidadas al detalle, se nota que es una zona de dinero. Ya me imagino a sus dueños arreglando el jardín los domingos por la mañana con una cerveza en la mano y la barbacoa a punto de ser utilizada. El sueño americano, supongo.

Las casas son de distintos colores, pero todas tienen esa tonalidad pastel de las películas que hace que te preguntes quién ha sido el decorador que ha decidido tal atrocidad. Sin embargo, enseguida capto lo que intentan transmitir. Es como si el ambiente estuviera más calmado. Todo lo opuesto a Manhattan, donde el tiempo corre más deprisa de lo que lo hacen las manecillas del reloj. Aquí el tiempo va despacio, se pausa sin miedo. No sé si eso me agobia o me tranquiliza.

—Tengo una duda —digo, de repente. Ellos me miran sin dejar de andar—. ¿Por qué parece que todo lo demás sigue exactamente igual?

—No te entiendo.

No me he explicado bien, pero, por la mirada que me echa Eliott, creo que le interesa mi pregunta.

—Seguimos teniendo móviles, redes sociales, abastecimiento de todo tipo. Seguimos teniendo música, películas, series. Es como si la vida no hubiera cambiado absolutamente nada. Si no fuera porque hay partes de ella que ya no recordamos, todo es igual que antes.

—Es un tema complicado… —dice Brooks.

—O sea, que sabéis la respuesta —deduzco.

—Sé paciente, Cora. —Eliott no intenta regañarme con sus palabras, aunque no puedo evitar sentirme un tanto atacada. Estoy harta de intentar ser paciente y de no encontrar las soluciones a todo lo que se me pasa por la cabeza—. Te prometo que dentro de poco resolverás esas dudas.

Quiero gritarle que lo que necesito es resolverlas ya, de inmediato. Que no quiero esperar más. Que todo el tiempo que espere va a ser tiempo perdido. Que no entiendo por qué ellos lo saben todo y no me dejan participar al cien por cien en esto. Como si ellos fueran los que están al mando y yo, el perrito faldero.

Me encantaría gritarlo a los cuatro vientos y hacer que los pájaros salieran revoloteando de los árboles, inquietos por haberles arrebatado sus sueños.

Sin embargo, no lo hago. Y no lo hago porque, justo en ese mismo momento, nos paramos delante de una casa. Es un chalet color azul cielo, cuyas ventanas y puertas, de un blanco impoluto, contrastan con la fachada. El jardín está lleno de árboles y alrededor del camino quedan los restos de lo que un día fueron matorrales de flores preciosas.

Nos adentramos en la propiedad. Brooks y Eliott lo hacen con confianza, como si no fuera la primera vez que se disponen a entrar en esa casa. Yo no puedo evitar mirar a mi alrededor y preguntarme si esto no es allanamiento de morada.

Brooks llama a la puerta, dando unos golpes con el puño, y, pasados unos segundos, aparece una anciana al otro lado.

Es una señora muy mayor, muy muy mayor. Me recuerda a la mujer que salía en *Titanic*, la del colgante y toda la historia esa con DiCaprio. No sé qué hacemos aquí ni por qué hemos venido a molestarla. Por un momento, pienso que nos hemos equivocado de casa o que tal vez estemos buscando a otra persona que viva aquí, pero la señora nos deja pasar y nos ordena que nos sentemos en los sofás de la sala de estar.

Me entra una angustia repentina que no sé muy bien cómo manejar. Todo —absolutamente todo— está recubierto por tapicería. Los sofás, las cortinas, los cojines, los manteles... Mire donde mire, solo veo flores gigantes que decoran cada rincón de la estancia. Y lo peor es que no hay solo un estilo floral, sino que son varios los diseños que componen la decoración. Eso hace que me maree todavía más.

La señora aparece y se sienta delante de nosotros en una silla. Tapizada, por supuesto. Brooks, Eliott y yo estamos apretujados en un sofá orejero que debería haber pasado a mejor vida hace muchos años. Al menos, hay un ventanal gigante a mi lado que me permite ver la calle y sentir menos agobio.

—¿Quién es? —pregunta. No hace falta que me señale, sé que se refiere a mí.

—Es una amiga. Cora, te presentamos a Madeleine.

Asiento con la cabeza y doy a entender que el momento de la presentación está más que servido por mi parte. Notan la urgencia en mi mirada, porque enseguida se ponen a hablar de lo que me interesa: el motivo por el cual estamos aquí.

—Cora lo sabe todo —explica Brooks—. Se lo hemos contado porque ella trabaja para el Gobierno. Se dedica a borrar los recuerdos, así que es la aliada ideal.

¿Aliada? ¿Esta de qué va?

—Es de confianza —dice Eliott antes de que yo pueda saltar como un muelle. Él lo ha notado y por eso me ha puesto una mano en la rodilla, con la intención de calmarme.

—Os estáis acostando, ¿verdad? —pregunta la señora.

Vaya con la ancianita...

—No es de su incumbencia —contesto con la máxima sequedad. Además, la trato de usted a propósito, para generar una distancia entre nosotras que, aunque ya estaba ahí, ahora quiero que sea más patente.

Ella hace caso omiso a mi comentario y se queda mirando a Eliott. Le está insistiendo, lo noto. Y, al final, él cede:

—Lo cierto es que no, pero eso no importa.

—Sí que importa, Eliott. —Madeleine mantiene su mirada fija en los ojos de él, y yo siento que eso lo incomoda, aunque no aparta los suyos—. Quedamos en que nada de ligues ni nada de tonterías. Este es un asunto muy serio y no puedes ir contándoselo por ahí a todas las tías con las que te acuestes. O con las que te quieras acostar.

Me lanza una mirada cuando dice esto último y tengo que hacer un esfuerzo inconmensurable para no ponerme en pie y gritarle a esa bruja que yo no soy una tía cualquiera. Y que, si Eliott se quiere acostar o no conmigo, es un asunto que solamente nos incumbe a nosotros dos. Sin embargo, la mano de Eliott, que sigue en mi rodilla, me lo impide.

—Madeleine, sabes de sobra que no soy así. No pondría nada de esto en juego por una tía que no mereciera la pena.

Mi cara de sorpresa debe ser más que evidente. Nunca había conocido a nadie que pensara eso de mí y que encima lo dijera conmigo presente. Le susurro un «gracias», casi inaudible, pero, por el apretón que me da, sé que me ha escuchado.

—Cora es la pieza que nos faltaba —dice Brooks—. Es lo que necesitábamos, alguien que estuviera dentro y que pudiera ayudarnos.

Madeleine me sigue mirando. Noto que me está examinando, que está sopesando si debo quedarme o si, por el contrario, la mejor opción es echarme a patadas de su casa. Tengo la tentación de amedrentarme y bajar la mirada para no encontrarme con la de ella, pero saco fuerzas de un sitio que no sabía que existía y la miro fijamente. He llegado hasta aquí y quiero llegar hasta el final. A estas alturas, es muy probable que haya perdido mi trabajo y que no me quede nada más que esta lucha, así que una señora nonagenaria —por lo menos— no va a impedir que eso cambie.

Es mi oportunidad perfecta para observarla. Lleva un pantalón *beige* que acompaña con un jersey florido de tonalidades pastel. Le sobran unos cuantos kilos; a pesar de ello, luce con orgullo su ropa apretada. Lleva un collar de perlas que, a simple vista, parecen falsas, y el moño que da forma a su pelo está tan tirante que eleva un poco las comisuras de sus ojos. Puedo oler desde aquí su colonia, dulce y nauseabunda. Lo más seguro es que esté rancia y caducada por llevar muchos años en su cómoda. Me la puedo imaginar sin problemas.

En ese momento, un gato hace acto de presencia. Es gigante y la tripa le llega casi hasta el suelo. Ondea con orgullo su pelo largo y gris y se restriega contra el pantalón de su dueña en un intento por llamar la atención.

—Cuéntame qué sabes —dice entonces.

Dudo por un último instante si seguir con esta locura o no, y pienso que, dado que ya me he mojado los pies, decido que es hora de saltar de cabeza. Comparto todo lo que sé, cómo conocí a los chicos y lo que pasó con Cliff. También cómo Eliott me contó todo y cómo reaccioné. Madeleine me escucha con paciencia y asiente de vez en cuando sin interrumpirme. Solo cuando termino de hablar, interviene:

—No sé si me arrepentiré de esto, pero creo que no me queda otra. —Mira a Eliott, como si le pidiera permiso para continuar. Él no dice nada, así que ella empieza a hablar, y las palabras que salen por su boca hacen que mi cabeza quiera explotar—. Todo comenzó hace unos años. Lo habíamos visto en la tele, en las noticias, en películas, en libros, y no hacíamos caso. El cambio climático estaba aquí. Los polos se deshacían, el agua potable se terminaba, los desastres naturales eran cada vez más frecuentes y devastadores. La gente se moría por enfermedades que llevaban años congeladas dentro de los glaciares, las especies animales desaparecían a un ritmo frenético y todo se estaba volviendo insostenible. Si hasta sufrimos una pandemia en todo el globo debido a un virus horrible que dejó un reguero de muertos indecente a su paso. Nos pasamos meses encerrados en nuestras casas hasta que la cosa se calmó y pudimos retomar nuestras tristes vidas.

»Tendríamos que habernos dado cuenta, tendríamos que haber sospechado que algo estaba cambiando. La Tierra nos quería fuera y nosotros nos aferrábamos a ella con todas nuestras fuerzas, aunque nos estuviera costando la vida. Por no hablar de las amenazas de guerras nucleares que sobrevolaban nuestras cabezas.

»No había marcha atrás y los humanos no éramos capaces de verlo. Decíamos que la culpa la tenían las grandes empresas, que eran las causantes de contaminar y de producir a niveles inhumanos. Así que nos refugiábamos en esa excusa para no hacer nada, para no cambiar nuestro modo de ver las cosas. Y eso que ya se llevaba diciendo años y años. Recuerdo que la primera vez que oí hablar del cambio climático tendría unos cincuenta. Me pareció una pantomima, algo tan irreal y tan lejano que parecía sacado de un libro de ciencia ficción. Si hubiéramos hecho caso entonces, si nos hubiéramos puesto todos de acuerdo sin importarnos los partidos políticos ni el consumismo ni nuestro propio bienestar, ahora mismo no estaría pasando nada de esto.

Madeleine hace una pausa para coger aire. Respira con dificultad, soltar todo eso de golpe ha hecho que casi se ahogue.

—No entiendo nada —digo para darle un poco de tregua—. ¿Qué tiene que ver el cambio climático aquí?

—Verás —contesta Eliott, que toma el relevo para que Madeleine pueda volver a respirar con normalidad. En ese momento, me doy cuenta de que ellos sí que saben cuál es el fin. Poco antes habíamos estado hablando de este tema y los dos habían dicho que no sabían la respuesta. Supongo que querían que fuera Madeleine la que me lo contara—, la situación llegó a un punto de no retorno, era insostenible. Las cumbres políticas se sucedían una tras otra, pero muchos dirigentes mundiales pensaban que eso del cambio climático no iba con ellos. Una de esas personas fue el presidente de los Estados Unidos. —Lo recuerdo, sé de lo que me está hablando. Lo vi mil veces en el telediario, a ese señor con tupé que decía que el cambio climático era una invención. Incluso llegó a decir que era un proceso natural por el que debía pasar el mundo—. Y no te hablo de uno en concreto, te hablo de todos. A todos les dio igual. Se centraron en cosas más importantes, en los votos, en las guerras, en la obtención de poder. Eso derivó en algo horrible. Como dice Madeleine, los recursos empezaron a escasear, tanto que la gente comenzó a morir. Estados Unidos se fue vaciando poco a poco, la gente que vivía en el centro del país falleció, porque no llegaban los recursos necesarios para vivir. No tenían comida, no tenían agua, no tenían nada con lo que salir adelante. Pasaron por sequías que duraban meses y meses, el ganado se moría porque no tenía comida, y la población ya no tenía nada que llevarse a la boca.

»Entonces llegó Rose Chester y decidió que aquello debía acabar cuanto antes. No sabemos de dónde salió, eso lo tenemos que investigar, ni de qué manera llegó al poder. Lo que sí sabemos es que ella provocó todo esto. Ella es la responsable de que sigamos vivos y también de que muchos de vosotros no tengáis recuerdos de nada.

—Hay muchas cosas que no entiendo —digo cuando Eliott ha terminado—. Tengo mil preguntas.

—Hazlas —me ordena Brooks con amabilidad—, pregúntanos lo que quieras.

—Recuerdo lo del cambio climático, la amenaza que ello suponía para todos. También que una de las consecuencias era que el nivel del mar subiría hasta cotas extremas, provocando la desaparición de un gran porcentaje de tierra, dentro del cual estaba Nueva York. ¿Cómo es posible que no se haya inundado?

—Se construyeron grandes diques —contesta Madeleine—. Son invisibles desde la costa, pues están a tanta distancia que la bruma del mar impide que se vean. Fue una obra titánica. Me imagino que se empezó a construir mucho antes de que todo esto ocurriera.

—Si eso es cierto, significa que los marineros, la gente que cogía los barcos a diario, tuvieron que ver algo —deduzco.

—Nuestra teoría —dice Brooks— es que únicamente se construyó la parte del dique que quedaba debajo del agua, para que nadie lo descubriera. Los barcos que pasaran por allí y vieran un gran despliegue de gente construyendo pensarían que se trataba de alguna obra de refinería. Suponemos que después, cuando pudieron dominarnos a todos gracias a la manipulación de nuestros recuerdos, elevaron los diques para que el nivel del mar no subiera.

—¿Eso es posible? ¿Frenar el agua de los polos?

—Parece ser que sí —responde Eliott—. No olvides jamás que estamos ante gente que dispone de los medios necesarios para borrar la mente a toda una ciudad. Cada día. Son capaces de hacer cualquier cosa.

—Y cuando decimos cualquier cosa —reitera Madeleine—, es cualquier cosa.

—Entiendo... —concluyo para no hacerles sentir mal. La verdad es que no, no entiendo nada. Aun así, estoy intentándolo con todas mis fuerzas. Trato de que mi mente trabaje todo lo rápido que es capaz e imagine que no hay fronteras en la tecnología y que cualquier cosa es posible ahora mismo, pero me cuesta demasiado—. ¿Y qué me decís de los recursos de Nueva York? No he notado que nada haya desaparecido. Las grandes marcas siguen inundándolo todo, no falta comida, no falta agua... Ni siquiera faltan artículos de lujo como bolsos y zapatos de piel. Parece que nada ha cambiado —retomo el tema que se ha quedado en el aire.

—Por lo que sabemos, hay grandes almacenes a las afueras con millones de productos disponibles para abastecer a Nueva York durante un periodo de tiempo. Se fabricó mucho y muy deprisa para crear esas reservas. Si tenemos en cuenta que han pasado más o menos cinco años desde que todo esto empezó, según nuestros cálculos, muy pronto comenzaremos a notar la escasez de los productos. —Brooks se levanta del sofá mientras habla para sentarse en el suelo, enfrente de mí—. Esto es una ratonera, Cora —me dice con seriedad—. Estamos atrapados.

—No entiendo... ¿Atrapados?

—Las carreteras están cortadas, nadie puede salir ni entrar en Nueva York. Nuestra teoría, y perdona que no te pueda dar respuestas más exactas, es que el resto de poblaciones ha desaparecido y que solo quedamos nosotros.

—¿Y... la música? —pregunto. Y me siento estúpida por preocuparme de algo así.

—¿A qué te refieres?

—Sigue saliendo música nueva, se publican discos, se... —Siento que las palabras se agolpan en mi garganta. No quieren salir.

—Es todo una simulación, Cora —me contesta Brooks, con delicadeza—. Ordenadores, nada es real.

—¿Y... la energía?

—Gas acumulado. Mucho, por suerte. Pero no creemos que dure demasiado a estas alturas.

Creo que me estoy mareando, así que me agarro con fuerza al reposabrazos del sofá. Mi cabeza da vueltas con demasiada rapidez y noto que mi estómago también gira sobre sí mismo. Me levanto corriendo y voy a la cocina. Me da tiempo a vomitar dentro del fregadero. Menos mal que no se me ha ocurrido buscar el baño, porque no habría llegado y todo el contenido habría acabado esparcido por el suelo del pasillo.

Avergonzada, abro el grifo y limpio con agua y jabón el fregadero para que todo se vaya por el sumidero lo antes posible. También me enjuago la boca y me lavo las manos a conciencia.

Noto una mano apoyada en mi hombro. Es Eliott, que me trae una servilleta.

—Gracias —musito.

—Sabemos que esto es muy difícil de digerir —me dice—. Y no queremos que lo comprendas todo ahora mismo. Si necesitas que paremos, lo dejamos para otro día. Pero es mejor que cuentes con la máxima información posible.

—No, estoy bien. Quiero continuar. Debo continuar. Está siendo difícil, no te lo voy a negar. Bueno, ya lo has visto. —Mi mirada se vuelve hacia el fregadero y no puedo evitar sentirme ridícula por la manera en la que estoy reaccionando, y más sabiendo que esta escena se ha repetido varias veces en los últimos días—. Estoy en esto al cien por cien, ya te lo he dicho. Necesito saberlo todo.

Él me abraza con cariño y, con ese gesto, me transmite lo que preciso. No sé en qué se ha convertido esto, y soy consciente de que llevamos muy poco tiempo viéndonos y que quizás muchas de las cosas que he vivido junto él hayan sido borradas de mi mente, pero siento que el tiempo va más deprisa de lo normal cuando estoy a su lado. No sé si es por la situación que estamos viviendo, porque sé que mi vida corre peligro o porque darme cuenta de que nada es como yo creía ha supuesto un punto de inflexión, pero tengo la sensación de que llevo con Eliott meses. Incluso años. Y eso que no hemos hablado de sentimientos. No le hemos puesto nombre a lo nuestro ni nos hemos sentado a plantearnos a dónde vamos y todas esas cosas que se comentan antes de empezar una relación.

Sin embargo, siento que nada de eso importa. Que nos hemos encontrado en el momento idóneo —aunque no pueda quitarme de la cabeza que haya sido él quien me ha buscado— y que eso ha hecho que todo fluya de forma casi mágica.

Le devuelvo el abrazo y trato de transmitirle todo esto. No sé si lo entiende, pero él se suelta y me sonríe con dulzura. Después me coge de la mano y me lleva de vuelta al salón.

Veo la cara de preocupación de Brooks y la de indiferencia de Madeleine. Soy consciente de que se lo veía venir, no confía en mí y cree que no soy apta para esta misión, lo sé. Pero no voy a dejar que sus pensamientos me afecten.

Me siento en el sofá y le sonrío a Brooks para que sepa que todo está bien. Eliott me ofrece un chicle y se sienta a mi lado. Yo se lo agradezco en el alma, es justo lo que necesitaba ahora mismo.

—Así que —comienzo mientras trato de ordenar mis ideas— creéis que estamos solos en el mundo. Que solo queda Nueva York.

—Bueno, esa es nuestra teoría —corrobora Madeleine—, no estamos seguros. No hay forma de comprobarlo.

—Tiene que haberla —digo—. Todavía tenemos conexión a Internet. ¿Habéis intentado poneros en contacto con alguien que viva fuera de aquí?

—Sí, y el resultado siempre es el mismo: las comunicaciones más allá de Nueva York están cortadas. Las páginas extranjeras no cargan y los usuarios de las redes sociales que no viven aquí han desaparecido.

—¿Y cómo es posible que nadie se haya dado cuenta?

—Porque os modifican los recuerdos. Si alguien ha intentado acceder a una página de fuera de Nueva York y no lo ha conseguido, ese recuerdo se borra. Si alguien cree que tiene familia en otro sitio, ese recuerdo se borra. Si hace planes para salir de la península, ese recuerdo se borra. Y así, una y otra vez, para que la gente no sospeche nada.

—¿Y qué gana el Gobierno con esto? ¿No sería más fácil contarlo todo? Quizás, si explicaran a la gente lo que ha ocurrido, lo podrían entender y...

—Cora —me interrumpe Brooks—, mira cómo has reaccionado tú hace unos segundos. No pueden hacer eso. Imagínate que se lo cuentan a los millones de personas que viven aquí. Sería una locura, se amotinarían.

—¿Y por qué queréis vosotros desvelar la verdad?

—Porque a nosotros no nos importa que se amotinen. Esa es la diferencia. No podemos vivir bajo el yugo de una persona que ha decidido acabar con todo y encerrarnos aquí.

—¿Acabar con todo? Pensaba que había sido el cambio climático el que había hecho que muriera casi la totalidad de la población mundial.

—El cambio climático era la excusa perfecta de Rose Chester. Muchas personas fallecieron porque no tenían recursos, pero otros millones lo hicieron porque dirigentes como Rose no han querido ampararlos. Han requisado todos los suministros para que nosotros podamos vivir holgadamente y sin sospechar. Han acabado con millones de vidas para mantener a salvo a unas miles. —Los ojos de Brooks brillan de rabia al decir estas palabras.

—La gente tiene que saber lo que ha hecho —dice Madeleine—. Hay que hacerle pagar por todas las vidas que ha arrebatado injustamente y por la vida que os está arrebatando a todos cuyos recuerdos controla cada día.

18

Aquel día la reunión fue más corta de lo normal. Y eso que era especial, porque habían podido contar con la presencia de Rose Chester. Ni más ni menos. Lucas se quedaba embobado mirando la tele cada vez que ella aparecía en algún programa, lo que ocurría con bastante frecuencia. No podía ser que una mujer con tanta elegancia y tan buena presencia hubiera llegado tan alto. No es que él dudara de la capacidad de las mujeres —bueno, quizás un poco sí, en lo más hondo de su ser, así que tampoco contaba demasiado—, pero era inevitable no verse sorprendido por cómo esa mujer manejaba una ciudad como la de Nueva York.

Recordaba a la perfección el día que salió ganadora en las elecciones. Era un día de verano, incluso demasiado caluroso para la época. Él estaba tirado en el sótano de su casa, jugando a algún videojuego violento. Le encantaba pasar el rato con esas cosas, le dejaban el cerebro frito y le regalaban la mejor sensación del mundo. Sin embargo, se acordó de las revueltas que hubo después de que Rose Chester llegara al poder. Podía sentir a la perfección el asco que le daba cruzarse con los *hippies* que seguían defendiendo la existencia del cambio climático. ¡Si ya daba igual! Eso era lo de menos, la única meta en esos momentos era sobrevivir.

De repente, se le quitaron las ganas de jugar a videojuegos y notó una ira tan irrefrenable que estuvo a punto de coger su bate de béisbol, ese que no había utilizado en la vida para su verdadera función, y salir a la calle para liarse a golpes con el primero que pasara. Cómo los odiaba. Esos ecologistas de mierda que se creían todo lo que veían en la tele y leían en el periódico.

Apretó los puños con todas sus fuerzas y trató de serenarse. La imagen de Rose Chester apareció dentro de su mente y, como si fuera un *haiku* personificado, hizo que se instaurara en él una especie de serenidad.

Ella era tan perfecta... Le gustaba hasta su forma de mirar, esos ojos azules que brillaban detrás de los cristales de las gafas de gato. Parecía sacada de una novela, tan detallista y tan arreglada siempre. Si le hubieran dicho que algún día idolatraría a una mujer, se habría pegado un tiro. Y, sin embargo, ahí estaba, babeando por una que le doblaba la edad y que había llegado a uno de los podios más altos de Estados Unidos.

Lo que más admiraba de ella era su serenidad y su saber estar. Se había enfrentado a una horda de melenudos ecologistas que no sabían más que gritar y golpear cacerolas. Exigían un cambio, una reacción por parte del Gobierno. Y vaya si la obtuvieron. Solo que ellos ahora no se acordaban de nada.

Lucas se rio por lo bajo al pensar en todo aquello. Le hacía gracia caminar por la calle y sentir que solo él sabía la verdad. Veía a su vecina, esa tía buenorra que siempre llevaba las tetas apretadas contra el jersey de punto, y le daban ganas de decirle que era una pardilla, que no se estaba enterando de nada de lo que había ocurrido. Se la podía imaginar en una de esas manifestaciones donde las tías paseaban desnudas por las calles con lemas estúpidos escritos en las tetas. Aunque era poco probable que ella estuviera en una de esas manifestaciones. Ella tenía las tetas preciosas, lo sabía, aunque no se las hubiera visto jamás. Y él estaba seguro de que en esas protestas solo había un lugar para una tía con las tetas bonitas, que era precisamente la que salía en la portada de todos los periódicos de tirada nacional. Todas las demás, las ovejas que seguían al pastor, tenían las tetas caídas y horribles. No, su vecina no podía ser una de ellas.

Aun así, Lucas habría jurado que, en el fondo, era una *hippie* cualquiera. Tenía claro que su jersey de cuello alto era de esos reciclados que tan de moda se pusieron antes de que todo estallara. «Algodón sostenible y ecológico», rezaría la etiqueta. Había que ser imbécil para dejarse el dinero en esas cosas. Se habían estado riendo en la cara de todos y nadie se había dado cuenta. Menos él, claro. Y Rose Chester, ella también se había enterado de qué iba el juego.

La había visto alguna vez en las reuniones. Él iba religiosamente a todas ellas con la secreta esperanza de encontrarse de frente con Rose. El primer día que la vio, sus pupilas se dilataron a niveles extremos. Juraría que hasta su pelo rubio no fue lo único que se levantó en esos momentos. No podía creer que estuviera allí, no podía creer que la tuviera delante, a unos pasos. Tuvo la tentación de acercarse a ella, incluso de abrazarla, aunque sabía que sería traspasar una barrera invisible que debía permanecer intacta. Vale, lo de abrazarla era mala idea, pero quizás podía acercarse a ella para decirle que la admiraba, que estaba orgulloso del rumbo que estaba tomando Nueva York, y todo gracias a su valentía, a su perseverancia y a su mano dura. También quería decirle que no le importaba que fuera una mujer, que al principio le había costado hacerse a la idea de que no fuera un hombre el que estuviera llevando su cuidad a lo más alto, pero que, después de ver cómo estaba gestionando la situación, se tenía que quitar el sombrero ante ella. Porque no todas las mujeres serían capaces de ostentar el cargo de la forma en la que Rose Chester lo hacía, eso lo tenía clarísimo.

Por un momento, se imaginó a su propia madre al mando de un gobierno; casi soltó una carcajada en mitad de una de las sesiones. Su madre... Su madre era una pobre mujer que solo valía para cocinar y planchar la ropa. Y ni eso, porque en muchas ocasiones dejaba la carne demasiado hecha y alguna que otra arruga en su camisa de los domingos. Sin embargo, era su madre, y eso lo obligaba a respetarla y a quererla. Aunque aquello no le impidiera ponerle los puntos sobre las íes si era necesario y, si tenía que decirle que su guiso era una mierda y que debía esforzarse más al día siguiente, se lo echaba en cara sin ningún remordimiento. Al fin y al cabo, solo lo hacía para que mejorara como mujer. Le estaba haciendo un favor.

Su mente volvió a aquel día en que Rose Chester ganó las elecciones. Podría haber estado jugando mucho más rato con la videoconsola, pero los dos Red Bull que se había tomado para aguantar gritaban por salir de su cuerpo. Subió las escaleras de dos en dos y se metió en el baño. Después de lo que pareció ser un tiempo infinito, se dirigió a la cocina. Necesitaba más cafeína y quizás también algo de comer. Llevaba horas sin meter nada sólido en su cuerpo y, cuando eso ocurría, Lucas se ponía de un humor de perros. Se estaba preparando un bocadillo con todo lo que encontró en la nevera cuando escuchó a su padre maldecir como un energúmeno. Lucas se acercó al salón y descubrió a su padre gritándole a la tele. Estaba sentado en su sillón reclinable, ese que compró hace años por catálogo y que se había roto a los dos días de llegar. Aun así, su padre, orgulloso, lo usaba todos los días y decía que era el mejor sofá del mundo. Sus piernas gordas descansaban sobre el reposapiés y las latas de cerveza se amontonaban en el suelo. Lucas notaba desde el quicio de la puerta el olor a podredumbre que emanaba de su padre.

Con un gesto de asco, se sentó en el suelo, delante de la tele. Ahí fue cuando la vio por primera vez: Rose Chester. Impecable, con un traje azul cielo que hacía que sus ojos resaltaran duros y fríos, con un gesto triunfante y unos tacones descomunales. Jamás pensó que se podría enamorar de una mujer en un segundo.

Había sentido algo por aquellas chicas que salían en los vídeos porno que le pasaba su amigo Mikel, pero, en ese momento, supo que aquello no era una simple atracción. Rose Chester era distinta… Era poderosa.

Ese fue el día en que Lucas comprendió que no había nada que superara el poder.

TERCERA PARTE

Buenos días a todos y a todas, habitantes de Nueva York. Yo, Rose Chester, estoy aquí para emitir un comunicado de urgencia. He notado que hace mucho tiempo que Nueva York no sonríe, serán cosas mías, es posible, pero siento que necesitamos una tregua. El otoño está siendo muy duro y nos merecemos un respiro. Así que he decidido que mañana todos los comercios de la ciudad estarán cerrados y nadie trabajará. Mañana será fiesta local, por lo que podéis aprovechar para salir, pasear, tomar el aire y despejaros.

Esta es una medida que no se ha tomado jamás en la historia, así que me enorgullece implantarla como una costumbre. Seremos la primera ciudad del mundo que tendrá días de fiesta aleatorios sin necesidad de que concurra ningún hecho reseñable para que así sea.

Como digo, este otoño se está haciendo muy largo y los pronósticos del tiempo para mañana son muy favorables. Las temperaturas van a subir de forma notable y el sol lucirá durante todo el día, por lo que es el momento perfecto para salir a la calle a recargar las pilas y así poder continuar con nuestras vidas al día siguiente.

Os animo a todos a hacer alguna actividad al aire libre, aunque esta sea únicamente dejar que los rayos del sol penetren en vuestra piel mientras paseáis o estáis tumbados en un jardín de Central Park. No importa el modo, pero sí el resultado. Aprovechad este día para hacer lo que más os gusta, siempre que sea fuera de casa, y disfrutad del bello sol de Nueva York.

19

—¿Ha sido demasiado directo?

El pelo castaño de Rose Chester cae como una cascada por su espalda. Se ha deshecho el moño que con tanto esmero se había peinado por la mañana. No se había separado del espejo hasta cerciorarse de que cada pelo estaba en su sitio, como debe de ser. Se había mirado unos segundos más y se había dicho a sí misma que ella era la única que podía estar al mando de todo aquello, que, gracias a ella, el mundo saldría adelante y que todas las personas que la iban a ver esa mañana por televisión le debían la vida. Se lo había repetido un par de veces más hasta creerlo y luego se había dirigido a los estudios de grabación.

Hablar delante de la cámara le apasiona. El primer día que tuvo que hacerlo le dio muchísima vergüenza, aunque jamás se lo confesaría a nadie. Poco a poco, le ha ido cogiendo el gusto, y ahora su humor cambia para bien el día que le toca grabar, lo que ocurre con mucha frecuencia.

—No, ha sido muy sutil.

Su ayudante, Owen, nunca le dice algo que no quiera oír. En esos momentos, es consciente de que sí ha sido demasiado directa, que se le ha notado mucho el plumero, pero no ha estado dispuesto a decírselo. Así que, una vez más, ha optado por mentir.

—Eso espero —contesta Rose. Sabe de sobra que Owen no ha dicho lo que piensa, pero sí lo que ella quiere oír, así que se alegra de haber contratado a ese hombre para que sea su ayudante.

Las gafas de Owen están relucientes, jamás hay una mancha en sus cristales redondos. Hacen juego con su indumentaria, negra en su totalidad, lo que le confiere un aura misteriosa, sobre todo gracias al cuello alto de su jersey de cachemira, que seguramente le costó más de lo que gana en un mes, y que por eso luce con tanto orgullo.

—Necesito que la gente salga —comenta Rose mientras muerde una manzana que Owen se ha preocupado por lavar y pelar para que estuviera preparada en cuanto ella terminara su discurso—, necesito que se carguen de vitamina D o los hospitales comenzarán a llenarse a un ritmo frenético.

—Bueno, sería una especie de selección natural, ¿no?

Si la mirada de Rose tuviera la capacidad de fulminar a alguien, Owen ya estaría muerto.

—No digas estupideces. La selección natural hace mucho tiempo que dejó de existir.

Él se queda pensativo. Tiene razón, pero no se la da, porque le gusta dorarle la píldora, aunque solo cuando sabe que está siendo más listo que ella.

—Ahora es mi turno —continúa ella y muerde de nuevo la manzana. Mastica deprisa y hace demasiado ruido para el gusto de Owen—. El destino me ha elegido a mí, ya no hay selección natural que valga. ¿O te piensas que el modificar los recuerdos no me convierte en una especie de dios?

Owen no sabe qué decir. Al principio, le encantaba trabajar con ella. Recuerda a la perfección el día en que recibió la llamada telefónica que cambiaría su vida. La voz que estaba al otro lado de la línea solo le dijo que era para una entrevista y que se trataba de un puesto dentro del Gobierno, nada más. Su cara fue de total sorpresa cuando vio que era Rose Chester la que estaba detrás del escritorio. Si se esfuerza un poco, todavía puede sentir el temblor que invadió su cuerpo. Menos mal que las clases de yoga a las que acudía de forma religiosa dos veces a la semana surtieron efecto, porque consiguió serenarse enseguida y no quedar como un estúpido delante de aquella mujer. Por aquel entonces, no sabía bien quién era ella, tan solo le sonaba de haberla visto en algún acto en el que se trataba el tema medioambiental y el cambio climático. Recordaba su cara porque era inolvidable —sobre todo sus ojos, del color del hielo—, pero jamás imaginó que una mujer como ella, que en la tele gritaba e insultaba a los políticos que no hacían nada para salvar el planeta, ahora estuviera detrás de una mesa de roble que bien podría costar más de seis mil dólares, vestida entera de Prada y con una sonrisa que solo se permite poner una persona que sabe que puede dominar el mundo.

Rose Chester es capaz de engañar a muchas personas, pero no a Owen. La conoce demasiado bien, y más después de todos estos años que ha pasado a su lado.

—¿Y crees que funcionará? —Él sabe que a Rose le encanta comentar sus planes en voz alta. Está seguro de que no le va a decir nada nuevo, pero su trabajo consiste en hacerla feliz, así que es mejor dejar que hable y que relate todo lo que tenga que contar.

—Por supuesto que funcionará. —Justo en el clavo. Owen se pone cómodo en el sillón verde botella que ya se amolda a su cuerpo como si estuviera hecho para él—. Necesito que funcione. Necesito que la gente salga y haga vida en la calle, aunque sea solo por un día. Llevamos una temporada muy mala, el otoño está siendo largo y gris, no hemos visto un rayo de sol en muchos días, y los que han salido eran tan débiles que no valían para nada. Según las predicciones, mañana va a ser un día espléndido, por lo que tenemos que aprovecharlo. Y hablo en plural, nosotros también debemos hacerlo o acabaremos raquíticos.

»Sí… Tiene que funcionar. —A Owen le da la impresión de que está hablando más para sí misma que para él—. Es el plan perfecto. Un día libre en el trabajo, las tiendas cerradas, un sol maravilloso... Las temperaturas subirán y el Hudson vuelve a tener caudal después del desastre que vivimos hace unos días. Dios mío... —dice mientras se coloca un mechón de pelo detrás de la oreja—, ya pensaba que nos íbamos a quedar sin agua demasiado pronto. Cerrar el caudal para controlar el abastecimiento no es algo que me haga demasiada gracia. En fin —continúa después de suspirar y encogerse de hombros—, es el momento perfecto para salir. Podríamos organizar algo en la zona del Rockefeller Center, alguna actividad que llame a la gente. O incluso en Central Park. Puede ser una buena idea. ¿Qué tal una cabalgata? Bueno, quizás montar una cabalgata de un día para otro sea demasiado complicado. No nos daría tiempo a reunir a tanta gente ni a decorar las carrozas, y también tendríamos que encontrar un motivo y mi cabeza empieza a echar humo. No, tenemos que pensar en otra cosa...

Owen ya no escucha esto último; hace rato que ha puesto el modo automático y no se está enterando de nada de lo que está diciendo Rose. Ella es así, pura energía. Cuando se pasea por la oficina, como está haciendo en estos mismos instantes, sabe que no hay nada que hacer para pararla. Su cabeza es como una locomotora abriéndose paso por las llanuras de Arizona, cogiendo más y más velocidad al no encontrar nada que entorpezca su paso. Y si, por lo que sea, hay un coche que se salta la señal de las vías y no ve el tren acercándose, acaba hecho añicos. Es imposible detener a Rose.

—¿Qué te parece?

Owen vuelve de su modo automático y pone la mejor sonrisa de su repertorio mientras se ajusta las gafas en el puente de su nariz.

—Me parece una idea genial. Lo de la cabalgata es excesivo, pero lo del concierto en Central Park me parece un plan perfecto.

Rose le sonríe, porque esa es la respuesta que quería oír, y Owen respira, aliviado, y da gracias por tener esa mente tan maravillosa que trabaja sin que nadie se lo ordene. Lo ha salvado de muchas broncas. Es más, lo ha salvado de haber perdido su puesto de trabajo en alguna ocasión.

—Entonces, manos a la obra. —Rose se pone en pie de un salto, lo que provoca que Owen haga lo mismo—. Tú te encargas de todo, ¿verdad?

Él asiente y hace lo que mejor sabe hacer: sonreír. No le queda otro remedio.

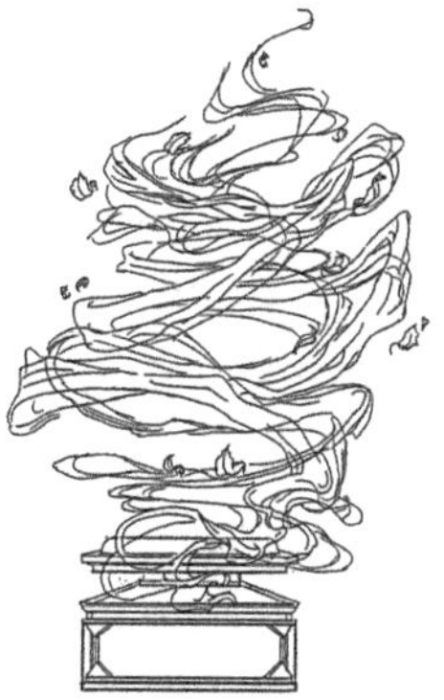

20

La noche está siendo más larga de lo normal. Después de hablar con esa señora llamada Madeleine, nos hemos ido al piso de Eliott. Primero han entrado él y Brooks, ocasión que han utilizado para asegurarse de que no había nadie vigilando el apartamento. Y, pasado un rato, he entrado yo en el portal como quien no quiere la cosa. Juraría que no me ha visto nadie, pero ahora mismo dudo hasta de mi sombra.

Una vez dentro del piso, comemos lo que encontramos en la nevera de Eliott. En otra ocasión me habría quejado por tener que cenar un bol de leche con cereales de dudosa procedencia, pero esta noche tengo el estómago tan cerrado que ni el banquete más suculento habría abierto mi apetito. Aun así, Eliott me obliga a comer un poco, porque llevo todo el día sin hacerlo y no debo irme a la cama de esta forma.

Yo, obediente, sigo sus órdenes, pero solo para no tener que escucharlo echándome la bronca. Además, ya me olía de antemano que iba a ser muy complicado conciliar el sueño esta noche, así que la mejor decisión es comer un poco antes de que mi tripa empiece a rugir ruidosamente y despierte al resto de habitantes del piso.

Brooks se ofrece para descansar en el sofá, así Eliott y yo podemos dormir juntos. Dice esto último mientras nos guiña un ojo con el menor disimulo posible. Noto que me pongo roja como un tomate. No porque no me apetezca pasar una noche con Eliott —en realidad, me muero de ganas desde hace unos cuantos días—, sino porque no esperaba que fuera así. Digamos que esperaba que algo tan íntimo como es dormir con una persona sucediera de una forma más romántica. O, al menos, no tan tensa, ya que, en mi cabeza, y supongo que en la suya también, esta noche solo hay lugar para una cosa: derrocar lo que sea que esté haciendo Rose Chester.

Eliott toma mi mano en este instante y me dirige hacia la única habitación de su casa. Gracias a la luz que entra por la ventana, puedo ver que hay una cama grande que preside la estancia. Sus sábanas color crema contrastan con la pared de ladrillo rojizo. Un armario y unas mesillas de madera parecen ser el único mobiliario. Eso produce que lo que más llame mi atención sean las plantas que lo inundan todo: encima de las mesillas, unas que cuelgan hasta el suelo, sobre el armario hay otras tantas, y lo que me parece el marco de la ventana es en realidad una enredadera que trepa por casi toda la pared. Me quedo tan asombrada que, en vez de elogiar la decoración y el buen gusto, le digo a Eliott que si sabe que es malo dormir con tantas plantas en un espacio tan cerrado. Él se dedica a señalarme un conducto de ventilación en lo alto de la pared y un humidificador que supongo que es un aparato que se encarga de oxigenar el ambiente.

Después… Después me olvido de las plantas y de todo lo que me rodea, justo cuando coge mi mano y me lleva a la cama. Cuando comienza a besarme como nadie me ha besado en la vida, mi estómago da tantas vueltas que me preocupa que no sea capaz de volver a su estado normal nunca más.

Ojalá no lo hubiera parado. Le tendría que haber dejado continuar, no haber quitado esa mano que ya subía por mi muslo a una velocidad alarmante, ni la otra que me agarraba la nuca y me empujaba contra su boca para que no pudiera separarme de él ni un ápice.

Ojalá.

Pero no ha sido así. Soy tan estúpida que lo hago, le digo que pare.

Él me sonríe con los ojos, de esa forma tan peculiar que le queda tan bien, y me da un beso en la frente. Sé que lo entiende. No es que no esté preparada, no se trata de eso ni de lejos. Se trata de que no es el momento, de que quiero que sea de otra manera. No quiero estar pensando en Rose Chester la primera vez que haga el amor con Eliott. Él se merece toda mi atención y siento que no se la puedo dar.

Ahora mismo lo estoy mirando mientras duerme. Después de todo, ha caído rendido en cuestión de segundos. Yo lo he intentado, he dado vueltas en la cama, por la habitación, he contado ovejas y todo lo que se me ha ocurrido, pero aquí estoy, casi de día y con los ojos como platos.

Al menos, puedo observar cómo duerme, y espero sinceramente que eso no me convierta en una especie de psicópata.

Dado que ya es muy improbable que pueda conciliar el sueño a estas alturas de la noche —si puede seguir considerándose noche—, decido levantarme y prepararme algo para desayunar. Ahora sí que tengo apetito. Sin embargo, al moverme para salir de la cama, la mano de Eliott me agarra el brazo e impide que me vaya.

Me doy la vuelta y veo que me está observando. Entonces tira de mí y hace que mi cara se acerque a la suya.

Me da un beso, lento, como si estuviera alargándolo lo máximo posible. Y mientras yo se lo devuelvo, un sabor amargo a despedida me invade y me llena de pánico, porque quizás signifique que se está preparando para que este sea el último beso. Intento no hacerlo, pero al final no puedo evitar pensar en lo que nos espera hoy: la misión más arriesgada de todas a las que nos hemos enfrentado hasta ahora.

—Buenos días —me dice cuando decide terminar el beso—. ¿Qué tal has dormido?

—Bien, mejor de lo que esperaba. —No sé por qué le he mentido. Quizás para que no se preocupe por mí. No quiero que nadie lo haga, y menos él.

—Ya… Tus ojeras no dicen lo mismo.

Me ruborizo al instante y me coloco el pelo de forma nerviosa. Odio que me descubran cuando miento. Me digo que debo aprender a mentir mejor si quiero que Eliott no me pille nunca más. Aunque, mejor, debería dejar de intentar engañarlo con verdades a medias o mentiras piadosas; creo que eso no va con él.

—No te preocupes por mí, solo estoy un poco nerviosa.

—Yo puedo hacer que te relajes.

—Eliott… —le recrimino.

—Tranquila, era una broma. Ya me quedó claro anoche, no pasa nada.

—Es que…

—Shhh. —Me pone un dedo en la boca para que no continúe hablando—. Lo entiendo perfectamente, no me tienes que dar explicaciones ni excusas, ¿de acuerdo? Cuando termine todo esto ya tendremos tiempo de hablar, de conocernos y de hacer todas esas cosas que se te están pasando por la cabeza ahora mismo.

Le doy un empujón y lo tiro contra el colchón. Es mi forma de hacerle entender que eso no se le dice a una señorita. Aunque acabo riéndome y provocando que él empiece a soltar carcajadas conmigo.

—¿Estás muy nerviosa? —me pregunta cuando hemos conseguido calmarnos.

—Un poco. No sé qué va a pasar hoy. Hemos hablado sobre lo que vamos a hacer, pero siento que hay muchísimas fisuras en el plan. Es una locura y no sé si va a salir bien.

Mi cuerpo está aquí con Eliott, en su cama, sin embargo, mi mente está muy lejos. Está en la conversación que tuvimos al salir de la casa de Madeleine, sentados frente al brazo de agua que se mete en esa zona. Queríamos atarlo todo —o, al menos, lo máximo posible— antes de llegar a casa, para que, una vez allí, solo tuviéramos que preocuparnos por descansar. Me agobia un poco pensar que he fallado en ese primer paso.

—Yo tampoco, ni Brooks. No lo sabe nadie, así que no nos queda más remedio que actuar e intentarlo.

—No hace falta que te cite al gran maestro Yoda, ¿no?

—No, en absoluto. Pero, en este caso... No sé, creo que debemos intentarlo y después ya se verá. Si la decisión estuviera en mis manos, lo hacía de cabeza, pero que el plan funcione no depende de mí. Ni de ninguno de nosotros, en realidad.

—Eso es muy alentador —digo en un susurro.

—Es la verdad, y la verdad siempre duele.

Suspiro más fuerte de lo normal y parece que eso le asusta, porque justo en ese momento se incorpora y me mira con seriedad.

—Cora, solo te lo voy a decir una vez más: si quieres dejarlo, estás a tiempo. Ya nos has dado mucha información, nos has ayudado más de lo que crees. Brooks y yo podemos seguir con esto sin ningún problema. No es necesario que te arriesgues más de lo que lo has hecho.

—Ya no puedo echarme atrás.

—Sí que puedes, estás a tiempo.

—No, Eliott —lo contradigo, y le acaricio el brazo para que vea que lo que le voy a decir no es nada personal. Deseo con todas mis fuerzas que comprenda que no le estoy echando nada en cara—. Ya no puedo perder más de lo que he perdido.

Me mira, desolado, y se da cuenta de que tengo razón. He perdido mi trabajo, me he enfrentado al sistema y ahora mi cara seguro que aparece en todas las comisarías de Nueva York. No tengo a dónde ir. Estoy metida en esto mucho más que ellos.

Eliott me abraza y siento un calor que me recorre todo el cuerpo.

Una lágrima asoma con timidez y, aunque al principio parece que no va a ser capaz, se atreve a saltar hasta la almohada. ¿Mis lágrimas han sido tan valientes siempre? Sin embargo, sé que no lloro por miedo ni por pena ni por ninguno de los sentimientos malos que ahora mismo podrían estar acechándome. Lloro por Eliott, porque no sé dónde diantres se ha metido todo este tiempo. Lloro, porque siempre he necesitado a una persona así a mi lado, y me da pena que por fin suceda en un momento como este, con el desenlace mirándonos a la espalda. Noto sus ojos fijos en mi nuca, amenazantes. Y no puedo evitar llorar más al darme cuenta de que, al menos, si este es el verdadero final, habré encontrado todo lo que estaba buscando. Aunque yo no fuera consciente de ello.

Porque no lo era, hasta ahora. Me ha costado mucho comprender que la soledad está bien para un rato, por ejemplo, cuando llegaba cansada de trabajar y lo único que quería era ducharme y meterme en la cama durante doce horas, sin tener que dar explicaciones a nadie y sin aguantar conversaciones banales que con total seguridad no me interesarían. Que la soledad está muy bien cuando la cagas y no tienes que convencer a nadie de que lo que has hecho no volverá a ocurrir. En ese caso, basta con mirarse al espejo y mentirse a uno mismo. Era experta en eso. La soledad está muy bien cuando no tienes nada en la nevera y decides comerte una lata de atún sin siquiera utilizar un plato. Nadie te juzga, nadie te mira mal por llevar sin pisar el súper más de diez días.

Sin embargo, a pesar de todas esas cosas buenas que puede tener la soledad, observando a Eliott entiendo que no merece la pena. Que es mucho mejor llegar a casa y compartir la mierda de trabajo que tienes con alguien que te escucha y que sabe decir la palabra exacta en el momento exacto. Que seguro que la historia termina de otro modo cuando eres consciente de que si la cagas no estás decepcionándote a ti mismo, estás decepcionando también a una persona que se preocupa por ti. Que puede que esa lata de atún forme parte de algo más elaborado, porque no hay nada más bonito que compartir la comida con la persona a la que quieres.

Abro los ojos de golpe y quiero arrancarme el cerebro de cuajo por todo lo que está pensando sin mi consentimiento. ¿Querer? ¿Es que es eso lo que siento por Eliott? No importa lo veloz que haya pasado esa idea por mi mente, ahora no puedo parar de pensar en ella, como si fuera el *jingle* de un anuncio que martillea mis sienes una y otra vez.

¿Cómo voy a querer a una persona a la que acabo de conocer? No sé nada de él. Ni cuál es su color favorito, ni qué le gusta comer un domingo después de salir de fiesta, ni si prefiere el fútbol americano o el béisbol.

He estado con varios chicos y jamás había sentido esto que siento ahora mismo. Esa inquietud dentro de mi tripa que hace que esté nerviosa todo el tiempo, pero tranquila a la vez porque está a mi lado. Esa preocupación por no saber si hoy será el último día que estoy así, con él, los dos tumbados en su cama, a cinco palmos de distancia.

—¿En qué piensas? —me pregunta. Llevo demasiado tiempo callada tratando de manejar mis pensamientos y no he reparado en que él no ha parado de observarme en ningún momento.

—En cuál será tu color favorito.

—El verde —contesta sin ningún rodeo—. ¿El tuyo?

—El naranja.

—Queda muy bien con el verde.

—Pensaba que tu color favorito sería el azul —respondo en un susurro.

—Y yo pensaba que el tuyo sería el rojo.

—¿El rojo? ¿Tengo cara de que me guste el rojo?

—Era una broma, Cora —me dice al ver mi gesto de incredulidad—. Me da igual qué color te gusta más, eso no te define.

—Yo creo que sí, es importante conocer los gustos de una persona para saber cómo es.

—A mí no me hace falta. —Me acaricia la cara mientras me sonríe—. No me irás a decir ahora que crees en el horóscopo.

Estoy segura de que en estos momentos mi cara refleja todo lo que no estoy diciendo con palabras.

—¡Venga ya! —me grita, desconcertado—. ¿Me lo estás diciendo en serio?

—Pues sí, ¿vale? Creo en el horóscopo, y también en el destino. Y quizás tendríamos que hablar de estas cosas antes de empezar una relación. Es importante.

—No lo es en absoluto. —Quiero ofenderme ante su comentario, replicarle y explicarle los más de cien motivos que tengo para mantener mis creencias, pero no me da tiempo porque Eliott no para de hablar—: Me da exactamente lo mismo que creas en el horóscopo o en el karma. Me da igual que seas católica o budista, o incluso que practiques vudú. Bueno, igual en este último caso me intranquilizaría un poco, pero solo sería una preocupación sana por mi propio bienestar.

»Me da igual que tu color favorito sea el rojo, el azul o el verde esmeralda, que prefieras la hamburguesa con pepinillos o sin ellos, que los domingos seas de salir a correr o de quedarte en casa sin quitarte el pijama. Me da exactamente lo mismo.

—Pues no entiendo por qué. Se supone que cuando quieres estar con una persona debes interesarte por cómo es, conocer sus gustos, para poder complacerla y saber si sois compatibles.

—A mí no me hace falta nada de eso, Cora.

—¿Ah, no? —pregunto, extrañada.

—No. Seguirías gustándome, aunque tu color favorito fuera otro o tu horóscopo fuera uno completamente distinto.

—¿Y si eso nos hace incompatibles?

Él me mira, divertido, y decide seguirme el juego.

—Pues tendríamos que esforzarnos un poco más para que esto fuera posible, eso es todo.

No sé qué contestarle. Son demasiadas cosas en las que pensar y demasiado poco tiempo. Entonces, cojo la almohada sobre la que estaba descansando mi cabeza y me pongo a darle golpes con ella. Le pilla por sorpresa y, antes de que pueda hacer nada para esquivarlo, me agarra por la cintura y me lanza contra el colchón. Él se ríe a carcajadas, al igual que yo, y no puedo evitar fotografiar mentalmente ese instante y guardarlo en el álbum de «recuerdos que jamás quiero olvidar».

—¿A qué venía eso? —me pregunta mientras me pone el almohadón debajo de la cabeza de nuevo.

—Mi horóscopo decía que hoy emprendería una lucha —contesto, divertida.

—¿Ah, sí? Pero creo que tu horóscopo no te ha dicho que no debes empezar batallas que sabes que vas a perder.

—Me ha dicho que tengo que arriesgarme sin mirar atrás.

—¿Y eso estás haciendo?

No sé en qué momento he decidido que quiero que pase. No sé cuándo mis neuronas se han vuelto locas y han hecho que coja a Eliott por la nuca y lo acerque a mí. Su boca junto a mi boca, sin nada de por medio. Sin excusas.

Él no se hace de rogar y enseguida responde a la urgencia de mis manos.

—¿Estás segura? —Sus palabras suenan amortiguadas contra mi cuello.

—Sí, más que nunca.

Nuestros cuerpos se pegan todavía más, creo que no hay ni un palmo de mi piel que no esté sintiendo el contacto de Eliott. Él se quita la camiseta y yo observo su torso repleto de tatuajes. Pienso que tendría que dedicarle muchísimas horas a contemplarlos todos, a analizarlos uno a uno. Me entran ganas de preguntarle qué significan, por qué tiene una flor de lis en el pecho o por qué tiene un lobo en el costado. El dragón que desciende por su brazo también me llama la atención, así como los números 1404 que parecen querer esconderse entre sus costillas. Al final, después de detenerme en ellos durante unos segundos, decido que la curiosidad puede esperar, y también me quito la camiseta. Se separa de mi boca y, aunque quiero rogarle que no lo haga, que siga besándome sin parar lo que queda de día, no puedo evitar pensar que jamás nadie me ha mirado de esa forma. Como si yo fuera algo más que una persona de carne y hueso, como si fuera la respuesta a una pregunta. Fotografío también ese instante, porque no sé si volverá a ocurrirme algo como esto en lo que me queda de vida.

No sé en qué momento ha comenzado a sonar la música, ni si ha estado ahí todo el tiempo, pero los acordes pausados de Junip con su *Line of fire* hacen que mi cuerpo vibre.

Un rastro de negatividad se apodera de mí durante un segundo. ¿Y si es la última vez? ¿Y si cuando entremos en el edifico del Gobierno las cosas se ponen tan feas que no volvemos a vernos? ¿Y si nos atrapan? ¿Y si morimos?

Eliott no se ha dado cuenta de que mi cabeza no está en la cama con él, porque ahora mismo se encuentra entretenido besándome el vientre. Meneo la cabeza con disimulo y me ordeno disfrutar de esto, de sus manos recorriendo mi espalda, saltándose las pocas barreras que quedan entre nosotros. De las cosquillas que me hace su pelo en el cuello cuando comienza a subir, del olor que desprende cada poro de su piel. ¿Habré sentido alguna vez algo igual? Por un segundo, mi mente se rebela y se pone a pensar en todos esos recuerdos que habré olvidado, esos que ya no forman parte de mí. ¿Acaso alguien me ha hecho sentir alguna vez lo que estoy sintiendo con Eliott? Podría haber seguido pensando en ello todo el día, sin embargo, las manos de Eliott desprendiéndome de la ropa interior hacen que vuelva allí, a ese momento. Noto mi corazón acelerado y me obligo a disfrutar, a ser, a estar.

Me invade la curiosidad antes siquiera de haber empezado, esa impaciencia que me hace preguntarme cómo será lo que viene a continuación. ¿Será tranquilo, cariñoso, salvaje…? Aunque por mi cabeza pasan tantos escenarios que soy incapaz de visualizar, enseguida me doy cuenta de que tengo la respuesta ante mí: Eliott es delicado, cuidadoso y detallista. Y a la vez, tan pasional y directo que me hace replantearme si voy a estar a su altura. Pero pronto comprendo que nuestros cuerpos son como uno solo. Que el mío se amolda al suyo con tanta facilidad que todas las dudas se disipan de repente. Él me mira, como si comprendiera lo que estoy pensando, y entonces, después de pedirme permiso con la mirada, se introduce dentro de mí a la vez que me tapa la boca para acallar el grito que está a punto de salir.

Y yo me dejo hacer. Doy al botón que apaga mi cabeza y me dedico a disfrutar como nunca.

Si es la última vez, al menos que merezca la pena.

—¿Y de qué signo eres?

Me cuesta abrir los ojos, así que tengo que hacer un esfuerzo grandísimo para mirarlo a la cara. Todavía le dura el rubor que delata lo que acaba de pasar entre estas sábanas. Por el ardor que siento yo en la mía, creo que estoy igual de roja que él. Su pecho sube y baja, despacio, lo noto debajo de mí; la mejor almohada del mundo.

—¿Cómo dices? —Las palabras salen en forma de susurro perezoso.

—Quiero saber de qué signo zodiacal eres.

—¿Acaso importa? —Su mirada me da la respuesta—. Cáncer, soy cáncer. ¿Y tú?

—Aries, creo.

—Un signo de fuego, no podía ser de otra forma.

—¿Es que los signos y los elementos están unidos?

Me incorporo de golpe y me lo quedo mirando como si me estuviera hablando de física cuántica.

—¿No sabes nada de los signos?

—Nada en absoluto.

Resoplo y me coloco el pelo en un vano intento por hacer que no parezca que acabo de venir de la guerra.

—Los signos se corresponden con los elementos, claro. Tú eres de fuego, y yo soy de agua.

—¿Y eso qué significa?

—Pues que nuestra compatibilidad es complicada.

—Tienes que explicármelo mejor.

—Yo soy cáncer, un signo de agua. Soy voluble, busco la libertad siempre. Y tú eres aries, un signo de fuego, más pasional y celoso, por decirlo de alguna forma. Para ti los lazos son imprescindibles, mientras que para mí suponen una cárcel.

—Menudo plan, ¿no?

—Sí, por eso he dicho que es complicado. Pero hay más…

—¿Qué más?

—Una vez que un cáncer y un aries se juntan, una vez consiguen comprenderse y equilibrarse, ya no hay nada que pueda con ellos.

—¿Nada, nada?

—Nada, nada.

21

Unos golpes me despiertan.

Me cuesta demasiado ubicarme y tengo que mirar reiteradamente a mi alrededor para darme cuenta de dónde estoy. Eliott está dormido a mi lado y parece ser que no se ha enterado de nada.

—¡Venga! ¡Despertad! —Más golpes—. ¡Moved el culo de una vez!

Los porrazos van ganando intensidad, tanto que temo que quien esté provocándolos tire la puerta abajo.

Eliott se remueve, parece que se va a despertar, pero lo único que hace es girarse y seguir dormido como un tronco.

—¡Como no salgáis en medio minuto voy a entrar y os voy a sacar de los pelos! ¿Me oís?

Le doy un codazo a Eliott y eso hace que se levante de golpe, sobresaltado.

—¿Qué…?

Y justo en ese momento Brooks irrumpe en la habitación sin darnos tiempo ni a cubrir nuestros cuerpos con la sábana.

—Por el amor de… ¿Queréis taparos de una vez?

—¡Brooks! Un poco de intimidad, por favor —le grita Eliott.

Ella se da la vuelta y se queda mirando hacia la pared.

—La culpa es vuestra, deberíais estar ya preparados.

La niebla que enturbiaba mi mente se disipa, y entonces me ubico. Hoy es el día, tenemos que empezar a actuar. Al menos, doy las gracias por haber sido capaz de dormir un buen rato. No sé si ha sido mucho o poco, pero el tiempo que he estado descansando ha sido muy reparador.

Eliott me tiende la sábana para que me tape mientras él busca su ropa interior por el suelo, y entonces me acuerdo de todo lo que ha pasado hace unas horas y me sonrojo a la velocidad de la luz. Eso hace que me apresure yo también y me ponga a recoger toda la ropa que ha acabado tirada por la habitación. Mientras tanto, Brooks no para de protestar. Dice que somos unos irresponsables por estar pensando en sexo en vez de tener la mente fría y dejarla solo para el plan. Y sí, por si había alguna duda, ella nos confirma que lo ha oído todo. También nos echa en cara el que no hayamos sentido compasión por ella, porque lleva mucho tiempo sin ligar. Y quien dice mucho tiempo, dice un par de días, pero para ella es un sufrimiento igualmente.

Cuando ya estamos presentables, salimos del cuarto para prepararlo todo. Mientras yo improviso una comida rápida con lo que encuentro en la cocina, Eliott y Brooks se mueven por el apartamento como si fueran unos dibujos animados. Están metiendo cosas en unas mochilas y hablan del plan. Gesticulan con demasiada intensidad y, de vez en cuando, consultan un mapa que hay extendido en la mesa del comedor. Anoche no me di cuenta de la existencia de ese mapa y, aunque hemos hablado del plan, lo cierto es que no sabía que tuvieran uno.

Me acerco a él y veo que está lleno de rayas y símbolos de diferentes colores, también hay anotaciones en los laterales y un montón de notas adhesivas que decoran los márgenes.

Lo reconozco enseguida: es el edificio donde trabajo. Y, a pesar de que es una zona donde jamás he estado, sé que se trata de ese edificio porque la planta es igual que la que contiene mi despacho. Intuyo que es el almacén, el sitio que ha salido en casi todas nuestras últimas conversaciones y el lugar que vamos a visitar hoy.

Verlo así, dibujado, hace que se me aclaren mucho las ideas. Sin embargo, me pregunto por qué no me lo han enseñado antes. Me habría ayudado una barbaridad poder observarlo de esta forma y no tener que imaginármelo. Eso me hace sentir un poco mal, porque me da la sensación de que me están dejado de lado. Entiendo que ellos son los líderes, los que llevan planeando esto durante mucho tiempo, pero yo también estoy metida ahora. Si no querían ayuda, no tendrían que haberme dicho nada. Si no querían que nadie les entorpeciera el plan, no deberían haber contado con más personas.

Quizás solo quieran un conejillo de indias, alguien que pague el pato si la cosa se pone fea. Como cuando di la señal de alarma al intentar *hackear* el sistema desde mi ordenador.

Sacudo la cabeza para hacer que ese pensamiento desaparezca. No puedo pensar eso, no puedo dejar que una idea así me taladre y se apodere de mi mente. Centro mi atención en el hecho de que ellos llevan mucho tiempo planeando esto, que no soy un conejillo, sino la pieza que les faltaba del puzle, algo imprescindible.

Pienso en todo lo que ha pasado hace unas horas, en todas las palabras de Eliott y hago que resuenen una y otra vez dentro de mi cabeza hasta que los pensamientos negativos se disipen por completo.

Si no me han enseñado el mapa será porque piensan que lo tengo todo bajo control. Conozco el edificio mejor que ellos, pues llevo años trabajando en él, así que es normal que no necesite un soporte visual para entender el plan que han elaborado. Sí, eso tiene sentido.

Cuando me quiero dar cuenta, Eliott ha retirado el mapa de la mesa —no sin antes darme un beso en la frente— y ha dispuesto la comida que he preparado encima de ella. Nos sentamos y damos buena cuenta de los huevos revueltos con jamón, las tostadas con sirope y la ensalada de col cuya fecha de caducidad me ha hecho dudar de si su lugar estaba en la mesa o en la basura.

Es curioso el silencio que se genera antes de una batalla. He pensado muchas veces en ello, sobre todo viendo películas bélicas donde el único que se atreve a decir algo es el que va al frente del escuadrón y siente el deber moral de darles ánimos a aquellos que saben que van a morir. A veces he pensado en lo que me gustaría escuchar antes de morir, y nunca se me ha ocurrido una respuesta lo bastante buena. Pero lo que sí tengo claro es que no querría que fuera un discurso de consuelo o de compasión, así que agradezco que nadie hable.

Los tres sabemos de sobra a lo que nos estamos enfrentando, y no hay palabras que puedan rebajar el miedo que es inevitable sentir.

En cuanto terminamos de comer, nos equipamos con las cazadoras negras que completan nuestro atuendo, cogemos las mochilas y ponemos rumbo a la zona financiera de Manhattan.

—Hay algo que debes recordar bajo cualquier circunstancia, Cora —me dice Eliott con el semblante serio—. Las cosas van a ir bien, estoy seguro. Pero…

Me vuelvo hacia él y aprieto los dientes con fuerza para no decirle que odio que haga esas pausas dramáticas.

—Pero —continúa por fin—, en caso de que no sea así, en caso de que algo falle, tengamos que huir o cualquier otro imprevisto, necesitamos un lugar seguro al que acudir.

Yo asiento y doy a entender que estoy de acuerdo.

—No puede ser ninguna de nuestras casas —dice Brooks—. Ni tampoco algo predecible, ni trabajos ni cafeterías ni nada por el estilo. Así que si en algún momento nos separamos y vemos que estamos en peligro y por lo que sea debemos refugiarnos, el sitio será una nave abandonada en El Bronx.

—Es una vieja nave donde guardaban material de construcción. Hace muchos años que no se usa y Brooks y yo la hemos estado vigilando para comprobar que por allí no pasa nadie.

—Nadie, jamás —sigue ella—. Es el lugar perfecto.

Saca un mapa de la mochila —otro más— y me indica dónde está el almacén.

—Apréndete la ubicación de memoria —me ordena Eliott—. Ese es nuestro salvoconducto.

Miro el mapa con atención. No es una zona que conozca demasiado, hace meses que no voy a esa parte de Nueva York, pero hay un puente por el que pasa el metro que identifico sin dificultad. Memorizo las siguientes calles y enseguida hago que la información se quede en mi cabeza. Ahora solo espero que, en caso de apuro y de tener que necesitarlo, sea capaz de que esos datos acudan a mí con rapidez.

Resulta extraño andar por las calles de Nueva York sin que haya nadie alrededor. Sin gente que te empuje, sin personas atontadas mirando los escaparates o buceando en su móvil mientras esperan al metro. Todo está desierto, y se debe al anuncio que hizo ayer Rose Chester en la tele. En él decía que hoy sería un día de fiesta y que los neoyorquinos debíamos salir a tomar el sol. En cuanto lo escuchamos, supimos que sería el momento perfecto.

Ella quería tener a toda la gente en la calle, por lo que ha habilitado unas zonas con actividades que llamen la atención de los ciudadanos para asegurarse de que el mayor número de vecinos esté disfrutando de estas horas de sol. Sabíamos que la mayoría de personas estaría en Central Park y a orillas del Hudson, lo que nos ha dado margen para llevar nuestra misión a cabo sin destacar demasiado.

Un rato después ya estamos en el edificio. Habría sido una locura acceder por la entrada principal, aunque Brooks lo propuso diciendo que nadie que fuera a atacar al Gobierno entraría por la puerta grande; pero Eliott y yo la disuadimos de su plan suicida y la convencimos para entrar por el almacén, más concretamente por una puerta cuyas cámaras habían sido manipuladas para emitir imágenes antiguas.

Gracias, Tracy, eres la mejor.

Cuando conseguimos acceder al edificio, doy un gran suspiro. Siento que llevaba un buen rato conteniendo el aliento por la presión de no saber si la llave que tenía guardada en mi bolsillo era la correcta. De eso se había encargado Brooks. Cuando le pregunté cómo era posible que ella tuviera una copia de la llave que abría el almacén, se limitó a decirme que las secretarias eran su tipo. El guiño de ojo que acompañó a sus palabras hizo que me diera cuenta de qué estaba queriendo decir.

El almacén estaba medio vacío por ser festivo y no vimos a nadie por allí, así que nos pusimos en marcha y buscamos el modo de bajar al sótano. Siempre me han alucinado las escaleras de los edificios, me generan una especie de vértigo controlado fascinante. Me encanta mirar a través del hueco en medio de ellas y que suele abarcar toda la altura del edificio. Me gusta pensar que ese espacio es la nada. Bien pensado, es un espacio perdido, desaprovechado, que se queda ahí sin ser usado por nadie y que no tiene razón de ser. Me pregunto por qué el arquitecto de este edificio decidiría poner el ascensor en otra parte de la estructura. Podría haber aprovechado ese espacio y haberle dado un sentido, una utilidad.

—Cora, ¿qué haces?

La voz de Eliott me saca de mis pensamientos. Ahora que casi siempre tengo gente a mi alrededor estoy empezando a entender lo frecuente que es que me quede embobada pensando en mis cosas. Noto la urgencia en sus palabras, por lo que muevo la cabeza para quitarle importancia, y me centro en lo que nos ocupa.

—Es por aquí —dice Brooks, que ha tomado la iniciativa y va la primera. Empieza a bajar los escalones y nosotros la seguimos, en silencio.

Nadie se atreve a decir nada, solamente se escuchan los pasos amortiguados de nuestras deportivas contra las baldosas. Las plantas se suceden y nosotros continuamos bajando. Nunca me ha dado por pensar en lo grande que es este edificio. Desde fuera se aprecia que tiene muchas alturas, pero no se me había pasado por la cabeza que en el subsuelo hubiera más niveles. Me imaginaba que tendría sótano, claro, ¿qué edificio de Manhattan no lo tiene? Pero no creía que habría que bajar unos siete pisos para llegar hasta él.

Por fin, después de lo que parece ser una eternidad, llegamos a una puerta. No es la primera que vemos, pero sí la primera ante la que nos paramos.

Brooks busca en la mochila que lleva a la espalda y saca una llave. La mete en la cerradura y abre a la primera. No puedo evitar pensar que, si me hubiera tocado a mí esa tarea, habríamos tardado un siglo en cruzar la puerta.

El interior está oscuro. Demasiado oscuro en comparación con las escaleras, cuya claraboya en el tejado —aunque estaba muy arriba— dejaba traspasar la luz, así que sacamos unas linternas de la mochila de Eliott. Supongo que es mejor no gastar las baterías de nuestros móviles para poder utilizarlos en caso de emergencia.

No sé qué esperaba encontrar una vez que atravesáramos la puerta, pero, desde luego, si hubiera imaginado algo, en nada se habría parecido a lo que estoy viendo ahora mismo. Delante de nosotros hay un semicírculo donde cuatro puertas aguardan a ser abiertas. Miro con cara de incredulidad a Eliott.

—Nadie dijo que esto fuera fácil —comenta con un suspiro.

Entonces Brooks se dirige a una de ellas, la segunda empezando por la derecha. Entramos y nos encontramos con algo parecido, solo que esta vez hay dos puertas. Escogemos la de la izquierda. Luego avanzamos por un largo pasillo y nos topamos de frente con otras tres.

—Esto es una broma, ¿verdad? —pregunto con ironía.

—Me temo que no —contesta Brooks—. No nos lo iban a poner fácil.

Cruzamos la de la derecha y continuamos así durante un buen rato, enfrentándonos a más puertas, más pasillos interminables y más salas vacías que no tienen ningún sentido.

—¿Cómo sabemos que vamos bien?

Son las palabras que se escapan de mi boca, aunque en realidad me preocupa más saber cómo narices saldremos de aquí. He intentado memorizar el camino, pero me he perdido en el segundo pasillo. Si tuviera que salir yo sola, moriría en el intento. Estoy convencida.

—Tranquila, Cora. Me sé el camino de memoria. —Brooks me aprieta el brazo para intentar serenarme. Aunque no he verbalizado mi miedo real, creo que ella intuye lo que estoy pensando.

—¿Y cómo es posible que hayas memorizado este laberinto si nunca has estado aquí? Además, el mapa que he visto antes corresponde al almacén, no al sótano.

—Es observadora, ¿eh? —le dice Brooks a Eliott. Me miran, divertidos, y yo no puedo evitar tomarme esa frase como un halago, porque me encanta que me vean de esa forma.

—¿Qué tiene tanta gracia? —replico, aun así.

—Ay, Cora… —comienza Brooks—. Llevamos mucho tiempo planeando esto. Demasiado. Había muchos cabos que atar y hemos procurado tenerlos bien amarrados antes de empezar la lucha.

—Una cosa es atar cabos y otra muy distinta es saber el camino correcto dentro de un laberinto de puertas en el que nunca has estado.

—Es cierto, nosotros nunca hemos estado. —La sonrisa de Eliott me hace pensar que lo que han tramado es algo mucho más gordo de lo que yo pensaba en un principio.

—¿Y quién ha sido entonces? —Deduzco que hay alguien más metido en el ajo. Oh, ahora caigo. Claro, ¿cómo no se me había ocurrido?—. Tracy.

—Exacto —dice Brooks mientras aplaude—. Ella nos ha ayudado mucho más de lo que te imaginas. Le ha llevado unas cuantas horas hacerse con los verdaderos planos del edificio. Utilizó su magia para meterse en el sistema operativo y rebuscar entre los archivos clasificados hasta que dio con los planos reales del sótano.

—Y vosotros no habéis tenido más que jugar al laberinto y memorizar bien los pasos.

—De nuevo: exacto. —Esta vez es Eliott quien me contesta, y parece emocionado por lo bien que está marchando el plan—. Te lo hemos dicho, lo tenemos todo muy bien atado.

—¿Y hay algo más que no sepa? —pregunto. A pesar de que hemos hablado del plan, hay muchas cosas que estos dos han omitido. No voy a volver a considerar que es porque soy solo un peón, he decidido que esos pensamientos negativos es mejor dejarlos fuera mientras dure lo que sea que estemos haciendo, pero no puedo evitar pensar que habrá muchas cosas que no sepa y eso me deja en un lugar un tanto desventajoso.

Eliott y Brooks se miran entre sí, no hace falta que digan nada porque ya sé cuál es la respuesta.

—Esto... —comienza Eliott.

—Da igual —lo interrumpo—. No pasa nada, es solo por saber qué esperar.

—Llevamos preparando esto mucho tiempo. —Sé que Brooks está intentando arreglar la situación, así que la dejo hablar—. Y habría sido una locura detallarte todos los pasos a dar. Nos hemos limitado a explicarte lo que debes hacer, para que puedas tener clara tu parte. De nada nos habría ayudado contarte cómo hemos llegado hasta aquí, paso por paso. Habría sido una pérdida de tiempo.

—Solo confía en nosotros —suplica Eliott—, y haz tu parte. Hemos intentando darle un sentido a todo para que salga bien. Estate tranquila y no olvides cuáles son las piezas del rompecabezas que te corresponden.

—No pasa nada, chicos, de verdad —digo cuando veo que Eliott lleva unos segundos callado—. No pongo en duda nada de esto. A partir de ahora no haré más preguntas.

—Tampoco es eso —me corta Brooks—. Tienes todo el derecho del mundo a preguntar.

—Sí, pero no quiero estar entorpeciendo el plan cada dos por tres porque hay cosas que no comprendo.

—Te agradecemos mucho todo lo que estás haciendo —dice Eliott—. Ya sabes que, si no hubiera sido por ti, no habríamos llegado hasta donde estamos.

Brooks asiente, lo que me da la sensación de que está de acuerdo con él, así que me encojo de hombros y les repito una vez más que estoy en esto con todas las consecuencias.

—Solo quiero saber una cosa, antes de que sigamos avanzando. —Ellos me miran, pero no dicen nada, están esperando a que yo hable—. ¿Qué es lo que estamos buscando ahora mismo aquí abajo?

—No lo sabemos —dice Eliott.

—¿Estáis de coña? —La mirada que me echa Brooks me deja claro que no.

—No estamos seguros.

Entonces caigo, por supuesto que sabemos lo que estamos buscando, el problema es que físicamente no sabemos cómo es: el GM. Comprendo que la charla de ayer no fue más que una puesta al día de lo que tendríamos que hacer, porque ellos en ningún momento mencionaron el GM, a pesar de que sabían que yo había descubierto su existencia.

—¿Y cómo sabéis que está aquí?

—Descubrimos este sótano cuando le pedimos a Tracy que buscara los mapas reales del edificio. Después de lo que dijiste, de dónde esconderías algo tan importante, nos dimos cuenta de que, si había algo que el equipo de Rose Chester debía ocultar, este sería el sitio perfecto. De otro modo, ¿para qué habrían construido un edificio lleno de laberintos y recovecos? Eso de que la mejor forma de ocultar algo es tenerlo a simple vista es una idiotez que solo funciona en las películas de la Pantera Rosa.

—Así que no sabemos lo que estamos buscando —concluye Brooks—, porque no sabemos cómo es ese dichoso aparato, si es que es un aparato. Pero sabemos que está aquí. Solo nos queda un par de puertas para llegar y averiguarlo.

Quiero hacerle un millón de preguntas, por ejemplo, cómo pretende que encontremos algo que no sabemos lo que es, o por qué no han dedicado más tiempo a investigarlo, ya que presumen de tenerlo todo muy bien atado. O, sobre todo, cómo saben que no habrá algo protegiendo el GM que pueda acabar con nuestras vidas.

Sin embargo, decido callarme y tragarme mis palabras. Supongo que más pronto que tarde obtendré la respuesta a todas esas preguntas que revolotean por mi cabeza.

Seguimos andando poco a poco y por fin llegamos a la puerta de la que hablaba Brooks. Los tres nos miramos y juraría que estamos pensando lo mismo: que este puede ser un momento glorioso o el fin de nuestros días.

Y es que es obvio que aquí dentro encontraremos lo que estamos buscando; según el plan, detrás de esta puerta hay algo clave para detener a Rose Chester. Pero no sabemos lo que es, y eso significa que puede estar protegido a más no poder, puede que haya trampas que se activen cuando la abramos o incluso puede que dentro haya un ejército especializado en artes marciales que no dudará en atacarnos en cuanto demos un paso.

Sin embargo, con esa mirada nos transmitimos algo más que miedo. Nos transmitimos decisión, porque es ahora o nunca. No hemos llegado hasta aquí para dar media vuelta y volver otro día. Este instante es el momento perfecto. El equipo de Rose Chester estará entretenido cerciorándose de que todo vaya bien, al fin y al cabo, ha hecho que toda la ciudad salga a las calles y eso, sin un mínimo de organización, puede suponer el caos en cuestión de minutos. Así que no hay vuelta atrás. Y por eso Eliott acerca la mano a la puerta corredera.

Aguanto la respiración, como si con ello mi deseo porque no haya detrás una sorpresa que me cueste la vida tuviera más posibilidades de cumplirse.

Eliott tira de la manilla y, unos segundos después, mis ojos empiezan a ver lo que hay en el interior de la sala. Me cuesta acostumbrarme a la luminosidad de la estancia, ya que llevamos mucho tiempo con nuestras linternas como único soporte lumínico.

Lo primero de lo que soy consciente es de que se trata de una sala cuadrada con las paredes de cristal. O creo que son de cristal, porque el millón de plantas que trepan por ellas me impide distinguir más allá. También hay plantas por el suelo: grandes palmeras de hojas enormes, tan quietas y brillantes que parecen de plástico.

Lo segundo en lo que reparo es que no hay nadie en la sala. Las plantas son grandes, pero no lo suficientemente frondosas como para esconder a alguien detrás de ellas. Es un alivio, me daba pánico pensar que pudiera haber un señor que no tuviera ningún inconveniente en apuntarnos con una pistola. Al ver que no ha ocurrido, me dispongo a seguir analizando lo que hay delante de mí.

Eliott y Brooks ya están dentro, no han dudado ni un segundo. Supongo que se han cerciorado de que no había nadie en su interior y, cuando han estado seguros, han dado el siguiente paso. Yo no puedo apartar la vista de la gran caja de cristal que está a unos palmos de mí, en mitad de la sala, encima de una columna, también de cristal. Al analizar todas las placas y los elementos de su interior me doy cuenta de que dentro guarda una especie de ordenador gigante. Observo que de ella salen decenas de cables que se dirigen hacia el suelo y se esconden entre las plantas. Eso me hace pensar que en las esquinas, en el suelo, hay conductos que hacen que esos cables se repartan por el edificio. Quizás algunos de ellos lleguen incluso a los *desrutinizadores.*

Mis pies parecen ser más valientes que yo y se adentran en la sala sin que se lo ordene. El miedo hace que me suden las manos, me palpite el corazón a gran velocidad y respire cada vez más deprisa. Sin embargo, ese miedo no impide que me acerque a la caja. Es entonces cuando advierto que, grabadas en el cristal, hay unas letras enormes iluminadas desde el interior: «GM».

—Chicos, creo que…

Voy a decirles que lo hemos conseguido, que hemos encontrado el corazón del sistema que alimenta el plan de Rose Chester, cuando algo me interrumpe. Noto una presión muy fuerte sobre la boca, algo me la está tapando y no me deja respirar. Trato de gritar mientras pataleo con la intención de zafarme, pero antes de que pueda hacer nada todo se vuelve negro.

22

Si hay una cosa que le gusta a Rose Chester, es que todo vaya como ella tiene previsto. Sabía que iba a ser muy complicado y que planear algo así con tan poca antelación podría suponer que sus intenciones se fueran al traste. Menos mal que tiene un buen equipo —que ella sabe manejar, por supuesto— que ha conseguido que todo salga como necesitaba.

Porque se trataba de una necesidad, eso lo tenía clarísimo. Quería que todo fuera bien, porque su prioridad había sido siempre la salud de los ciudadanos. De nada habría servido todo lo que tuvo que hacer para que ahora se le murieran por raquitismo. Eso la dejaría en un lugar horrible.

Así que había decidido pasearse por Central Park para dejarse ver y tomar también un poco el sol, que no le vendría mal. Ha elegido para la ocasión un traje de dos piezas color amarillo pastel, que hace destacar sus salones turquesa a juego con un bolso tamaño mini, cuyo estampado de leopardo hace que todas las miradas se posen en él.

—¡Rose Chester!

Escucha una voz más cerca de lo que le gustaría. Se coloca un pelo que se le ha salido del moño y se vuelve hacia él con la mejor de sus sonrisas.

—¡Un fan! —exclama.

Un niño se acerca a ella y le dice un montón de cosas que suenan a entusiasmo y a demasiado azúcar en el cuerpo. Rose no entiende por qué un crío de unos ocho años sabría quién es ella, pero al ver la cara de orgullo de los padres se hace una idea del tipo de familia que son: blancos, de mediana edad, con una casa en las afueras, probablemente con perro y monovolumen. Ella, ama de casa. Él... Bueno, él podría ser cualquier cosa, pero su camiseta que reza «Yo salí del Area 51» hace que las posibilidades se recorten de forma drástica. Rose sigue sonriendo sin parar de pensar en qué es lo que le hace a una persona comprarse una camiseta como esa y cómo es posible que existan mujeres que aún lleven faldas de rombos con diadema a juego.

—¡Adiós, pequeño fan! —le dice al niño cuando los padres de este deciden que la charla ya no da para más.

Owen, que la acompaña con toda la fidelidad del mundo, le tiende un botecito de líquido antiséptico que pronto se restriega por las manos y parte de los brazos con urgencia, insistiendo en el anillo de oro blanco y diamantes que siempre lleva en su dedo anular. Cuando le devuelve el bote a su ayudante, Rose resopla, aliviada, como si acabara de evitar una tragedia mundial.

—Y bien, ¿cómo se presenta el día?

—Tranquilo, por el momento —contesta Owen a la vez que revisa un montón de papeles que tiene subrayados con fluorescentes de varios colores. Salta a la vista que es un entusiasta de las notas adhesivas.

—Owen, ¿dónde está la agenda electrónica que te compré? Me da angustia verte con tanto papel.

—Lo siento, Rose —musita él. Aunque parece que está eligiendo las mejores palabras para complacer a su jefa, en realidad su mente funciona como si fuera un ordenador—. Es que no me apaño con ella, soy más tradicional.

—Tú verás, es tu tiempo. Y bueno, ¿qué vamos a hacer hoy? ¿Alguna rueda de prensa? ¿Una ronda rápida de autógrafos, tal vez?

—He organizado un *brunch* en uno de los puestos de la zona donde está la estatua de Alicia. He quedado allí con los cámaras de la NBC para que te graben en directo mientras conversas con el dueño del puesto. Después iremos a un concierto al aire libre, junto al tiovivo. También habrá cámaras —matiza antes de que Rose pueda preguntar—. Y luego tendremos tiempo para ir a comer a un restaurante de la Quinta Avenida. Allí hemos quedado con el gobernador de California.

—Eso es imposible.

—Lo sé, pero nadie más se enterará de ello.

—¿Y con quién voy a comer realmente?

—Con Richard Coleman, el jefe del sector cuarenta.

Rose asiente, le suena ese nombre. Juraría que ha hablado alguna vez con él. Si no recuerda mal, es un tipo alto y un tanto apuesto. Podrá dar el pego como gobernador sin ningún problema.

—Owen, ¿crees que habría algún inconveniente si el *brunch* lo realizamos en un restaurante con un poco más de glamur? Es que la idea de verme rodeada de cámaras en mitad de Central Park sin una mesa donde sentarme cómodamente y comiendo un trozo de melón en un plato de plástico no es algo que me apasione…

Pero Owen no la está escuchando. Está atento a lo que sea que le estén diciendo a través del pinganillo, que siempre lleva en la oreja por si hubiera alguna emergencia. Y Rose sabe que es el caso, porque Owen jamás se distrae de sus conversaciones. Es el ayudante más leal y más complaciente que ha tenido, así que se asusta muchísimo cuando se da cuenta de que, si Owen está prestando atención a algo que no sea ella, es porque ese algo es horrible.

—Owen, te exijo que me digas de inmediato qué…

Sin embargo, la mano de él, alzada delante de la boca de ella, hace que Rose se calle de repente. «Esto no me gusta», piensa ella. Debe de tratarse de algo gravísimo para que él se atreva a mandarla callar con ese gesto.

Cuando por fin cuelga, Owen suelta un largo suspiro que parece más una amenaza que otra cosa.

—Tenemos problemas —confiesa.

—Sí, de eso ya me he enterado. ¿Qué clase de problemas?

—Tony no comunica, no hay forma de contactar con él.

—¿Debería saber quién es Tony? —pregunta Rose con gesto iracundo. Se está empezando a cabrear, porque no le parece suficientemente grave que un tío al que no conoce haya desaparecido. Owen se va a llevar su merecido por haberla preocupado tanto y hacerla callar en mitad de la calle. Mira a su alrededor con disimulo para cerciorarse de que no hay ningún fotógrafo cerca, porque como alguien haya captado ese momento se verá en la obligación de mover demasiados hilos para que esas fotos no salgan a la luz. No quiere ser el hazmerreír.

—No, no tienes por qué saberlo. Bastante tienes ya con dirigir Nueva York como para tener que aprenderte los nombres de todos los que forman tu equipo. —Owen da en el clavo. Nunca viene mal echar algún que otro halago, sabe que eso le da tiempo para buscar las palabras exactas.

—Entonces es alguien de mi equipo, ¿no? ¿Y qué tiene de importante? ¿Quién es?

—Es el que está custodiando el GM. Tendría que contestar a la llamada que le hacen cada diez minutos desde el departamento de seguridad, pero allí no saben nada de él desde hace tres cuartos de hora. Por eso se han visto en la obligación de comunicarse conmigo y contármelo.

Rose lo mira de hito en hito como si no supiera de qué está hablando.

—Es el protocolo que acordamos —aclara Owen—. Lo dejaste en manos del departamento de seguridad y ellos pensaron que era el mecanismo más eficaz para...

—Eso lo entiendo, no soy tan estúpida —lo corta—. Lo que no entiendo es por qué no me está contando nadie ahora mismo qué se ve por las cámaras de la sala del GM.

—Las han *hackeado*, no se ve más que una imagen congelada.

—¿Cómo que las han *hackeado*? —La ira de Rose cada vez es más evidente y Owen teme no ser capaz de encontrar esas palabras que tanto está buscando.

—Alguien se ha metido en el sistema y ha manipulado las cámaras.

—Eso es imposible —sentencia Rose, tajante.

—Parece ser que no. Hay alguien detrás de esto que es consciente de lo que hace. Nuestro sistema no es infalible, ya lo sabes.

Rose lo asesina con la mirada, porque nadie osa decir que algo de lo que ella hace está mal hecho. Sin embargo, en ese momento, se da cuenta de que así ha sido. De que la estructura que ha creado tiene fisuras, y eso pone en peligro todo el sistema que la ha llevado a sacrificar tantas cosas. Y no puede permitir que eso ocurra.

—Necesito un equipo de movilización allí, de inmediato. Manda a quien haga falta, a los mejores. Comprueba que el GM sigue funcionando a pleno rendimiento y que no hay intrusos en el edificio. Como si tienes que llamar al mismísimo ejército, no me importa. Haz lo que haga falta y hazlo ya.

Si Rose es experta en algo, es en resolver problemas. Y este lo va a resolver cueste lo que cueste.

23

No puedo respirar.

Me arden los pulmones y siento que el calor está empezando a apoderarse de los demás órganos. Abro los ojos todo lo rápido que puedo, pero las luces me ciegan y vuelvo a cerrarlos. Intento escuchar, pongo toda la atención, y solo consigo oír mi corazón dando golpes contra mis oídos. Aunque ahora mismo no estoy segura, el ruido podría venir de fuera de mí. Estoy tan aturdida que no lo distingo.

Necesito respirar, me cuesta muchísimo, y enseguida me doy cuenta de por qué. Tengo algo que está ejerciendo presión contra mi boca. Me tapa también la nariz, así que no hay forma de coger oxígeno. Boqueo en un intento por conseguir algo de aire, pero lo que sea que tenga sobre la boca me lo impide.

Noto un sabor extraño en ella, y no sé cómo soy capaz de distinguirlo si me estoy quedando sin oxígeno y, en realidad, mi cabeza tendría que estar pensando en cosas más importantes, como que voy a morir en breve si no consigo zafarme. Sin embargo, mi cerebro está concentrado en ese sabor que empieza a invadirlo todo. Lo reconozco… ¡Sí! ¡Es cuero! Eso significa que por la presión, la fuerza y ese sabor y olor inconfundibles… ¡Es una mano enguantada! Alguien está intentando asfixiarme.

Me remuevo en el sitio y trato de mover las piernas, pero estoy tan débil que apenas consigo dar una pequeña patada.

Se me acaba el tiempo.

—¡Suéltala!

Esta vez abro los ojos de golpe, aunque la luz me moleste. Pongo todas mis ganas en mantenerlos abiertos y observar lo que sucede a mi alrededor. Eliott está delante de mí, tiene un gesto de horror pintado en la cara. Me está apuntando con una pistola y puedo ver un ligero temblor en su mano. Detrás de él, está Brooks, también con un arma en la mano. En cambio, su gesto es indescifrable, me mira a los ojos, casi sin parpadear. Las puntas de su pelo naranja, que sobresalen bajo el gorro negro, están tan quietas como ella. Quiero gritarles que no me apunten, que bajen las pistolas, que no sé qué está pasando y que no quiero morir hoy.

Hasta que me doy cuenta de que no me están apuntando a mí, sino a la persona que me está asfixiando.

Me pesan los ojos de nuevo, noto que ya no queda nada de aire en mi interior. Quiero mantenerlos abiertos, pero parece que mis párpados sean de hierro…

—¡Te he dicho que la sueltes!

La voz de Eliott me vuelve a traer al mundo de los vivos y, aunque lo intento con más ganas que antes, acabo cerrando los ojos. Y me temo que esta vez es para siempre.

Entonces escucho un estruendo, un sonido que taladra mis oídos y hace que me encoja sobre mí misma. Las fuerzas me han abandonado y ya no sé si lo que estoy viviendo es real o no. Puede que esa luz que intuyo al fondo sea el famoso túnel del que la gente habla, o puede que simplemente esté soñando.

Lo siguiente que noto es un golpe en la cara. Y otro, y otro. Abro los ojos, aturdida, y me encuentro con el rostro de Eliott.

—¿Qué…?

—Shhh, no hables —me interrumpe. Me examina el rostro y eso me incomoda por momentos.

—Eliott…

Las palabras no me salen cuando intento decirle que me dé un poco de espacio. Apenas soy capaz de emitir un susurro.

—Tranquila, Cora. Respira con calma.

Lo intento, de verdad que sí. Y lo habría hecho si hubiera sido capaz de emitir algún sonido audible. Trato de hacerle caso, así que me concentro en mi respiración. Cojo aire y procuro soltarlo despacio, pero me arden tanto los pulmones que no puedo retenerlo dentro de mí más de un segundo. Toso y noto un dolor punzante en la garganta que parece atravesar mi piel. Sé que debo calmarme, aunque me resulta difícil, porque la idea de que alguien haya intentado matarme hace unos segundos no para de rebotar dentro de mi cabeza.

Entonces me doy cuenta de que Eliott está frotándome un pañuelo contra la sien. La mancha roja que ahora lo decora no indica nada bueno. Entro en pánico, no es que yo sea demasiado amiga de la sangre, y mucho menos si se trata de la mía. Así que, si ya me costaba respirar, ver ese pañuelo empapado en líquido rojo hace que mis pulmones se abran de repente e hiperventile.

—Eh, eh, tranquila. —La voz de Brooks suena preocupada. Noto sus manos en mi espalda—. No pasa nada, Cora.

Estoy harta de que me digan que me tranquilice. No entiendo nada y nadie me explica qué…

—No es tuya. —Por fin salen las palabras adecuadas de la boca de Eliott—. No es tu sangre, solo te estoy limpiando.

La calma vuelve a mí poco a poco. Empiezo a recordar lo que ha ocurrido y, por fin, me siento con las fuerzas necesarias para volver a hablar:

—Que alguien me explique de una vez qué ha pasado.

—Un tío —dice Brooks. Va al grano, como siempre—. Ha entrado un tío y te ha cogido por la espalda. Antes de que pudiéramos reaccionar, te tenía atrapada. Te estaba asfixiando.

—Lo he apuntado con mi pistola —Eliott toma el relevo—, aunque no me he atrevido a disparar, te estaba usando como escudo. Así que...

—Así que yo he disparado.

Esas últimas palabras de Brooks me atraviesan como si fuera esa misma bala de la que habla. Al girarme, me encuentro con un tipo tirado en el suelo. Está boca abajo y tiene un agujero del tamaño de un puño en mitad de su cráneo. En otra ocasión, habría sentido un interés científico por saber cómo es una cabeza por dentro —irónico, teniendo en cuenta que no soy capaz de ver sangre sin sentir un mareo horrible—; sin embargo, lo único que quiero es devolver todo lo que hay dentro de mi cuerpo. Nunca he sentido algo como lo que estoy sintiendo en estos instantes. Es tan asqueroso e inmundo que me obligo a apartar la mirada. No puedo seguir viéndolo.

Eliott debe notar mi repulsa, o al menos interpreto así el que se haya puesto entre el cuerpo y yo. Eso me deja el tiempo justo para asombrarme por la puntería de Brooks. Supongo que está más que entrenada, así que no es de extrañar que pueda hacer algo así.

—Chicos, tenemos que irnos. Cora, sé que no estás en tu mejor momento y que acaban de intentar matarte y todo eso, pero tenemos que ponernos en marcha.

No sé cómo Brooks no ha caído fulminada en el suelo, porque, con la mirada que le ha echado Eliott, es lo que cabría esperar.

—Venga, Eliott, sabes que tengo razón —dice Brooks a modo de disculpa. Yo estoy demasiado cansada para intervenir y, de todas formas, sé que no hay nada que hacer contra su tozudez—. No me creo que dejen solo a un tipo de seguridad, su compañero estará al caer. Y seguro que tienen algún sistema de aviso para saber si hay problemas.

Miro a Eliott, suplicante, no puedo con mi vida ahora mismo.

—Cora, Brooks tiene razón —intenta convencerme—. Debemos irnos.

Me ayuda a levantarme. Después de un breve mareo, recupero la compostura. Al menos, la suficiente como para echar a andar. Sin embargo, cuando estoy en el umbral de la puerta, a punto de salir a esa maraña de pasillos laberínticos, me doy la vuelta.

—¡Cora! ¡Vámonos!

Es la voz de Eliott, que me grita, pero yo no la escucho. Me dirijo al GM, a lo que hemos venido a buscar. No me voy a ir de aquí con las manos vacías. Es posible que jamás tengamos otra oportunidad, ya que, si Rose Chester descubre que hemos estado en su escondite, cambiará la ubicación de lo que sea este trasto y reforzará su seguridad hasta límites inimaginables. No puedo retroceder, no ahora. Y mucho menos después de ser consciente de que estoy viva de milagro, gracias a la buena puntería de Brooks. No puedo evitar echar una última ojeada al cuerpo del hombre que ha intentado matarme. ¿Tendrá familia? ¿Tendrá hijos que le esperen en casa? ¿Será capaz Rose de borrar los recuerdos de sus seres queridos para fingir que nunca ha existido?

—¿Qué haces, Cora? Tenemos que irnos. —Eliott me coge del brazo mientras me suplica.

—No podemos marcharnos así —concluyo. Y le explico todo lo que ha pasado por mi mente en estos últimos instantes.

—¿Y qué es lo que quieres hacer?

—Quiero llevarme este cacharro. —La firmeza de mis palabras disimula el escalofrío que me recorre el cuerpo.

—¿Estás loca? —Brooks se une a la conversación—. ¡No tenemos tiempo! ¿Cómo pretendes llevarte ese trasto contigo? ¿Has visto lo aparatoso que es?

Me lo quedo mirando. Sé que hay algo que mis ojos no son capaces de captar, algo que están pasando por alto. Me fijo en la estructura de cristal; es grande, demasiado como para cargar con ella. Además, están todos esos cables que salen de la caja y que se desparraman por el suelo. Hay decenas de ellos, centenares, y el único modo que se me ocurre de separarlos de la estructura de cristal es cortándolos. No sé demasiado sobre electricidad, pero tengo los conocimientos suficientes como para saber que esa es una mala idea. No solo porque pueda darme un calambrazo —casi muero hoy, así que estar al borde de la muerte una segunda vez ya no me suena tan horrible—, sino porque seguramente estén sujetos a algún sistema de alarma que se ponga en marcha cuando detecte que algo funciona mal con la corriente. Lo sé, porque en mi oficina tenemos un aparato que pita al irse la luz, como si estuviera endemoniado, y no se detiene hasta que no vuelve todo a la normalidad.

Sin embargo, mis ojos por fin hacen un buen trabajo, ya que han sido capaces de mandarle una información esencial a mi cerebro. Acabo de ver que una de las esquinas de la caja, justo donde se unen dos de los cristales de, al menos, una pulgada de extensión, hay una pequeña grieta. Es pequeña, casi imperceptible, pero eso me da la respuesta que estaba buscando.

—La caja se abre —susurro.

—¿Cómo dices? —pregunta Eliott mientras se acerca más a mí.

—¡La caja se abre! —Tengo que contenerme para no gritar un: «*¡Eureka!*», que resuene por todo Manhattan—. Necesito un cuchillo. O tal vez un destornillador. Algo un poco afilado.

Eliott rebusca en su mochila y Brooks le pregunta que qué cree que está haciendo.

—Es una buena idea —se defiende—. Cora tiene razón. Debemos hacerlo. Si nos vamos de aquí con las manos vacías, esto no habrá servido para nada.

—Pero…

—Venga, Brooks, ayúdanos —le pido antes de que pueda seguir hablando. El resoplido que hace que su flequillo naranja se mueva me indica que está dispuesta a hacerlo. Aunque con reservas, claro.

Cojo la navaja que me ofrece Eliott; tiene buena hoja y parece resistente. Puedo resultar demasiado confiada cuando decido clavarla en la junta de los cristales, y hasta yo me sorprendo al ver que estos ceden un poquito. Todavía tengo que meterla un poco más, porque sé que, si empiezo a hacer presión, la hoja terminará partiéndose, por lo que me quito una de las botas y la utilizo como martillo improvisado. Aunque estoy tan concentrada en mi tarea que no aparto la vista de la caja ni un segundo, eso no me impide pensar qué impresión tendrá Eliott de mí ahora mismo. Sé que no le tengo que demostrar nada a nadie, pero quiero que vea de lo que soy capaz. Qué estúpida soy a veces.

Después de unos cuantos golpes con la bota —y de agradecer con todas mis fuerzas el haber elegido unas de plataforma gruesa y resistente—, la hoja de la navaja entra lo suficiente como para intentar hacer presión. Tengo un miedo horrible de que se parta. Si sucediera, no sé qué podría pasar a continuación. No sé qué herramientas hay dentro de las mochilas ni sé si tengo el tiempo suficiente para averiguarlo, así que cruzo los dedos mentalmente y me preparo para empezar a empujar.

Dudo unos segundos más, hasta que oigo la voz de Eliott:

—Hazlo.

Sabe lo que estoy pensando. No sé cómo, pero lo sabe. Y eso me da las fuerzas necesarias para clavar un poquito más la hoja y presionar hacia un costado. No quiero cagarla, no quiero que este plan se vaya al traste por una decisión mía. Sin embargo, no solo las palabras de Eliott me dan el empujón que necesitaba para intentarlo, sino que, por un momento, soy consciente de que, después de la aparición repentina del tipo que ahora yace muerto a unos pasos de donde estoy, las posibilidades de salir de allí con las manos vacías eran muy altas. Así que presiono con todas mis fuerzas. Ya no hay nada que perder.

Y justo en ese instante, en que mis manos ya no pueden apretar más y siento que mis dientes acabarán estallando por la presión que estoy ejerciendo con la mandíbula, me doy cuenta de que no está funcionando.

Es como si mis ojos tuvieran la capacidad de ver a cámara lenta. Y no es la primera vez que me ocurre. Tengo grabada en la retina una escena a la que recurro siempre que quiero serenarme: era un día de otoño en el que el sol no sabía si salir o esconderse. Octubre había llegado más frío de lo normal y eso hizo que ese día no quisiera salir de mi cama para ir a la universidad. Sin embargo, lo hice. Conseguí vestirme y dirigirme a una clase de Matemáticas que auguraba dejarme tan fría como el termómetro de la boca del metro. Pero, justo cuando salí de la estación, una ráfaga de viento levantó todas las hojas que descansaban en el suelo y empujó con fuerza las ramas de los árboles, que no pudieron evitar moverse a su son. Esa imagen, la de las hojas volando a mi alrededor, se quedó grabada en lo más profundo de mi mente. Guardo ese recuerdo como oro en paño, un momento inolvidable.

Como este.

Y sí, también lo estoy grabando a cámara lenta. La hoja se está soltando de la empuñadura de la navaja, la pequeña grieta que había conseguido abrir entre los dos cristales comienza a cerrarse al no poder ejercer ya más fuerza. Sin embargo, siento un movimiento a mi lado y veo cómo Eliott se abalanza contra la caja de cristal. Lleva algo en la mano, que distingo como una de esas herramientas que se utilizan para quitar los clavos de las cajas de madera y cuyo nombre desconozco. En cuestión de un parpadeo, la introduce en la ranura que acabo de abrir, justo en el mismo instante en que la hoja termina de soltarse de la empuñadura y salta por los aires. La escena pasa tan despacio ante mis ojos que incluso capto las vibraciones que ha hecho la hoja al romperse.

Tardo un par de segundos en entender que lo ha conseguido, que ha metido la herramienta justo la profundidad necesaria como para poder empujar. Con un par de movimientos, los cristales se separan un poco, hasta que al final dejan de estar unidos. Una de las caras de la caja sale disparada y se estrella contra el suelo. La lluvia de esquirlas me indica que son cristales de seguridad. Eso mismo ha debido de pensar Eliott, que, cuando ha percibido que la junta estaba cediendo, ha sujetado una de las caras para que no se le cayera encima del pie. Y ha debido deducir lo mismo que yo porque en ese instante la deja caer delante de él, sabiendo que el cristal se va a romper en un millón de pedazos y que ninguno será lo suficientemente grueso como para hacerle daño.

De repente, la velocidad de la escena vuelve a su estado natural y me apresuro a actuar. Sin embargo, Brooks se me ha adelantado. Ha quitado las caras de cristal que quedaban y ha dejado a la vista lo que veníamos a buscar: una pequeña caja del tamaño de un cartón de cereales de la que sale una serie infinita de cables. Ella los desconecta sin miramientos, sin pensar en si eso afectará al funcionamiento de la máquina o no. Le da igual, y supongo que es lo correcto, porque hemos venido hasta aquí para acabar con todo esto, y ahora mismo tenemos en nuestras manos la semilla del sistema que ha montado Rose Chester.

Me encantaría examinar la caja con más detenimiento, ya que el interior que se observa a través de su carcasa trasparente es de lo más interesante; pero, cuando Brooks me la entrega, solamente me da tiempo a ver las letras «GM» grabadas en relieve en su parte frontal y un montón de entradas y de salidas por los cuatro costados. Me doy toda la prisa del mundo en meterla en la mochila y en echármela al hombro, y casi no me da tiempo a cerrar la cremallera, pues mis piernas han empezado a correr detrás de Eliott y de Brooks.

Siento el peso del GM en mi espalda, puedo notarlo como si estuviera en contacto directo con mi piel, como si no hubiera tantas capas de ropa y una mochila de por medio. No sé si es culpabilidad, emoción, euforia o confusión lo que está recorriendo mi cuerpo ahora mismo; solo sé que nunca me he sentido tan viva como en estos instantes.

24

Aunque correr con tacones no es algo que le guste, Rose Chester sabe que ella puede ser cualquier cosa menos una cobarde o una quejica. Así que no ha dudado ni un solo segundo en echar a correr cuando Owen le ha contado lo que estaba ocurriendo con el GM. Si ese ordenador está en peligro, todo su plan podría venirse abajo.

A pesar de que sabe que ella es la mujer más perfeccionista del mundo y que, precisamente por ello, ha podido crear todo ese sistema que consigue que miles de habitantes continúen con vida, no puede evitar recriminarse a sí misma el haber delegado alguna que otra tarea. No tendría que haberlo hecho, tendría que haberse ocupado de todo de forma personal. Ella se habría cerciorado de que su plan saliera como tenía que salir, sin fisuras ni cabos sueltos.

Sin embargo, también es consciente de que eso solo funciona en su cabeza. Era imposible encargarse de todo, ella no puede estar vigilando el GM mientras maneja lo demás. No puede estar pendiente de dar un discurso en la televisión y a la vez comprobar que los sistemas están en orden. Debía delegar, y así lo hizo. Y, en el fondo, sabía que podía haber algún fallo, que esos planes a los que tanto tiempo había dedicado, por los que tantas noches había cambiado la cama por el café, eran susceptibles de tener fisuras.

Mientras lo piensa, esa palabra resuena dentro de su cabeza y parece darle martillazos tan sonoros que piensa que cualquiera podrá escuchar. «Fisuras». Eso es algo que no puede existir dentro de su plan, no si quiere que todo salga bien. Si la gente se enterara de qué está pasando, su vida terminaría. Y no le importa morir, sabe que, llegado el momento, lo hará, pero lo que no se puede permitir es que los rumores dilapiden su imagen.

Las decisiones que ha tomado a lo largo de su existencia han servido para que miles de personas puedan continuar con vida. Y con una vida digna. Esos miles de ciudadanos siguen respirando gracias a ella, sin embargo, sabe de sobra que nadie pensaría en eso si se descubriera la verdad. Sabe que la gente se quedaría con lo malo, con los medios que ha utilizado para alcanzar ese fin. Solo se acordarían de las personas que ya no viven y de la manipulación de los recuerdos. El rencor los invadiría de tal forma que se olvidarían de que están vivos gracias a ella, y provocaría que su imagen quedara dañada para siempre. Una vez muerta, no podría defenderse, no podría explicar que todo lo que hizo lo hizo pensando en ellos. Una vez muerta, solo sería una genocida más.

Pero Rose Chester no debe pensar en eso; los pensamientos negativos no hacen más que atrasarla. Alguien ha accedido al GM y es lo único que debe ocupar su mente en estos instantes.

Así que corre, corre como nunca para intentar salir de Central Park cuanto antes. Los coches tienen prohibido el paso dentro del parque, es una medida que ella misma impuso cuando llegó al Gobierno, para mantener la naturaleza del lugar intacta lo máximo posible. Por eso decretó que nada de vehículos, solo las furgonetas de comida pueden estacionar dentro del parque durante un tiempo limitado y en fechas señaladas. Podría haberse saltado esa norma, podría haber hecho que nadie pudiera acceder al recinto en coche a excepción de ella. Sin embargo, creía que, para gobernar bien, había que intentar ser como los demás, y eso pasaba por tener que recorrer Central Park andando para que su coche no contaminara más de la cuenta.

Aunque correr con esos tacones y durante tanto tiempo le estaba haciendo replantearse esa medida.

—Para la próxima... —resopla Owen, que corre detrás de ella. Su forma física no es tan buena como debería y no puede evitar jadear por el sobreesfuerzo— recuérdame tener siempre un coche de emergencia a nuestro lado. Ya sabes, para evitar tener que correr como si fuéramos unos delincuentes.

—Date prisa, Owen. No podemos entretenernos.

Él da las gracias porque ella no se haya parado a quitarse los tacones. Si corre tan rápido con ellos, no quiere ni imaginar a qué velocidad iría si fuera más cómoda.

Después de lo que parece ser una eternidad, llegan a una de las puertas del parque. Allí les espera el coche oficial, negro y brillante y nada discreto.

—Llévame al sector cuarenta.

Rose ni siquiera ha esperado a entrar en el vehículo para hablar. De hecho, el conductor está a punto de arrancar e irse sin Owen, pero este llega justo a tiempo para golpear la ventanilla del copiloto y soltar algún que otro improperio descafeinado por el poco aliento que le queda.

—¡Venga, Owen! —El entrecejo fruncido de Rose vaticina lo peor—. No tenemos todo el día. Mueve el culo y móntate de una vez en el coche.

Entre sonrojos y disculpas susurradas, Owen consigue atarse el cinturón de seguridad, pero eso no le da la confianza suficiente como para no agarrarse de la manilla cuando ve que el conductor atraviesa las calles de Nueva York a toda velocidad.

Rose Chester aprovecha el trayecto para consultar su móvil. Llama a unas cuantas personas para tratar de averiguar lo que ha ocurrido, pero nadie sabe explicarle más de lo que ha hecho ya su ayudante. Ha enviado al edificio a un grupo de expertos, entre ellos un artificiero, un negociador y un médico. Nadie sabe lo que ha sucedido y hay que ponerse en lo peor. Le comunican que la imagen sigue congelada, así que nadie sabe qué ha pasado dentro de la sala, y tampoco si el GM funciona bien o no, porque su señal se ha perdido hace un buen rato.

Rose Chester está roja de ira. Si fuera un dibujo animado, ahora mismo le estaría saliendo humo por las orejas. Y esa no es la imagen que quiere dar. Bastante espectáculo ha montado ya corriendo por medio de Central Park como una loca para que encima tenga que cruzarse con más personas que la juzguen. Lo peor de todo no es eso, el que hablen mal de ella, sino que la gente empezará a sospechar. No es normal ver a alguien de su talla trotando por Nueva York y con el rostro encendido por la ira. Tiene que controlar la situación y lo tiene que hacer ya.

Cuando llega al edificio, el dispositivo que esperaba está desplegado. Hay un camión de bomberos, un par de ambulancias, varias patrullas de policía y unos cuantos coches oscuros parecidos al suyo de los que no para de bajar gente vestida de negro y con cara de circunstancias.

Toma aire antes de salir del vehículo y cuando abre se topa con la prensa, que también ha llegado. «Son rápidos, los muy…».

Aparta esos pensamientos de la cabeza y, con toda la dignidad de la que puede hacer acopio, se acerca a un hombre de gafas oscuras, cuyo pinganillo en la oreja le indica que es un miembro de la secreta.

—Ponme al día —le dice como si supiera de lo que está hablando. Sin embargo, lo cierto es que no tiene ni idea de cómo hay que actuar en estos casos.

—Agente Sanderson —saluda mientras le tiende la mano—. No tiene por qué preocuparse, la situación está controlada.

—¿Y cuál es exactamente esa situación, agente Sanderson? —Rose decide tomar las riendas, porque eso es lo que mejor se le da en esta vida.

—Unos individuos han accedido al sistema de seguridad y han bloqueado las cámaras. Han hecho que varias grabaciones se repitan de manera cíclica, así que los técnicos que se encargan de vigilar esas imágenes no han reparado en que algo raro estaba pasando.

»Nos consta que han irrumpido en el edificio por el almacén, ya que hemos revisado las grabaciones de la cámara del banco que está justo al lado de la puerta principal y no hemos visto ningún movimiento extraño. Hemos activado todas las alarmas cuando Tony no ha contactado con nosotros en el plazo que estima el protocolo. Entonces han llamado a Owen para comunicárselo. En el tiempo que han tardado en llegar, hemos entrado en el edificio para comprobar el estado de la situación. Hemos encontrado a Tony en la sala del GM. Lo han asesinado.

—Ve al grano —lo corta Rose. Desde el primer momento en que Owen le ha comentado que ese tal Tony no respondía a las llamadas, sabía que estaba muerto. Necesita otro tipo de información y el agente Sanderson no se la está dando—. Quiero saber qué ha pasado con el GM.

—Ha desaparecido.

Si el agente Sanderson conociera un poco a Rose Chester, se daría cuenta de que el pequeño tic que hace que parpadee más rápido de lo normal en realidad significa que está colapsando, que no sabe qué es lo que tiene que hacer a continuación, que es muy consciente de que todo su plan está en peligro y que no tiene ni idea de cómo resolverlo. También de que, en un acto nervioso, se ha deshecho el perfecto moño que siempre lleva. Entendería que no lo ha hecho para impresionarlo con su increíble melena castaña ondulada, sino porque necesita desprenderse de todas las cosas que están aprisionándola en esos momentos. Si la conociera un poquito más, sabría que está callada porque está contando sus respiraciones con la intención de reprimir un ataque de ansiedad.

Sin embargo, el agente Sanderson no tiene ni idea de cómo es Rose Chester. Menos mal que Owen lo ha escuchado todo y ha decidido actuar. Su mano agarra la de ella y la saca de ese redondel de gente que parece el escenario de una película de Hollywood. Su abrazo, cuando ya no hay nadie mirando, hace que ella se derrumbe y llore como nunca lo ha hecho. Su beso en la frente es lo que le da fuerzas para levantar la cara y mirarlo a los ojos.

—Estoy acabada.

—No si yo puedo impedirlo.

25

No sé si me siento bien al ver esa *pizza* humeante encima de la mesa. Eliott y Brooks ya están dando buena cuenta de ella; de hecho, casi se la arrancan de las manos al repartidor cuando ha aparecido con la caja.

—Venga, que se enfría —me apremia Eliott. La forma en que intenta coger aire mientras come me indica que esa afirmación no es del todo verdadera. Se está quemando y, aun así, no para de comer.

—No tengo hambre.

Me abrazo las piernas en un gesto protector de manual. Me sorprendo a mí misma recordando este dato. Al final, ver tantos capítulos de *Mentes criminales* ha servido para algo.

—Deberías comer.

Miro a Brooks de hito en hito. ¿En serio?

—No sé cómo podéis comer en un momento como este. —En cuanto digo estas palabras comprendo que no saben a qué me estoy refiriendo—. Venga... ¡Tíos! Después de todo lo que ha pasado hoy... ¡Un hombre ha muerto delante de nuestras narices!

Me enfado muchísimo cuando no reaccionan ante mis palabras. Quizás el levantarme tan de golpe haya sido un gesto demasiado dramático, pero no puedo reprimir mis sentimientos.

—Cora, contábamos con ello —trata de explicarme Eliott—. Había muchas posibilidades de que algo así ocurriera.

—Sí, y no podemos dejar que nos afecte. Todavía hay mucho camino por recorrer y debemos cuidarnos lo máximo posible. Y eso se consigue comiendo y descansando.

No tengo nada que hacer contra ellos dos. Cuando se alían no hay forma de discutir y ganar la batalla. De todas las maneras, lo intento:

—Lo entiendo, entiendo que son cosas que pasan y que era posible que sucediera algo así. Pero os tiene que afectar.

Entonces me doy cuenta de que no. No les afecta lo más mínimo. No es la primera vez que tienen que atacar a alguien. Estaban preparados para lo que fuera y no iban a dejar que nada les impidiera alcanzar su objetivo.

—Además —puntualiza Brooks—, hoy hemos corrido muchísimo. No ha sido nada fácil huir del edificio y llegar hasta aquí. ¿Cuántas millas habremos hecho?

Nadie contesta porque Eliott y yo sabemos que es una pregunta retórica. Sin embargo, tiene razón. Hoy nos hemos sometido a un esfuerzo físico agotador. Aparte de los nervios… Los dichosos nervios que hemos sufrido —yo, por lo menos— nos van a pasar factura tarde o temprano. Así que me resigno y me siento en el sofá, aunque un poco alejada de ambos, y cojo un trozo de *pizza*. En ese mismo instante, se me hace la boca agua y mi estómago empieza a rugir. Supongo que las preocupaciones pueden esperar.

Una vez que he decidido que lo mejor es hacerles caso, por mi cabeza empiezan a pasearse otras preguntas que se han quedado en el aire, sin responder. Quería comer tranquila, sin preocuparme por nada, sin pensar en todo lo que está ocurriendo, pero supongo que para mi mente es imposible descansar, aunque sean cinco minutos.

—¿Y ahora qué? —pregunto mientras sujeto un trozo de *pizza*. Me da muchísima rabia que ni siquiera el queso fundido sea capaz de alejar este tema de mi cabeza.

Eliott levanta la vista que tenía sumergida en el móvil. Emite un sonido que interpreto como que no sabe a qué me estoy refiriendo. Brooks, directamente, pasa de mí, la televisión la tiene demasiado distraída.

—Ya tenemos el GM, ¿ahora qué? —repito.

—Pues… —musita Brooks. Estoy segura de que ni siquiera me está escuchando.

—Ahora le diremos a todo el mundo lo que está pasando —dice Eliott, por fin.

—¿Contarles lo que está pasando? ¿Cómo se supone que vamos a hacer eso? No creo que sea buena idea.

—¿Y por qué no? —Brooks se une a la conversación, ahora que en la tele no hay más que anuncios.

—Pues porque supondría una guerra, por lo menos. Si les contamos a todas estas personas que nos rodean que no se pueden fiar ni de sus propios recuerdos, esto se convertiría en una batalla campal. Nadie entraría en razón y sería lo más lógico, porque, al fin y al cabo, lo que está sucediendo es una locura que no hay quien entienda.

—¿Y qué propones? —No puedo evitar soltar un sonido de sorpresa cuando Eliott hace esa pregunta. No estoy acostumbrada a que mi opinión sirva de mucho por aquí. Sin embargo, muy a mi pesar, no sé qué responder.

Ojalá supiera qué es lo que hay que hacer a continuación, pero el destino no da pistas de cuál es el camino correcto. Así que, con todo el pesar de mi corazón, contesto:

—No lo sé.

—Exacto —me ataca Brooks—. No tienes ni idea de qué va esto. Tú no llevas años peleando por salvar a la población de esta masacre en la que se ha convertido la ida de olla de Rose Chester. No sabes lo que es tener que buscarte la vida siendo consciente de que conoces algo que los demás no saben, y que tienes que callarte porque no tienes pruebas ni medios para demostrarlo. Así que, por una vez, deja que Eliott y yo nos encarguemos de todo, ya has hecho suficiente.

No sé en qué momento se ha puesto de pie y se me ha acercado tanto. Está tan próxima a mí que puedo notar su respiración moviéndome el pelo. No sé qué he dicho ni qué he hecho, pero está claro que no le ha sentado nada bien. Creo que me va a gritar más, incluso llego a pensar que es capaz de escupirme en la cara. Sin embargo, no hace nada de eso, suspira con todas sus fuerzas y vuelve a sentarse en el sofá.

—Vamos a calmarnos, ¿vale?

Agradezco el intento de Eliott por poner paz, pero siento que la furia que hay dentro de Brooks ahora mismo es tan intensa que ni todas las palabras de calma del mundo podrían tener efecto en ella.

—Yo… lo siento —digo, al final. Alguien tiene que ceder, aunque no me gusta ser yo quien lo haga.

Brooks no contesta, se limita a observarme desde debajo de su flequillo aplastado por el gorro de lana. Ni dentro de casa se lo quita.

—Venga, vamos a seguir cenando, que se va a enfriar la *pizza*.

Ella coge una porción sin apartar su mirada de mí, cosa que me incomoda bastante y hace que vuelva a abrazarme las piernas.

Decido prestar atención a la tele para no seguir discutiendo, y creo que los otros dos piensan igual que yo, porque Eliott se pone a pasar un canal detrás de otro mientras Brooks está absorta en la pantalla. Al menos, ha dejado de mirarme con esa cara de «voy a matarte mientras duermes». Con lo pequeña que es y el genio que tiene.

—¡Para, para! —grita entonces ella—. Vuelve, pon el canal ocho.

Eliott le hace caso y nos damos cuenta de qué es lo que le ha llamado la atención. Rose Chester está en la televisión. Se me para el corazón al ver el edificio de detrás. Puedo reconocer perfectamente la puerta por la que he entrado hace unas horas y por la que he salido con un peso de más en la espalda.

Supongo que este es uno de esos momentos en los que se dice que la tensión en el ambiente se puede cortar con un cuchillo. Nunca había sabido qué quería decir esa expresión hasta ahora. No me atrevo a mirar a Eliott, y mucho menos a Brooks, porque no quiero saber lo que están pensando. Yo, al menos, siento que me va a dar un infarto en breve.

Intento tranquilizarme y analizar lo que estoy viendo en la tele. Rose Chester se está moviendo de un lado para otro. Tiene un teléfono en la mano y habla sin descanso. Tras ella, un tipo no hace más que perseguirla, trata de decirle algo, pero ella no le hace caso, está demasiado concentrada dando órdenes a través de ese móvil. Allí hay un centenar de personas. Entre ellas se pueden ver bomberos, policías, señores con traje y cara de pocos amigos, periodistas y mucha gente curiosa que ha hecho un corrillo alrededor de Rose Chester.

Entonces me doy cuenta de que jamás la he visto así. Nunca la he visto tan nerviosa y tan alterada. Siempre que sale en la tele me da la sensación de que es la persona más serena del mundo. Al hablar, utiliza una expresión inalterable, como si quisiera demostrar que nada de lo que está diciendo le afecta. Puede estar dando una noticia tan grotesca como la de que el Hudson se ha secado, que su rostro sigue imperturbable. En cambio, la Rose Chester de ahora mismo no tiene nada que ver con esa mujer impertérrita a la que estoy acostumbrada. Tiene el moño deshecho, los hombros caídos y el gesto torcido. Incluso sus mejillas están encendidas. Y, en estos momentos, no sé si esa alteración se debe a la furia que siente en su interior o al miedo que le produce saber que su plan está a punto de irse a la mierda.

Espero, con toda mi alma, que sea la segunda opción.

Si Rose Chester tiene miedo, significa que hemos hecho algo bien. Es posible que tenga muchos más planes, es posible que tenga otras opciones para que su macabro sistema siga en pie, pero hemos tocado una pieza fundamental.

Como en aquella película que he visto un millón de veces, siento que un vómito de palabras se está arremolinando detrás de mis labios. Intento morderme la lengua, lo intento con todas mis fuerzas, pero no lo consigo:

—Sigo queriendo saber qué es lo siguiente que vamos a hacer.

La cara con la que me mira Eliott me dice que ha sido una mala idea volver a sacar el tema.

—¿Por qué no terminamos de cenar, nos vamos a dormir y mañana hablamos tranquilamente de cuál es el siguiente paso? —propone.

—No, vamos a zanjar esto de una vez —contesta Brooks. Tiene los ojos cerrados y parece que está batallando una lucha interior por el dramatismo del gesto.

—Bien, ¿qué es lo que propones? —pregunto.

—Debemos conectar ese cacharro al ordenador para ver qué es lo que hay en su interior.

Eliott y yo cruzamos la mirada unos instantes y tratamos de esclarecer lo que el otro está pensando.

—No creo que eso sea lo más adecuado —digo, por fin.

—¿Ah, no? ¿Por qué?

—Porque, si abrimos el GM y toqueteamos su interior, es posible que destrocemos algo que no tenemos que destrozar.

—Eso es precisamente lo que hay que hacer —me discute Brooks—, dejarlo inutilizado para que todas las personas vuelvan a tener recuerdos, para que nadie se los borre de ahora en adelante.

—Pero no sabemos si al inutilizar ese *hardware* lo vamos a conseguir. Es posible que este no sea el cerebro de todo —digo esto último mientras hago el gesto de comillas con mis manos. Sé que hace un momento pensaba que esta era la pieza fundamental del plan de Rose Chester, pero también sé que ella es mucho más lista de lo que podamos llegar a ser nosotros—. Puede que solo sea un ordenador, una base de datos, y que haya más partes del mismo sistema escondidas en algún otro sitio.

—Eso es una chorrada —bufa.

—No, en realidad, no lo es.

No puedo negar que me sorprende un poco que Eliott se ponga de mi parte, pero estoy segura de que a Brooks le ha sorprendido muchísimo más que a mí.

—¿Ahora estás de acuerdo con ella?

—No es que esté de acuerdo con Cora o no, es que tiene sentido lo que dice. No podemos toquetear lo que hay en el interior del GM hasta que no hablemos con Tracy. Seguro que ella nos puede dar más pistas para saber qué es lo que tenemos delante.

—¿Estáis locos? ¿Es que no habéis pensado que ese chisme puede tener un rastreador en su interior? ¿No os dais cuenta de que incluso puede tener un micro o una cámara que nos esté grabando ahora mismo? ¡Una cosa así tendrá mil sistemas de seguridad y no podemos quedarnos tan tranquilos teniéndola en casa!

Sus palabras chocan tanto con la pasividad que ha demostrado hace un rato mientras se comía su porción de *pizza* que no puedo evitar soltar lo que parece una carcajada.

—¿Y tú de qué te ríes? —me reprende.

—Pues me río porque se supone que teníais esto bien atado. Que teníais todas las piezas del puzle controladas y que sabíais lo que estabais haciendo, pero ya me he dado cuenta de que no, de que no teníais ni idea de dónde os estabais metiendo. Me lo debía haber imaginado. Ahora solo somos unos títeres en manos de Rose Chester, es cuestión de horas que nos encuentre y acabe con nosotros.

—Venga, Cora, no te pongas en ese plan —me dice Eliott—. Sí que lo teníamos planeado, solo que hay cosas que a veces se salen de su sitio, cosas imposibles de controlar.

—No me puedo creer lo que estoy viendo. —Los dos volvemos la cabeza hacia Brooks cuando esta empieza a hablar—. Os habéis aliado. Eso es. Ahora estáis compinchados para dejarme a mí de lado.

—¿Pero qué…? —comienza Eliott. Sé que le va a preguntar que qué locura es esa, porque lo que está ocurriendo aquí no tiene nada que ver con eso.

—¡Ya está bien, Eliott! —grita—. Tú te empeñaste en meter a Cora en esto. Si no te hubieras enamorado de ella hace tanto tiempo, nada de esto habría pasado.

Entonces soy yo la que se queda de piedra. Las palabras de Brooks resuenan dentro de mi cabeza como si las hubiera dicho con el altavoz más potente del mundo. ¿Tanto tiempo?

—¿Qué está queriendo decir, Eliott? —le pregunto directamente a él. Soy consciente de que estoy ignorando a Brooks, y lo hago sin ningún remordimiento.

—Sí, cuéntaselo de una vez.

Eliott duda. Nos observa, despacio, supongo que para ganar tiempo y así poder elegir las palabras correctas, aunque sabe que no existen en estos momentos.

—Tú y yo llevábamos varios meses viéndonos —me dice, por fin—. Pero la cosa esa, el *desrutinizador*, me borraba constantemente de tus recuerdos. Cada vez que te veía, era como empezar de cero, siempre desde el principio, siempre intentando gustarte de nuevo, tratando de que me hicieras caso para poder pasar otro día a tu lado.

Quiero responder, por supuesto que sí, y deseo con todas mis fuerzas que ese vómito de palabras que ha venido antes tan de repente vuelva a acudir a mí, pero no sucede. Me quedo clavada en el sofá sin saber cómo responder. Entonces me acuerdo de su tatuaje. 1404. Catorce de abril, mi cumpleaños.

—He estado pensando en esto durante mucho tiempo —continúa—, preguntándome por qué el sistema me sacaba de tu cabeza. Y he llegado a la conclusión de que lo hacía porque, de una forma u otra, sabían que yo estaba fuera de su control. No sé si saben quiénes somos las personas a las que no nos afecta ese lavado de cerebro, pero sé que está relacionado.

»Y también sé, y esto es lo más importante, que tu subconsciente te traía a mí una y otra vez. Te hacía desear que llegara el sábado para poder ir al Heart Attack, donde nos veíamos cada noche. Si incluso durante estos últimos días has estado generando recuerdos en tu mente a pesar de someterte al *desrutinizador*.

Eso me hace pensar. Sí, tiene razón. Desde que empezó todo esto he estado almacenando información que el sistema no ha conseguido eliminar de mi mente. He recordado que Brooks llevaba el pelo de diferentes colores, que trabajaba en el Heart Attack, que cuando nos vimos en el Sephora sus rasgos me resultaron tan familiares que todo empezó a tener sentido dentro de mi cabeza. Antes de que pueda decir nada, Eliott añade:

—El sistema está roto: te borraba los recuerdos, pero no podía acceder a lo más hondo de tu ser.

—¿Estás hablando… del alma? —pregunto con un susurro cuando por fin me atrevo a hablar.

—No, no creo en esas cosas, ya te lo dije. Estoy hablando de tu subconsciente. Ni la mejor de las ciencias es capaz de controlarlo y eso es lo que te hacía buscarme, aunque el sistema se empeñara en borrarme de tu mente. Lo que explica por qué parece que nos conozcamos de toda la vida, y que sientas lo que sientes cuando estás conmigo. Eso no se consigue así como así en un par de días.

—¿Por eso me cuidas de la forma en que lo haces?

—Exacto. Porque esto viene de largo, Cora, aunque tú no te acuerdes.

—¿Cuánto tiempo?

—Más de un año. Nos conocimos en una fiesta del Cuatro de Julio en el Heart Attack, desde entonces nos hemos visto cada fin de semana.

—¿Y cuántas veces hemos...? —Madre mía, no puede ser verdad que esté preguntando esto en voz alta, y más delante de Brooks.

—Ninguna —dice, convencido—. La otra noche fue la primera. ¿Qué clase de persona te crees que soy?

Está muy ofendido y tiene todo el derecho del mundo a estarlo, así que lo cojo de la mano para transmitirle lo que no me atrevo a decirle.

—Y, por ello, tú siempre serás una privilegiada aquí.

El comentario de Brooks rompe la magia que se había creado hace unos instantes y me saca de mis pensamientos.

—¿Qué? —pregunto, confusa.

—Que Eliott está tan enamorado de ti que hará cualquier cosa por contentarte. ¿No te has dado cuenta ya? No es que te esté utilizando, como has llegado a pensar, es que necesita estar contigo todo el tiempo y está derrocando al sistema para que este no lo borre de tu mente. Ni siquiera le importa la gente, lo hace solo por ti, que pareces idiota.

Me mareo, siento que me fallan las piernas y eso que estoy sentada. Miro a Eliott sin saber qué decirle, es como si mi mente se hubiera quedado en blanco y hubiera olvidado la función de hablar.

—Largo. —Eliott se ha levantado y señala la puerta de la casa—. Vete de aquí, ya has hecho suficiente.

—No, no hace falta que... —intento decir. No quiero que Brooks se marche por mi culpa. Solo ha sido una discusión tonta, debemos arreglarlo para poder continuar con la misión.

Aunque, ahora que lo pienso, ya no sé de qué va la misión.

—No, Cora, déjalo, ya has hecho suficiente.

El portazo que pega cuando se va hace que esas últimas palabras se queden en el aire, casi tanto como mi corazón, que ya no sabe qué hacer, si seguir latiendo o pararse para siempre.

26

—Esto es inadmisible.

—Tenemos que hacer algo.

—Si no actuamos rápidamente, pueden pasar cosas terribles.

Las voces se suceden unas tras otras dentro del recinto. Los altos techos no hacen más que amplificarlas, lo que provoca que los asistentes hablen cada vez más y más alto.

Alguien carraspea más fuerte de lo normal, trata de llamar la atención entre tanto jaleo, pero nadie repara en ello. Da un par de palmadas por si así consigue un poco de silencio, cosa que tampoco funciona. Al final, decide subirse al estrado y coger el micrófono que descansa encima del atril. En su cabeza, se imagina dándole unos golpecitos para comprobar que está encendido, pero, en vez de eso, decide que no hay tiempo que perder.

—¡Atención! —grita, y un sonido chirriante de acoplo suena a través de los altavoces de la sala. Ella misma se asusta y pega un pequeño brinco que trata de disimular con una sonrisa tímida—. Por favor, atención. Todos estamos preocupados, todos hemos visto lo que ha pasado, las noticias no paran de repetirlo en la televisión una y otra vez.

»Y supongo que por eso estamos aquí todos, porque tenemos miedo de que se descubra que existimos y que hemos estado viviendo infiltrados en una sociedad sin recuerdos antiguos.

Lo cierto es que Sally es consciente de esto desde hace muy poco tiempo, pero su empatía hace que no le cueste en absoluto ponerse en la piel de los demás. Han visto las noticias, han visto el rostro de Rose Chester y no les ha hecho falta ninguna declaración por su parte para darse cuenta de que su sistema, su bien más preciado, se está tambaleando peligrosamente.

—Por eso necesitamos hacer algo —prosigue mientras se coloca un mechón de pelo detrás de la oreja—, pero tiene que ser algo con sentido. Propongo que vayamos hablando por turnos para aclarar la situación y tomar una decisión consensuada. Solo así podremos hacer algo que ayude a Rose Chester.

—¿Quién eres tú y por qué te has puesto al mando? —recrimina una voz desde el fondo de la sala. Unos abucheos generalizados dejan claro que son muchos los allí presentes que piensan lo mismo.

—Yo...

—Dejadla hablar —dice un hombre. Sally lo reconoce, es el que la metió en todo este lío, el de la *pizza* de anchoas y aceitunas—. Alguien tiene que ejercer de moderador y, dado que Arthur no ha aparecido, ella es una buena opción como otra cualquiera.

—Pero no la hemos nombrado jefa —se escucha por un lateral de la sala.

—Lo sé. Lo sabemos —se atreve a decir ella. Coge aire con calma y trata de que con la exhalación se vaya todo ese miedo escénico que tiene acumulado dentro. Ese miedo que le dice que ella no es más que nadie y que por eso era mejor hacerse enfermera que médico, porque nadie la iba a tomar en serio. «Qué diantre», piensa, «sin las enfermeras, todo lo demás se viene abajo»—. Sabemos que he sido de las últimas en llegar, que quizás este asunto me quede grande, pero como a todos. Permitidme que me presente: soy Sally y soy enfermera. Por mis manos han pasado batallas personales y no tan personales, pandemias como aquella que vivimos hace unos años, que arrasó medio mundo e hizo que los cimientos de nuestra sociedad peligraran. Igual que yo, vosotros habéis sido testigos de los cambios que hemos ido sufriendo, algunos a peor y otros a mejor. Y lo que está claro es que no podemos dejar que la sociedad se desmorone. Tenemos que actuar. Así que, ¿por qué no nos esforzamos y vamos pensando qué hacer?

Alguien levanta la mano y Sally asiente con la cabeza para darle la palabra.

—Yo creo que deberíamos irnos a nuestras casas y encerrarnos hasta que todo esto pase.

—Esa es una idea pésima —rebate otro hombre—. No podemos escondernos y dejarle todo este marrón a Rose Chester. Huir no es una opción.

—Estoy de acuerdo —confirma una mujer—. Somos necesarios y no podemos hacer como si nada de esto estuviera ocurriendo. Yo propongo ponernos en contacto con Rose Chester para que nos indique qué debemos hacer. Ella mejor que nadie sabe lo que necesita ahora mismo. Nosotros solo hemos visto unas imágenes en televisión y tampoco tenemos muy claro qué es lo que pasa ni cómo podemos ayudar.

—No es un plan muy sólido… —se atreve a decir un chico joven, cuyas gafas insisten en caerse todo el tiempo por el puente de su nariz—. Está claro que algo gravísimo está sucediendo, no hay más que ver su cara en la televisión. Rose Chester tendrá muchísimas cosas en las que pensar y no creo que sea fácil acceder a ella. Me imagino que habrá un gabinete de gobierno que se esté encargando de los asuntos más diplomáticos y que ella estará demasiado ocupada pensando en cómo resolver todo esto. Acudir a ella no creo que sea la mejor opción, sería una pérdida de tiempo.

—Estoy con el chico —lo anima una mujer con gesto decidido—. Ni siquiera sabríamos cómo encontrarla y, aunque lo consiguiéramos, seguramente ni se pararía a escucharnos. Pero no pasa nada, no la necesitamos para arreglar todo esto. Podemos ser nosotros los que cojamos el mando de la situación. No necesitamos su aprobación.

—Bueno..., tampoco queremos tirarnos a una piscina sin agua —duda otro. El sudor que le cae por la frente empieza a ser preocupante—. No podemos hacer algo que Rose Chester no aprobaría. Debemos pensar como ella. Vale que tenemos que hacer lo imposible por arreglar esta situación, pero no podemos obviar que ella es la cabeza de todo.

—No, no —interrumpe una chica joven—. La mujer tiene razón. Es hora de que seamos nosotros los que nos pongamos en pie. Rose Chester ya ha hecho demasiado por Nueva York, y no es que dude de su capacidad de gestión, pero está claro que algo ha hecho mal para que esté sucediendo lo que está sucediendo en estos instantes. Quizás no es tan buena dirigiendo como pensábamos...

Un silencio sepulcral se instala en la sala. Los asistentes se miran entre ellos, todos con un mismo pensamiento en la cabeza: esa chica está en lo correcto. Sin embargo, nadie se atreve a decirlo en voz alta, nadie se atreve a verbalizar con palabras que Rose Chester ha cometido un error.

Ellos están allí gracias a ella. Gracias a su buen hacer —al menos, hasta ahora—, todos los presentes mantienen sus recuerdos intactos, y eso es algo impagable. Lo saben, son conscientes de que le deben demasiado a Rose Chester. Pero... ¿y si esa chica tiene razón? ¿Y si todo esto se le ha ido de las manos y no es capaz de manejar una crisis como la que se avecina? Porque, sin duda, es una crisis lo que ronda por encima de sus cabezas. Seguramente, el sistema de recuerdos se esté viendo comprometido, esa sería la única explicación lógica por la que la gobernadora haya aparecido de esa manera en la televisión. Podría ser catastrófico.

Y, si se llega a saber la verdad, la sociedad se convertiría en una caza de brujas en la que el objetivo serían ellos.

—Tenemos que decidir algo —Sally ha estado escuchando con paciencia todas las aportaciones y, aunque ella tiene clarísimo lo que hay que hacer, prefiere no ser ella la que lo diga en voz alta.

El silencio se instaura de nuevo. Los asistentes siguen mirándose los unos a los otros sin saber qué decir, así que Sally da el paso.

—De acuerdo. Estas son las opciones: podemos no hacer nada y esperar a que se solicite nuestra ayuda, podemos intentar ponernos en contacto con Rose Chester para que sea ella la que nos dé las indicaciones a seguir, podemos encerrarnos en nuestras casas y pasar desapercibidos, podemos actuar como el resto de ciudadanos y hacernos los sorprendidos cuando se empiece a descubrir la verdad o bien podemos adelantarnos y tomar las riendas de la situación.

Sally sabe cuál es la solución correcta. De todas las opciones que tienen ahora mismo sobre la mesa, solo una es válida. Solo una puede hacer que ellos sigan con vida y mantengan sus privilegios una vez que todo esto pase. Solo una puede darles la opción de no ser señalados con el dedo al salir a la calle, o algo mucho peor. Porque ella conoce cómo son las personas que no tienen nada que perder. Sabe hasta qué punto la gente puede anteponer su vida a cualquier otra cosa. Sabe cómo es el ser humano de verdad cuando solo hay algo que importa: mantenerse con vida.

Por eso no se sorprende en absoluto al ver los resultados de la votación. A mano alzada, todos van expresando sus votos. Unos cuantos optan por quedarse en casa —sobre todo gente mayor que no se ve enfrentándose a ninguna situación en esos instantes—, otros pocos, aunque bastantes más de los que habría dicho Sally, deciden que lo mejor es no hacer nada e infiltrarse entre los demás ciudadanos. La minoría vota que la mejor opción es acudir a Rose Chester para estar bajo su mando.

Sally no puede evitar soltar un suspiro de tranquilidad al ver todas las manos alzadas que votan por ser ellos los que tomen el mando de la situación. Aunque sabe que, en realidad, no es un suspiro de tranquilidad. Lo que se les viene encima es de todo menos tranquilo. Sin embargo, es la única forma de sobrevivir.

27

—Es que no lo comprendo.

No sé cuándo he empezado a dar vueltas y vueltas por la habitación; ahora soy incapaz de parar. Todavía puedo sentir el portazo que ha dado Brooks al irse del apartamento de Eliott. Ni siquiera he tenido tiempo de pararla. Querría haberle dicho que se quedara, que teníamos que aclarar esta situación, pero ni mis palabras han querido salir ni ella las habría escuchado. Porque si yo fuera Brooks… Si fuera Brooks, creo que habría hecho lo mismo.

Eliott se ha sentado en el sofá, la cabeza entre las manos en un gesto de abatimiento. No ha dicho nada cuando su amiga se ha ido, solamente ha abierto la boca para intentar explicarme todo lo que acababa de ocurrir. No obstante, esa explicación era tan difícil de encontrar, que enseguida ha juntado los labios y se ha quedado en silencio.

—De verdad que no, no entiendo nada —reitero. Durante los minutos que han pasado desde que Brooks se ha ido, es lo único que acierto a decir—. Es que no tiene sentido, no puede ser.

Entonces él levanta la vista y la dirige hacia mí, y encontrarme con esos ojos tristes hace que se me pare el corazón. Desvío la mirada, porque si hay algo que tengo claro ahora mismo es que todo esto está mal. Todo lo que ha hecho Eliott está mal. Que yo quiera perdonarlo está mal. No, debo ser fuerte. Tendré mil defectos, pero creo que hasta la fecha sé distinguir muy bien dónde está el límite entre el bien y el mal.

—No me mires así —le digo—, no me pongas esa cara de cordero degollado porque conmigo no va a funcionar. Y ya que no eres capaz de decir ni una palabra para justificar todo esto, voy a ser yo la que hable.

Él no replica ni hace el menor gesto para interrumpirme, así que cojo aire y dejo que toda mi furia sea la que hable por mí:

—Me estás diciendo que tú y yo nos conocemos desde hace más de un año. Que todos los sábados hemos acabado juntos porque tú no parabas de perseguirme. Que eras consciente de que a mí me borraban la mente cada día, que por eso no podía recordarte, y aun así insistías un fin de semana tras otro para que yo acabara contigo.

»Me estás contando que has hecho lo imposible para detener esto, que habéis herido a una persona de gravedad y que has dejado que Brooks matara a otra para intentar frenar un sistema enfermo. Pero lo mejor de todo es que no lo has hecho porque ese sistema te parezca injusto, porque pienses que nada de lo que hace Rose Chester esté bien, sino porque yo no conseguía recordarte.

»¿De verdad me estás diciendo que eres tan egoísta que estás dispuesto a absolutamente todo por tenerme?

—¡¿Egoísta?! —Siento una especie de alivio cuando por fin reacciona, aunque lo haya hecho de esa manera—. ¿Cómo te atreves a llamarme egoísta? ¡Si estoy haciendo todo esto por ti!

—No, Eliott, no te equivoques, lo estás haciendo por ti. Porque necesitas que no te olvide. ¿No te has parado a pensar que yo podía ser feliz? ¿Acaso has contado con mi consentimiento en algún instante? No, por supuesto que no, porque para ti era impensable la teoría de que yo no quisiera nada de esto. ¿Y si yo era más feliz antes de descubrir la verdad?

—¡Pero es que no lo eras! —me grita—. ¡No eras feliz!

Esas palabras me dan en el pecho como si Eliott me hubiera golpeado con un mazo. Me gustaría decirle que él qué sabrá, que él no tiene ni idea de lo que es la felicidad. Sin embargo, me trago mis palabras y me quedo callada; no quiero empeorar más la situación.

—Sí que era feliz —murmuro todo lo bajito que puedo.

—No lo eras, Cora. Te emborrachabas siempre que podías, te metías en el cuerpo todo lo que pillabas y estabas siempre tratando de huir de tu propia vida. Sabías que tu existencia no tenía sentido y por eso buscabas una salida.

Esas palabras duelen más que las anteriores, pero no soy capaz de reprocharle nada, porque temo que tenga razón. Sin que me dé tiempo a meditar más a fondo lo que me está diciendo, Eliott continúa hablando:

—Ahora tienes una meta. Llevas días levantándote cada mañana sin pensar en colocarte o en emborracharte. No lo necesitas, porque ahora tienes algo que le da sentido a tu vida.

—Pero es todo mentira —consigo decir al fin—. ¡Es mentira, Eliott! Yo pensaba que esto era una lucha, algo que cambiaría el mundo y que explicaría muchas cosas. Pero tú... Tú te has aprovechado de mí. Te importa una mierda el plan de Rose Chester, te importa una mierda el hecho de que millones de personas, ¡miles de millones de personas!, hayan perdido la vida para que unos pocos privilegiados podamos seguir respirando cada día. Te importa una mierda que los recuerdos de los ciudadanos sean manipulados. A ti lo único que te mueve es tu egoísmo, el quererme a tu lado sin tener que currártelo cada fin de semana.

—Te equivocas —contraataca—. Lo único que me mueve es el amor.

—¡No me vengas con esas gilipolleces, Eliott! —Noto que voy a explotar, que todo saldrá disparado por mi boca sin ningún tipo de filtro ni nada que sostenga las palabras que van a aplastar como si fueran una bola de demolición—. Tú no tienes ni idea de lo que es el amor. Tú no me quieres, solo quieres el ideal que te has montado en la cabeza de lo que podría ser nuestra vida. Te has hecho tantas ilusiones que eres incapaz de ver lo paranoico que suena todo lo que estás diciendo.

»Estás enfermo.

Y, de repente, la bola choca contra el edificio que son los sentimientos de Eliott y los destroza sin dejar nada a su paso más que ruinas y desolación.

—Creo que deberías irte.

No me importa el GM, ni el plan de Rose Chester, ni siquiera me importa lo que pueda pensar Eliott. Solo me importa el hecho de que se ha acabado todo y de que no tengo a dónde ir. Eso es en lo único que pienso mientras atravieso la puerta. No puedo volver a mi casa, no puedo ir al trabajo y no tengo a nadie en esta ciudad que me acoja. Estoy acabada.

Aunque todavía es de día, la oscuridad no tardará mucho en hacer acto de presencia. No sé qué rumbo tomar, pero está claro que no puedo quedarme en la calle. Entonces recuerdo el almacén del que hablaron Eliott y Brooks, aquel que estaba en El Bronx y cuya localización me obligaron a memorizar. Corro todo lo rápido que puedo, sorteando calles y carreteras. Memoricé tan bien la localización que no necesito más que concentrarme en mi respiración para seguir corriendo.

Cuando me quiero dar cuenta, un enorme edificio se muestra ante mí. Parece abandonado y no hay nadie por allí, aunque me cercioro bien mirando a cada lado más veces de las necesarias. Después de lo que me parece un minuto eterno, decido abrir la puerta corredera y meterme en su interior.

Por suerte, todavía entra claridad por las ventanas superiores, así que aprovecho para echar un vistazo y me quedo asombrada cuando veo que Eliott y Brooks lo tenían todo planeado. Aquí dentro se podría vivir a la perfección. Echo un rápido vistazo a la zona y, cuando me quedo lo suficientemente tranquila sabiendo que estoy sola, me tumbo en uno de los sofás marrones y dejo que el sueño se apodere de mí.

Me cuesta un buen rato ubicarme al abrir los ojos. Un sonido punzante e insistente que proviene de mi mochila no para de taladrarme los oídos. Tardo más de lo normal en darme cuenta de que es mi móvil lo que está sonando. No recuerdo cuándo he quitado el modo avión, tal vez lo hice de forma inconsciente cuando salí del piso de Eliott. ¿Es que acaso estaba esperando que me llamara? No, no puede ser, lo que ha hecho está mal. Peor que mal. Encima ahora me he arriesgado a que me sigan por su culpa. Lo saco del bolsillo interior y me quedo paralizada.

En la pantalla aparecen las palabras «número desconocido». Mi primera reacción es tirar el móvil por el retrete o darle un martillazo para que desaparezca de mi vista. Sin embargo, siento que esta llamada es importante. Por mi mente pasa la idea fugaz de que pueda ser la misma Rose Chester, pero al instante la descarto. La intuición me dice que no es ella. Tampoco es Eliott, eso lo tengo claro. Así que, sin esperar más y con el corazón palpitándome a toda velocidad, descuelgo el teléfono.

—¿Cora? ¿Eres tú?

Es la voz de una mujer lo que se oye al otro lado del auricular. Intento reconocerla, pero no me suena de nada. No sé quién puede ser.

—¿Cora? Necesito hablar contigo, es urgente.

Algo me dice que debo confiar, aunque últimamente mi instinto no es que haya estado muy acertado. A pesar de ello, no sé muy bien qué decir.

—Está bien —escucho—, no tenemos más tiempo que perder, así que, si no quieres hablar, al menos escúchame. Necesito que te reúnas conmigo en la entrada sur del New York Botanical Garden. Yo te reconoceré, no te preocupes por eso —dice antes de que pueda comentar nada al respecto—. De verdad, es urgente, necesito que estés allí en quince o veinte minutos, no más. Tienes que confiar en mí, ha sido Tracy quien me ha mandado llamarte.

Cuando la llamada se para, dudo. ¿Tracy? ¿Qué tiene que ver ahora Tracy? Si ella ha hecho lo que Eliott y Brooks le han pedido, no tendría por qué seguir metida en esto. Sin embargo, se trata de Tracy, si de alguien me fio es de ella, así que no me lo pienso más veces: salgo pitando con mi mochila como único equipaje. Saber que ha sido idea de Tracy me ha dado el valor que necesito. Tengo mil preguntas que me gustaría hacerle, pero ahora mismo lo único que se me pasa por la cabeza es que, si Tracy me necesita, voy a acudir sin dudarlo ni un solo instante.

No es hasta ese momento que me doy cuenta de lo tarde que es. Ayer me debí quedar dormida sobre las cinco de la tarde y ahora son más de las doce del mediodía. Supongo que mi cuerpo era consciente de lo cansado que estaba, aunque yo lo hubiera pasado por alto.

Calculo que estoy a unas tres millas de la localización que me ha dado la mujer. A un ritmo normal tardaría media hora en llegar, quizás algo más por toda la gente que debo sortear a mi paso y el tráfico que habrá hoy en la carretera. Deduzco que, si corro bastante, podré estar allí en quince minutos.

Aunque la idea de que esto sea una trampa pasa de forma fugaz por mi cabeza, necesito aferrarme a este nuevo giro de guion que han dado los acontecimientos. Ya no puedo contar con Brooks, y mucho menos con Eliott, así que necesito una nueva salida y parece que esta es la indicada.

El corazón me va a mil por hora, lo puedo sentir palpitando contra mis oídos, incluso en el estómago, que empieza a protestar porque llevo mucho tiempo sin darle nada decente para que se alimente. Sin embargo, en estos instantes, solo puedo pensar en la voz que me ha reclamado con urgencia al otro lado del teléfono y en la intriga de no saber qué pinta Tracy en todo esto.

Por fin, después de un tiempo que me parece interminable, llego a la entrada del parque; pero allí no hay nadie. Algún transeúnte que otro pasa por mi lado, todos ellos tan distraídos que ni siquiera reparan en mi persona. Giro en redondo, intentando encontrar algo que no sé todavía qué es. Veo a un padre con un carrito, a una mujer trajeada que da voces a través de su teléfono, a un adolescente con un monopatín, pero nada que me indique que sean personas que están al tanto de la situación que estamos viviendo.

De pronto, un coche se detiene justo delante de mí. Es un todoterreno grande, blanco. Parece un *Dogde* de esos que consumen por encima de sus posibilidades y que no son nada útiles para la ciudad, pero no puedo ver bien la marca. Me doy cuenta de que eso me da igual cuando una bocina suena con insistencia.

Mi corazón sigue yendo a mil por hora, aún lo noto en mis sienes, y ahora también en lo más profundo de mi estómago. Parece que se ha acompasado con el claxon del coche, que no cesa en ningún momento. La gente a mi alrededor se me queda mirando, esperando alguna reacción por mi parte. Hasta que soy consciente. Me están llamando. Sea quien sea el que esté dentro de ese todoterreno, me está pitando a mí.

Entonces hago algo que no sé si hará que me arrepienta toda la vida o será lo que precisamente la salve: me acerco a la puerta del copiloto, la abro y me subo.

El coche arranca a toda velocidad, y lo primero que pienso es que menos mal que los pitidos han cesado, empezaban a reventarme la cabeza. En el interior hay una extraña, como era de esperar. Me alivia saber que no hay dos matones en la parte de atrás aguardando órdenes para darme una paliza. La que conduce es una mujer de mediana edad, calculo que tendrá unos cuarenta y tantos años. Lo primero que llama la atención de ella es su larga cabellera negra. Tiene unos bucles perfectos que parecen indicar que se ha pasado muchas horas en la peluquería. Debajo de ella, unos pendientes brillan con esmero y me indican que en ese coche —y en esa vida— el derroche de dinero no es algo que importe demasiado.

Cuando empieza a hablar, no puedo parar de mirar el lunar que tiene justo encima del labio:

—Pensaba que jamás te ibas a montar. —Quiero decirle que había mil formas de llamarme para que yo me diera por aludida y que ha escogido la menos eficaz. Sin embargo, no me da esa opción—. Ponte el cinturón, bastante turbias están las cosas como para que encima te quedes tonta en un accidente de coche.

Obedezco y decido no abrir la boca. Siento que todo lo que diga podrá ser utilizado en mi contra por esta mujer.

—Soy Camila. —Me tiende la mano y se la estrecho lo más fuerte que puedo; quiero demostrar que yo también soy una mujer segura, como evidentemente es ella—. No había otra forma de hacerlo, perdona las formas, perdona todo esto. Como te he dicho, ha sido Tracy la que me ha metido en este berenjenal.

—Perdona, no entiendo nada —consigo responder—. ¿Qué tiene que ver Tracy? ¿Dónde está ella?

—Eso no es lo importante ahora mismo.

—Pero…

—No hay tiempo para historias, Cora. Estaba pensando en llevarte a mi casa y contártelo todo mientras tomamos un café, pero me da a mí que no nos podemos permitir ese lujo. Así que conduciré por la ciudad sin un rumbo fijo y quiero que escuches con atención lo que te voy a decir. Después te bajarás de este coche y fingirás que esta conversación no ha existido jamás. No nos volveremos a ver pase lo que pase, ¿de acuerdo?

Asiento en silencio.

—Necesito oírte, Cora. ¿Lo has entendido?

—Lo he entendido. Ahora cuéntame todo lo que necesito saber.

—Tracy es mi cuñada. Ella es la hermana de mi marido, Robert. Nos hemos llevado siempre muy bien, aunque la vida de

Tracy es muy distinta a la nuestra. Ya sabes, ella está siempre con sus ordenadores y sus historias y nosotros... Bueno, nosotros ya tenemos bastante con lo nuestro.

»Robert y yo teníamos un niño. Un niño que vino al mundo en un momento complicado, cuando pensábamos que yo era infértil y que nunca podría engendrar un hijo en mi vientre. Incluso nos planteamos la adopción, pero entonces llegó él. Con su sonrisa traviesa y sus rizos morenos. Y conseguimos hacer piña, y tanto que sí.

Es entonces cuando me doy cuenta. Por la emoción que recorre las palabras de Camila, caigo en que su voz me resulta familiar. Demasiado.

—Hasta que un día, mi pequeño nos abandonó. Fue en una excursión del colegio. Lo dejé en la puerta del autobús como cada mañana. Llevaba la mochila de las excursiones, esa que solo cogía en los días especiales. La tenía llena de provisiones, como él las llamaba. Había metido un montón de comida por si se perdía, unas piedras que había encontrado en el jardín por si necesitaba hacer fuego e incluso una lupa que le robó a su padre para poder usarla en caso de encontrar una pista.

»Estaba tan emocionado que la noche anterior no durmió ni diez minutos seguidos. Al final, tuve que levantarme para acurrucarme junto a él en su cama. Si llego a saber que esa era la última noche que lo iba a tener entre mis brazos, jamás lo habría soltado. Sin embargo, sí que lo fue. Fue la última noche.

»Al día siguiente, unos policías llamaron a la puerta de mi casa y me dieron aquella fatídica noticia. Mi pequeño había muerto. Se había caído al río Hudson y no pudieron hacer nada para salvarle la vida. Mi niño se había ido para siempre. Mi querido Archie nos había abandonado.

28

—Necesito que me escuches con atención, Cora.

Camila sigue conduciendo como una loca por las calles de Nueva York. Vamos sin rumbo fijo—aunque ya hace rato que estamos en Manhattan—, pero ella no muestra ningún tipo de duda a la hora de conducir. Toma las decisiones de forma rápida y eficaz. Si yo estuviera en su lugar, pasaría un buen rato hasta que me decidiera por qué avenida girar o hacia qué sentido ir.

La bomba que ha soltado hace unos instantes, la pérdida de su hijo, me ha caído sobre los hombros como si fuera una losa. Lo recuerdo, recuerdo a Archie y me recuerdo a mí borrando los recuerdos de esa mujer. ¿Tendría razón Eliott? Algo en mi mente ha dejado de funcionar y los recuerdos están volviendo a mí poco a poco.

—No quiero sentimentalismos, ¿de acuerdo? —dice, después de examinarme de reojo durante unos segundos que me parecen eternos—. Te he contado lo de Archie porque necesitas saberlo, pero la cuestión no es esa. No es esa la parte importante de la historia.

—¿Cuál es, entonces? —pregunto, confusa. Si la muerte de su hijo no es lo más importante de todo esto, no me puedo ni imaginar qué lo será.

—Verás, Cora. Todo se ha complicado. Iba bien, de verdad que sí. Rose Chester estaba haciéndolo de la mejor forma posible. No me mires con esa cara, sé lo que estás pensando. No, nunca he estado de acuerdo con la política de esa tarada, nunca he defendido lo que hizo, pero tener a un marido que está dentro del IM te hace ver las cosas desde otra perspectiva.

—¿El IM? ¿Qué es eso? —La cabeza me da vueltas y me temo que no es solo por la forma de conducir de Camila.

—Es como una especie... una especie de... ¿secta? —duda muchísimo al decir esa palabra y no es para menos—. Bueno, no sé si calificarla así o no, la verdad. El caso es que en ella se reúnen las personas de nuestra sociedad que todavía pueden recordar.

Entonces me acuerdo. Eliott y Brooks me hablaron de esa gente.

—Seguro que hay mucha gente por ahí que puede recordar —reconoce—, pero el IM es especial. Se creó hace unos años, en aquella época en que las personas que recordaban sintieron la necesidad de compartir con alguien más su experiencia. No es algo que pudieran contar a la ligera, ya que sabemos cuál es la consecuencia de que alguien sea distinto a los demás. Así que por eso decidieron crear el IM.

»El problema vino cuando esa gente empezó a radicalizarse. No es que se crean diferentes, es que se creen superiores, mejores a todos aquellos cuyas mentes son borradas a diario.

—Creo que es la evolución lógica.

—¿Cómo dices? —pregunta, con el ceño fruncido.

—Si un grupo de personas con características similares acaba por juntarse, hará todo lo posible para que lo que las diferencia del resto de la población sea algo importante. No sé si me estoy explicando...

—Sí, sí, a la perfección. Y sé muy bien de lo que hablas porque mi marido está en el IM. Ocurrió justo lo que tenía que ocurrir.

Su marido... Al principio de la conversación, me ha comentado que es el hermano de Tracy. Creo que ha dicho que se llama Robert. No entiendo nada. Tracy estaba de nuestro lado, pero si su hermano forma parte del IM, eso podría significar que ha jugado a un doble bando.

De repente, me pongo furiosa, aunque trato de no demostrarlo. Me pongo furiosa, porque no esperaba que Tracy actuara de esta manera. Si ella sabía de la existencia del IM, tendría que habérnoslo contado a los demás, tendría que habernos dado toda la información para que nosotros fuéramos un paso por delante.

Aunque, por otra parte, es posible que lo haya hecho y que Eliott y Brooks no me hayan contado nada.

Otra vez lo noto: mi cabeza no para de dar vueltas y vueltas y no soy capaz de detenerla para ordenar todas las ideas dentro de ella. No puedo ser así, no puedo tener esta manía persecutoria con toda la gente que me rodea. Si no me han contado nada, por algo será.

Respiro hondo y decido recurrir a la mayéutica, es la única forma de aclararme la cabeza en estos momentos.

—Mira, Camila, no entiendo nada. Te voy a ser sincera: no sé qué pinta tu marido en esta historia ni sé qué relación tiene con Tracy. Tracy nos ha estado ayudando en la sombra, ha sido la persona que nos ha abierto las puertas al corazón de todo esto, por decirlo de alguna forma, pero no entiendo por qué ella iba a ayudarnos si tu marido está en el IM. ¿Significa eso que jugaba a dos bandas?

—Ni por asomo, querida —dice, con media sonrisa dibujada en la cara—. Estás muy lejos de acercarte a la verdad.

—Entonces, por favor, sé clara.

—Robert, mi marido, acabó en el IM de rebote. Un hombre contactó con él y, pocos días después, empezó a ir a las reuniones. Por supuesto, él no me contó nada. Yo ni siquiera sabía que era capaz de recordar, ni que el mundo se había vuelto loco de repente. Le habría creído si hubiera decidido contármelo, pero fue prudente. Consideró que hacerme partícipe de aquello solo serviría para lastimarme, así que guardó el secreto todo lo que pudo.

»Sin embargo, varias semanas después de empezar con esas reuniones, perdimos a Archie. Fue un golpe duro que yo no pude recordar, porque alguien me borró la mente. —Trago saliva y me muerdo la lengua para no confesar que fui yo. Me siento un monstruo, la peor persona del mundo—. Como ya te habrás dado cuenta, es un puzle en el que falta una pieza: si a mí me borraban los recuerdos y a mi marido no, eso se convertía en una mesa coja.

Asiento, sé a qué se refiere. Ahora que me pongo a pensarlo, supongo que un caso así estaría controlado por alguien más que yo. Es decir, a mí me dejan una carpeta para borrar un recuerdo, pero ¿quién se encarga de la persona que ha vivido la misma experiencia y cuya mente no se puede borrar? Alguien deberá ocuparse de esas cosas…, ¿no? Sin embargo, en vez de mostrar mis dudas en voz alta, dejo que Camila siga hablando:

—Los primeros días fueron bien, según me contó más tarde. Él iba a todas las reuniones que podía, incluso había veces que se reunía con algún compañero fuera de las horas acordadas, porque necesitaba hablar con alguien, desahogarse. Y es normal, ya que en casa no podía hacerlo.

»Cuando ocurrió lo de nuestro hijo, se deshizo de todas las cosas de Archie, como si este no hubiera existido jamás. Enseguida supe que las tenía guardadas en el garaje. ¿Que cómo lo supe? —me pregunta al ver mi cara de interrogación—. Pues porque un día no pudo más y me lo contó todo con pelos y señales. Al principio no lo creí, claro, sin embargo, con todas las cosas que tenía guardadas en el garaje, la realidad me dio de frente una y otra vez.

—Y durante todos estos días que han pasado, ¿no te han borrado los recuerdos cada noche? Es el protocolo. Creo —digo esto último con un susurro, porque ahora mismo no estoy segura de nada. He trabajado muchísimo tiempo para el mismo departamento, pero si tuviera que explicar cómo funciona, lo más probable es que no supiera ni por dónde empezar.

—Claro, me han borrado los recuerdos cada noche que ha pasado. Tampoco han sido muchas; hace muy pocos días que Archie murió. Pero hay algo mágico en la relación entre un hijo y una madre, una relación que se forja cuando todavía es del tamaño de un anacardo y descubres que hay algo creciendo dentro de ti. Esa relación dura para siempre, es algo especial, algo que no se puede explicar con palabras. A pesar de tener mis recuerdos borrados, era imposible borrar a Archie de mi vida como si este fuera un cuadro que quito de la pared y guardo en un armario. Al tocar las cosas de mi hijo, al sentir su olor, una especie de recuerdo primitivo llega hasta mí. Robert me cuenta cada mañana todo lo que ocurrió, y yo lo creo desde el mismo segundo en que empieza a abrir la boca.

»Porque yo misma puedo notar que me han arrancado una parte de mi alma.

Me quedo callada unos segundos y analizo lo que Camila me está contando. Me sorprende que una desconocida sea capaz de abrirse así conmigo. Es la primera vez que nos vemos —o eso creo— y me habla como si nos conociéramos desde siempre. No le ha importado abrirse el pecho en canal para mostrarme su corazón: palpitante y sangrante como solo puede tenerlo una madre que ha perdido a su hijo.

—Gracias por contarme todo esto, Camila. —Decido que esa es la única frase que vale ahora mismo—. No me puedo llegar ni a imaginar la situación por la que estás pasando. No soy madre, y Rose Chester tampoco. Supongo que por eso existe esa pequeña fisura dentro de sus planes; jamás pensó que una persona no pudiera olvidar la esencia de un hijo.

Ella asiente y alarga la mano por encima de la caja de cambios automática para posarla encima de la mía. Es un contacto breve, pues enseguida la aparta para ponerla en el volante, pero, con ese simple gesto, ha conseguido transmitirme todo lo que necesito.

—¿Y por qué has quedado conmigo? ¿Qué pinto yo en todo esto?

—Veo que eres impaciente. Tienes razón, bastante has aguantado ya mis retahílas e historias. Voy a ir al grano: han detenido a Tracy.

Si en estos momentos yo estuviera sentada en el asiento del conductor, habría pegado un volantazo que, con toda seguridad, habría acabado en un accidente contra una farola o un escaparate. Pero, por suerte, voy en el del copiloto, así que lo único que puedo hacer es quedarme paralizada como solamente yo sé hacer.

Siento que de nuevo me falta el aire, que no sé cómo reaccionar, que no sé qué decir. Odio esta sensación y odio que me esté pasando tan a menudo. Supongo que es porque quiero llorar, gritar y romper un millón de cosas, todo a la vez. Y como no se me ocurre por dónde es mejor empezar, me quedo paralizada. Tan paralizada que hasta me olvido de respirar.

—Eh, Cora, vuelve.

Camila sigue conduciendo, aunque puedo notar que ha reducido la velocidad. Creo que está a punto de parar el coche.

Me da unos golpes en la pierna, intentando que reaccione, pero no soy capaz.

Hasta que me da un bofetón en la cara y mis pulmones consiguen volver a funcionar.

Cojo una gran bocanada de aire y lo primero que pienso es que no sé cómo ha podido darme ese bofetón estando a mi izquierda y sin soltar el volante. No tengo tiempo de preguntarle cómo lo ha hecho, porque cuando me quiero dar cuenta ha parado el coche encima de una acera y me mira con cara de estar viendo a un fantasma.

—¿Estás bien?

Asiento, despacio, sin olvidarme de coger aire y soltarlo de manera pausada.

—Sí, lo siento —digo, por fin—. Últimamente me están pasando demasiadas cosas y… Tracy… ¿Qué ha pasado, Camila?

—Si no te importa, voy a seguir conduciendo, ¿vale? Aquí paradas solo llamamos la atención. —Ella arranca antes de que yo asienta—. Esta mañana a primera hora me ha llegado una llamada al móvil. Era de un número privado, desconocido. Cuando he descolgado casi se me cae el alma a los pies: era Tracy, la detuvieron anoche. Por lo visto, Rose Chester inició una caza de brujas al enterarse de que habían asaltado el edificio y ordenó detener a todos aquellos que tuvieran acceso a no sé qué historias de seguridad.

Por sus palabras, deduzco dos cosas: que no sabe de la existencia del GM —o me habría especificado que ahí erradicaba el problema principal de Rose Chester— y que tampoco sabe de qué forma nos ha ayudado Tracy.

No es que me alegre porque Camila no tenga esta información, pero lo cierto es que sienta bien ir un paso por delante, aunque sea solo por una vez. Y aunque tampoco sepa demasiado para qué me sirve eso.

—Vale. —Me pongo seria y decido tomar la iniciativa—. No voy a recriminarte no haberme contado esto en el mismo momento en que he subido a tu coche. Entiendo que quizás querías crear expectación, contarme lo de Archie o que, simplemente, no sabías por dónde empezar. Está bien, vamos a obviarlo, aunque, si algún día vuelvo a verte y la vida de la que considero mi mejor amiga no corre peligro, que sepas que te lo echaré en cara. —Camila asiente, pero no hace el amago de replicar mi reproche. Me sorprendo a mí misma cuando me refiero a Tracy como mi mejor amiga, ¿lo es? Supongo que a estas alturas es la única persona que me queda en el mundo, la única en la que puedo confiar—. Ahora necesito que me cuentes todo lo que te ha dicho Tracy, con pelos y señales. Necesito toda la información para saber cuál es el siguiente paso que debo dar.

—No me ha dicho mucho, Cora. La llamada ha durado más o menos un minuto, lo suficiente para contarme que está encerrada en no sabe qué cárcel, que la están acusando de atentado contra la seguridad y que tenía que ponerme en contacto contigo enseguida.

—¿Cómo has conseguido mi número de teléfono?

—Tracy me ha dicho que había dejado una nota en nuestra casa, por si algún día pasaba algo. Debe de ser muy gordo el lío en el que anda metida, porque lo tenía todo previsto. He buscado en el despacho de Robert y he encontrado una nota pegada en su tablón de trabajo, una nota con un solo número de teléfono, sin nombre ni ningún dato más. He llamado y has respondido tú al otro lado.

—Típico de Tracy —susurro. Dada la situación, me alegra saber que, al menos, una de las dos tenía un plan B—. De acuerdo, Camila, esto es lo que vamos a hacer. Rose Chester me está persiguiendo, quiere mi cabeza y la de otros dos compañeros que están metidos en esto hasta el cuello. Ayer hicimos algo que no le ha gustado en absoluto. No, no me preguntes —la interrumpo antes de que pueda siquiera abrir la boca—, no puedo contarte nada más. Es mejor para ti y mejor para todos.

»Me has dicho que tu marido está metido en el IM, necesito que me cuentes qué saben ellos y qué relación tienen con Rose Chester.

—Ahí quería ir a parar, Cora. Ayer, cuando se empezó a transmitir por la tele todo lo que estaba ocurriendo, los del IM se reunieron de forma urgente. Robert fue para allá, como cada vez que lo llaman. Como te he dicho, él no estaba muy de acuerdo con todo aquello, pero siempre ha sido de la opinión de que vale más estar informado que quedarse atrás.

»Las horas pasaron y Robert no venía a casa. Empecé a preocuparme. Lo llamé por teléfono una y otra vez, sin descanso. No me contestó. Así que fui a buscarlo. Él me había dicho dónde se reunían, ya sabes, por si algún día pasaba algo. Me presenté allí y me encontré con que el edificio estaba cerrado a cal y canto, no había nadie alrededor. Volví a llamar a Robert y entonces pude escuchar su teléfono sonando a lo lejos. Seguí el sonido de la llamada hasta que llegué a un callejón.

»Allí estaba Robert, maniatado y sentado en una silla medio rota. Le habían dado tal paliza que tenía la cara irreconocible, llena de heridas y moratones. Me lo llevé a casa como pude y, después de una buena ducha y unos cuantos antiinflamatorios, por fin conseguí que hablara.

»Me contó que alguien lo había delatado, con toda probabilidad alguno de los amigotes con los que salía a beber de vez en cuando. Me confesó que un día se fue de la lengua y terminó admitiendo que tenía una hermana que trabajaba para el Gobierno y que se encargaba de las limpiezas de la gente. Por lo que fueron a por él, supusieron que ocultaba algo. Lo ataron a una silla y empezaron a pegarle, uno detrás de otro, cada vez más fuerte. Cuando ya no pudo más, lo amenazaron con buscarme a mí y continuar conmigo, y al final acabó hablando. Dijo que Tracy sabía algo. No pudo dar más información, aunque con eso bastó.

Siento que algo se revuelve dentro de mí. No sé quién es esa gente, pero, desde luego, no contaba con que apareciera en esta historia. Bastante tengo con encargarme de Rose Chester y todo su séquito como para tener que preocuparme ahora por un grupo de matones que no sé ni de dónde ha salido ni qué quiere.

—Tu marido… ¿está bien?

—Sí, dentro de lo que cabe. Anoche lo llevé a un hospital cercano para que se encargaran de él. Se recuperará en pocos días, solo tiene varios huesos rotos y una contusión leve en la cabeza. Por eso necesitaba encontrarte, Cora, esto se nos está yendo de las manos.

—¿Y qué puedo hacer yo? No sé ni quiénes son los que forman el IM ni cómo están organizados ni nada.

—Lo sé, y yo tampoco. Siento no poder darte más información. Aunque hay una última cosa que necesitas saber, algo que me contó Robert anoche.

Se me encoge el corazón, porque sé que lo que voy a escuchar a continuación no me va a gustar en absoluto, y ya no sé si puedo aguantar una mala noticia más.

—El IM se ha puesto de acuerdo y quiere acabar con los que están intercediendo en los planes de Rose Chester, cueste lo que cueste. Y lo peor de todo es que lo están haciendo sin consentimiento de esta. Van por libre y no pararán hasta conseguirlo.

29

Le dan ganas de escupirle en la cara, pero sabe que eso no es digno de una dama como ella.

«Tranquilízate», se dice a sí misma. Respira hondo y se coloca los mechones que se le han salido del moño. Últimamente no es capaz de mantenerlo en su sitio, como si fuera un augurio de que todo en su vida se está desmoronando, como si no fuera capaz de conservar el orden que debería imperar a su alrededor.

«Venga, tú puedes con esta niñata».

—Mira, bonita —le dice mientras coge una silla y se sienta delante de ella, a horcajadas, con el respaldo por delante para así poder colocar los brazos encima de él y darle más dramatismo a la escena. Al menos, así lo hacen en las películas—. No estoy para perder el tiempo, y me da que tú tampoco. Llevamos aquí ya demasiadas horas. ¡Se nos ha hecho de día! Así que quiero que me cuentes de una vez todo lo que sabes.

—Vete al infierno —consigue decir, en un tono tan bajito que parece mentira que venga de ella.

—Me estás empezando a cansar. Tienes todas las de perder, ya hemos atrapado a tus amiguitos y tú eres la última pieza del rompecabezas que me queda por encajar.

—No te creo —susurra—. Si los tuvieras a ellos, no necesitarías sonsacarme nada a mí.

—Son más fuertes que tú, ¿no lo sabías? —Decide jugar esa carta, aunque no sabe muy bien si le hará ganar la partida o si se está metiendo un gol en propia puerta—. Tú eres el eslabón débil, tú eres la que va a cantar antes que los otros. Los otros son fuertes, se tienen el uno al otro, saben que, si salen vivos de esta, todavía les quedará la ilusión por compartir una vida juntos. Pero tú, ¿qué tienes tú? A ti no te va a quedar nada.

La mira directamente a los ojos. Los tiene inyectados en sangre por la paliza que le ha dado uno de sus matones hace un rato. No quería hacerlo, pero la chica no colaboraba de ninguna forma. Al final, tuvo que recurrir a la parte fea de todo aquel asunto.

—Ay, niña, niña… —Chasquea la lengua varias veces en señal de desaprobación—. ¿No te has dado cuenta de que no tienes nada que hacer contra Rose Chester? Si hablas ahora, todo serán ventajas, te lo aseguro. Solo tienes que decirme lo que necesito saber y entonces te dejaré libre.

—No te lo crees ni tú, vieja bruja. —Es ella la que se atreve a escupir. Por suerte, está tan débil que el escupitajo se queda cerca de sus pies. Si llega a darle en la cara, como tenía pensado hacer, ahora estaría muerta, no tiene ninguna duda, lo puede ver en sus ojos. Esa mujer es capaz de hacer cualquier cosa. Y no necesariamente a través de un matón de pacotilla.

—Tienes valor, eso hay que reconocerlo —dice mientras se sacude un poco la pernera del pantalón. Está segura de que no le ha caído ni una gota de saliva, pero por si acaso—. No sé cómo explicarte esto. Tienes dos opciones: o me cuentas todo lo que necesito saber, o acabas muerta en menos de un minuto.

—Mátame ya de una vez, no le des más vueltas. En realidad, lo estás deseando. Eres un monstruo.

La mira, desafiante. No sabe si debe decir lo que ronda por su mente, pero, al final, se decide. Total, ya no tiene mucho que perder.

—Si tienes a mis compañeros eso significa que ya has conseguido lo que querías. Si eso que dices es verdad, no necesitas más información. A no ser que estés yendo de farol. Estás haciéndome creer que yo soy la más débil, que solo he sido un eslabón necesario en una cadena de montaje que ahora ya puede romperse sin problema. Pero ¿sabes qué? Que te equivocas.

»Nada de esto habría funcionado si yo no estuviera metida en el asunto. Ahora no estarías sudando si no fuera porque soy inteligente. Más inteligente que tú —recalca cada palabra con intención de que no se pierda ninguna en el aire—. No creas que por tenerme aquí atada y por pegarme cuatro palizas vas a ser más lista que yo. No creas que por estar ahí sentada en esa posición que es de todo menos intimidatoria no me estoy dando cuenta de que hace un buen rato que tus pulsaciones están por las nubes. Tus pupilas y las gotas de sudor que hacen que tu frente brille te delatan.

»Estás acabada.

Rose Chester se ríe, se ríe como hace mucho tiempo que no hace. Una carcajada sonora sale de lo más profundo de su ser. Está segura de que desde fuera parece más una villana de Disney que la gobernadora. Sin embargo, le da igual. Aprovecha ese momento para descargar tensiones y para reconciliarse con ella misma. Esa niñata no tiene ni idea de lo que está diciendo.

No hay nadie más inteligente que ella, no podría haber nadie más cualificado para llevar a cabo su plan. La política estaba llena de aficionados hasta que llegó ella, con sus ideas y su ímpetu. Más inteligente dice, la muy...

—No sé con quién te crees que estás hablando. Mira, ya está bien. Me has cabreado.

Entonces chasquea los dedos y por la puerta aparece el matón de antes. Va directo hacia la chica y empieza a propinarle puñetazos en la cara y en el estómago. Ella cierra los ojos y decide pensar en otra cosa. Le cuesta horrores, ya que el dolor punzante de los golpes hace que toda su atención se desvíe a ese dolor en la costilla. Es tan intenso que juraría que le ha perforado un pulmón. Trata de dejar la mente en blanco mientras el tipo sigue dándole golpes y más golpes. Piensa en una canción, esa de Jessie Baylin que tanto le gusta, *Strange Diamonds,* y se deja llevar por su letra, por su ritmo.

Por un momento, deja de sentir. Sonríe en su interior, porque piensa que ha conseguido separar el cuerpo de la mente, eso que tanto le enseñan en clase de yoga y que siempre le ha parecido una chorrada inmensa. Sin embargo, al entreabrir un poco los ojos y ver que el matón tiene en la mano un gran bate de béisbol, no puede evitar emitir un quejido.

Pero es el único sonido que va a salir por su boca. Ya está harta. Ni Rose Chester ni su matón ni sus métodos cavernícolas van a conseguir que hable. Se va a callar, aunque eso sea lo último que haga en su vida. Si se tiene que ir a la tumba, lo hará con la boca cerrada.

Los golpes empiezan. Primero en la parte superior, en los brazos. Después, en las piernas. Hay uno en especial, uno dirigido a la zona media de la pantorrilla que le duele como si le hubieran arrancado una parte de su cuerpo. Casi grita, pero mantiene la promesa de no abrir la boca. Juraría que le sangran los labios de lo apretados que los tiene.

Cuando los golpes empiezan en el estómago ya ha dejado de sentir el dolor. Se pregunta si estará muerta. No está muy segura, y el eco de los latidos del corazón que retumba en sus oídos le dice que todavía hay algo dentro de ella que mantiene la esperanza de salir con vida de allí. Al menos le alivia saber que su cuerpo no ha perdido todavía esa batalla.

—Ya basta.

Esas dos palabras, pronunciadas por Rose Chester, son un alivio para ella. Aunque sigue con la boca cerrada, para lo bueno y para lo malo.

—No imaginaba que alguien tan pequeño como tú tuviera tanto aguante, la verdad.

Vuelve a chasquear los dedos y unos pasos se dirigen hacia la puerta. Se escucha cómo esta se cierra para después instaurarse el silencio en la sala.

No tiene ni idea de dónde se encuentra, ni una sola pista. Solo sabe que alguien la cogió por la espalda cuando andaba por la calle. Iba pendiente de no ser vista, pero alguien fue más ágil que ella. La metieron en un coche, le pusieron una bolsa de basura negra en la cabeza y, cuando volvió a ver la luz, se dio cuenta de que estaba en una sala blanca con Rose Chester mirándola fijamente.

—Será que los de tu raza tenéis algo especial en el ADN, sino no me lo explico. La verdad, si yo estuviera en tu lugar, habría hablado con el primer par de puñetazos.

Quiere decirle que eso no la honra, que eso solo la convertiría en una chivata y en una debilucha. Algo que ella no es ni por asomo.

—No sé cómo eres capaz de seguir respirando, niñata. He tenido que ordenar que dejaran de pegarte porque tenía miedo de que acabaras muerta antes de tiempo. Aunque, no sé, me da la sensación de que vas a salir muerta de esta sala. Sí, eso es. Antes te he dicho que cuando hablaras te liberaría, pero he cambiado de opinión. Creo que voy a matarte, y voy a hacerlo con mis propias manos. Y ya me da igual que hables o no, el placer de acabar contigo va a ser muchísimo mayor que escuchar cualquier palabra que sueltes por esa bocaza.

—No me llamo «niñata» —dice entre susurros. Sabe de sobra que se ha prometido no hablar, que no quería abrir la boca por nada del mundo. Sin embargo, necesita decirlo. Necesita decir su nombre en voz alta para que ni ella ni nadie se olvide de quién es—. Me llamo Brooks Sanders.

30

El coche sigue dando vueltas y vueltas por Manthattan. Me da la sensación de que hemos pasado por delante de ese Appelbee's como un millón de veces.

—Para, para aquí —le ordeno a Camila.

Ella parece no hacerme caso, pero por fin encuentra un lugar donde estacionar y pone el coche en punto muerto.

—Siento mucho todo esto, Cora.

—No es tu culpa, no tienes por qué disculparte.

—En cierto modo, sí. Si mi marido no hubiera aceptado entrar en el IM, es muy posible que Tracy todavía…

—No sabemos si fue por él —la interrumpo—. No sabemos si el IM le dio la identidad de Tracy a Rose Chester o si esta ya la tenía. Lo más seguro es que ella ordenara detener a todos los trabajadores con acceso a los ordenadores antes de que Robert pudiera abrir la boca. Además, tú no tienes que pedir perdón por lo que hace o deja de hacer tu marido, no le debes esa responsabilidad.

Camila suspira y me mira con unos ojos que transmiten demasiadas cosas. Su pelo rizado sigue exactamente en el mismo sitio en el que estaba cuando ha empezado este extraño viaje y no puedo evitar darme cuenta de mi propio pelo alborotado. Tengo las puntas rubias demasiado abiertas, y las raíces morenas demasiado encrespadas. Estoy hecha un desastre.

—Ha llegado la hora de irme —susurro como puedo. Lo cierto es que, dentro de este coche, me siento a salvo, no sé por qué Camila me da una seguridad que hace mucho tiempo que no experimentaba—. Gracias por compartir conmigo toda esta información. Ha sido… intenso. Pero necesario —digo mientras le guiño un ojo.

Ella me devuelve el gesto y yo decido que ese es un buen lugar para bajarse del coche.

Miro a mi alrededor y compruebo que estoy muy cerca de Times Square. Hay mucha gente por la calle, así que eso me da la ventaja que necesito para moverme pasando desapercibida. Por si acaso, me subo la capucha de la sudadera, aunque siempre me ha parecido un gesto bastante contraproducente, porque siento que el que quiere ocultar su identidad recurre a ponerse la capucha y eso no hace más que llamar la atención.

Aun así, la dejo como está y me pongo a andar. Decido entrar en una tienda de comida para coger algo con lo que llenarme el estómago. Me temo que el lugar al que quiero ir no tendrá demasiadas provisiones. Me decanto por un par de bandejas de sushi, un paquete de carne ahumada, un pan redondo, una bandeja de manzanas —por eso de lo saludable— y el termo de café con crema más grande que he encontrado. No sé por qué, pero tengo la sensación de que ir por la calle con una bolsa de papel cargada de comida mientras me tomo un café hará que nadie sospeche de mí.

Porque sí, a estas alturas mi cara debe estar saliendo en todos los telediarios.

Saco el teléfono móvil y compruebo que todavía tengo batería. Quiero llamar a Eliott, quiero contarle todo lo que me ha dicho Camila, es como si lo necesitara con todas mis fuerzas y, por eso mismo, la velocidad a la que guardo el teléfono en mi bolsillo incluso me asombra.

Deambulo por Manhattan, fijándome en todas las personas con las que me cruzo. Me he metido el pelo por dentro de la capucha para ser menos reconocible, pero no puedo evitar preguntarme cuál de ellos me reconocerá. Es entonces cuando me doy cuenta de que no estoy andando sin un rumbo fijo, que mis piernas han decidido seguir un camino determinado sin mi permiso.

Estoy yendo a su apartamento.

Estoy yendo a ver a Eliott. Y me enfado conmigo misma por ello. Sin embargo, enseguida me doy cuenta de que no tengo más opciones. Tengo que hablar con él, tengo que contarle lo que ha pasado con Tracy. No podemos quedarnos de brazos cruzados y, si soy sincera, yo sola no puedo enfrentarme a esa batalla.

Cuando quiero darme cuenta, estoy delante del edificio de Eliott. Me escondo detrás de un cubo de basura mientras enredo con el móvil para disimular. Necesito al menos dos minutos para comprobar que el edificio no está vigilado y que no hay nadie que pueda verme. Son los dos minutos más largos de mi vida.

Por fin, me atrevo a dar el paso. Pulso el telefonillo para que Eliott me abra, pero, después de llamar unas cinco veces, no obtengo respuesta. Me da por empujar un poco la puerta hacia dentro y compruebo que está abierta. Qué bien sienta tener un poco de suerte para variar. La cierro detrás de mí y subo las escaleras lo más rápido que puedo, tratando de no derramar el café.

Sin embargo, casi no lo consigo cuando llego al rellano del apartamento de Eliott y veo que la puerta está abierta de par en par.

—¿Eliott? —me atrevo a preguntar en voz baja. Ahora mismo desearía haber pasado por una armería en vez de por una tienda de alimentos.

El silencio se ha apoderado de la estancia, allí dentro no hay nadie. Entro, despacio, y cierro la puerta con todo el cuidado del mundo para no hacer nada de ruido. Entonces reparo en la sangre que mancha el suelo, gotas que no parecen preocupantes, pero que conducen a un gran charco que preside el salón. Me llevo las manos a la boca para no gritar. Intento serenarme. Me digo que puede ser que la sangre no sea de Eliott. Hay una pequeña posibilidad de que pertenezca a otra persona y que Eliott haya tenido que huir. Sé que es una teoría entre un millón, pero es la única que logra que siga adelante. No podría hacerlo si supiera que Eliott ha perdido la batalla.

Dejo la bolsa con la comida en la cocina y aprovecho para coger un cuchillo que hay en la encimera. Con él en alto y la convicción de que puedo clavárselo a alguien en caso de ser necesario, me dispongo a inspeccionar la casa. Doy gracias porque el apartamento de Eliott sea en realidad tan pequeño, solo debo preocuparme por revisar su habitación, el baño y el armario que hay en el salón que hace las veces de despensa.

Pasan cinco minutos cuando me doy cuenta de que aquí no hay nadie. ¡Mierda, el GM!

Sé que debería preocuparme por Eliott. Sin embargo, si el GM está en poder de otra persona, nada de esto habrá merecido la pena.

Me siento en el sofá y trato de que esta vez la situación no me supere. Vale, Eliott ha desaparecido y el GM también. No tengo forma de contactar con Brooks y seguramente ella no tenga ni idea de lo que está ocurriendo. Estoy sola y en relativo peligro. Relativo, porque por fin hay una cosa buena en toda esta situación: si quienquiera que esté buscándonos ya ha estado aquí, es improbable que vuelva. Eso me da algo que hace muchos días que no tengo, y es un lugar para estar tranquila y a salvo, y así poder pensar cuál es el siguiente paso.

El paseo con Camila ha durado más de lo que esperaba, y pronto empezará a anochecer. Desde fuera no puede parecer que hay alguien dentro, así que me cercioro de que todas las luces están apagadas y doy las gracias al comprobar que varias de las cortinas tupidas que adornan las pequeñas ventanas están corridas. Al menos, tendré un poco de intimidad. Lo segundo que hago es tomarme un descanso, necesito comer y mi estómago se está encargando de recordármelo.

Por un momento, decido que lo mejor es no encender la televisión, aislarme durante un buen rato, pero enseguida me doy cuenta de que eso es un error. Necesito ver qué está pasando fuera ahora que es de día y que las luces de la tele no llamarán la atención. Me digo a mí misma que tan solo van a ser cinco minutos, lo justo mientras me preparo algo para comer. Es casi como una orden. Enciendo la tele y dejo que la voz del presentador inunde el piso, aunque bajo el volumen a toda prisa por si acaso.

«Todavía no sabemos muy bien qué está pasando. Estamos tratando de daros la máxima información en un tiempo récord. Todos nuestros dispositivos se han esparcido por la ciudad para poder contaros a tiempo real qué está ocurriendo en Manhattan».

Cambio de canal, no necesito datos innecesarios ni saber que los de la cadena están haciendo un trabajo excelente. Necesito información útil.

«Estamos en directo desde la Quinta Avenida», dice una chica que coge el micrófono con demasiada delicadeza. «Hay cuerpos de seguridad desplegados por toda la ciudad. Justo a mi espalda se puede observar una gran patrulla de policías, así como una tienda de campaña de la que salen y entran soldados de la marina. Todavía no sabemos a qué se debe, solo podemos confirmar que esta situación se repite por todo Manhattan y algunas otras zonas como Brooklyn y Queens».

Me preparo un bocadillo mientras escucho con atención lo que la reportera está diciendo. La reconozco, es la chica a la que mandan siempre a cubrir las peores noticias del día, esas que a nadie interesan y que le hace parecer poco profesional. Sin embargo, ahora está saliendo del apuro bastante bien, habla con decisión y mira a la cámara como si la estuviera desafiando.

«Todavía no hemos tenido oportunidad de ver a Rose Chester por aquí. No hemos vuelto a saber nada de ella desde que ayer por la tarde apareciera en un edificio gubernamental rodeada de todo un séquito de profesionales. La verdad, Carl, me gustaría poder contarte a ti y a todos los espectadores qué es lo que está pasando, ya sabes, dar la gran primicia, pero lo cierto es que estamos todos igual».

Me gusta el valor de esta chica, está aprovechando los únicos momentos en los que puede hacer algo grande para lucirse. Al menos, si no lo consigue, se irá con la cabeza bien alta.

«He estado hablando con compañeros de otras cadenas para tratar de averiguar si alguien más sabe qué es lo que está ocurriendo, sin embargo, nadie sabe nada o nadie quiere hablar. Podríamos decir que esta es una circunstancia excepcional, el ejército desplegado en las calles nos hace recordar momentos oscuros. No sabemos lo que está pasando, pero, sea lo que sea, debe de ser algo muy grave».

Ahora que lo pienso, hace un rato he estado dando vueltas y vueltas en el coche de Camila, hemos atravesado toda la ciudad varias veces y no me he percatado de esa presencia castrense. Ni siquiera he visto más policías de lo normal. Tampoco he notado nada extraño cuando he entrado a comprar cerca de Times Square, y eso que me he fijado con toda mi alma en todo lo que ocurría a mi alrededor. Si hubiera habido una tienda de campaña o unos cuantos soldados en formación, me habría dado cuenta, ¿no?

Muerdo el bocadillo y agradezco que Eliott, al menos, tuviera algo de mahonesa en la nevera. La carne está sequísima y el pan un poco rancio para mi gusto, así que algo de salsa le ha venido de perlas. Mastico, despacio, siendo consciente de cuántas horas hace que no comía y lo enfadado que estaba mi estómago. Y entonces caigo en ello: si Rose Chester lo controla todo, ¿cómo no iba a controlar la televisión? Seguramente, estoy viendo lo que ella quiere que vea. Es muy posible que esté utilizando una estrategia para hacerme salir de la ratonera donde estoy metida, o tal vez para mantener al resto de población bien escondida en casa y así poder darme caza con más facilidad. Sí, eso tiene sentido, tiene todo el sentido del mundo.

Enfadada, apago la televisión y me siento en el suelo con las piernas cruzadas. Voy a disfrutar de este momento y lo voy a hacer cueste lo que cueste. Estoy viva. Encerrada y un tanto acorralada, pero viva. Es cierto que no tengo ni idea de dónde está Eliott ni dónde se ha metido Brooks. También es posible que el GM, eso por lo que hemos montado todo este jaleo, haya desaparecido y con él mis esperanzas de acabar con el plan de Rose Chester.

Aunque, bien pensado, no sé si esas son mis verdaderas esperanzas. Es decir, fueron Eliott y Brooks los que me metieron en la cabeza que debíamos derrocar este sistema que Rose Chester se había inventado. Pero ¿y si yo quería estar como antes? ¿Y si la gente es feliz siendo como es?

Entonces me acuerdo de Camila, de toda su historia, de cómo su cuerpo es incapaz de olvidar algo por mucha tecnología que haya de por medio. De cómo la esencia de su hijo sigue impregnada en lo más hondo de su memoria. Esa es una batalla que Rose Chester ha perdido y ni siquiera es consciente de ello.

Mierda. Eliott y Brooks tienen razón. Esto es una locura, no sé cuáles serían las consecuencias de derrotar al sistema, pero lo que tengo claro es que esto no puede seguir así. Nadie debería perder ni uno solo de sus recuerdos porque otra persona lo haya decidido.

Hace tiempo leí un estudio que hablaba sobre una enfermedad horrible que asoló a la población años atrás y que, por suerte, se consiguió erradicar. La llamaban Alzheimer y consistía en un deterioro cognitivo severo. Se empezaba olvidando pequeñas cosas y se terminaba desconociendo incluso cómo respirar. Una persona se podía olvidar de cómo vivir.

Algo así no debería existir, algo así no debería ser legal. Nadie tendría por qué decidir por nosotros.

Me meto un trozo de *sashimi* de atún en la boca. No es el mejor del mundo, ni mucho menos el más fresco, pero me hace dar las gracias por este momento. Porque me doy cuenta de que el futuro de millones de personas está en mi mano. Yo tengo el poder para cambiarlo todo. Y sé que tengo ese poder, porque estoy segurísima de que el GM no ha salido de este apartamento.

Es una intuición, una corazonada, pero lo sé. Eliott no sería tan tonto de quedarse aquí, sabiendo que es un blanco fácil, y no esconder el GM.

Sí, Eliott es listo, muy listo. Me lo ha demostrado durante todos estos días, y supongo que durante todos los meses anteriores, aunque no me acuerde. No habría caído en el error de dejarlo a la vista y, dado que ya he podido comprobar lo tozudo que es, estoy convencida de que preferiría morir antes que abrir la boca.

Me pongo en pie mientras me meto en la boca un *maki* de salmón con aguacate bien mojado en salsa de soja. Tengo que pensar como Eliott. ¿Dónde escondería algo vital en un apartamento tan pequeño?

Se me enciende una bombilla y voy corriendo al baño. Me subo a la taza del váter y abro la cisterna. El corazón me palpita demasiado deprisa y se para de golpe cuando compruebo que allí dentro no hay más que agua y suciedad acumulada después de años y años sin limpiarse. ¿Qué esperaba? He visto demasiadas películas y series… Sin duda, es el primer sitio donde alguien miraría.

Venga, Cora, piensa. Piensa más y mejor.

Deshago la cama, tiro el colchón al suelo, abro todos los cajones y vacío su contenido, miro detrás de cada cortina, de cada cuadro, de cada alfombra. Examino el interior de la nevera, del congelador incluso, hasta rebusco en los armarios superiores de la cocina. Y nada.

Vuelvo agotada junto a mi bandeja de sushi, no se me ocurre dónde más buscar. He comprobado cada palmo de este apartamento y no he encontrado nada. ¿Y si se lo llevaron? ¿Y si de verdad aquí termina toda la historia?

Me niego a pensar que es así, no puede ser, no hay forma.

Entonces me doy cuenta de que hay un sitio donde no he mirado antes. Es improbable, casi una locura. Ni siquiera sé si un aparato como el GM puede caber ahí, pero sí, puede ser. Podría encajar con la forma de pensar de Eliott.

Al rebuscar en los cajones he visto uno que tenía multitud de herramientas. Cojo un destornillador y cruzo mentalmente los dedos todo lo fuerte que puedo para que la forma de pensar de Eliott no siga siendo un misterio para mí.

Me subo a la encimera de la cocina, pongo las rodillas sobre la vitrocerámica y rezo para que no se parta con mi peso y acabe cortándome alguna vena importante. No me gustaría tener que ir al hospital en estos momentos. Entonces desatornillo la campana extractora. Una parte de mí me sigue diciendo que es una locura, pero otra parte me dice que es la única opción.

Quito un tornillo, luego otro y así hasta llegar hasta seis. Desencajo con cuidado la parte inferior de la campana, esa que parece una red, y la dejo en la encimera. Y lo veo: una pequeña bolsa de plástico metida en uno de los laterales de la campana. Pienso que es demasiado pequeña para ser el GM. No puede ser el GM. El alma se me cae a los pies mientras la cojo y empiezo a abrirla. Tampoco es que quiera descubrir un secreto oculto de Eliott. Bastante me ha costado revolver toda su casa y sus intimidades, pero, llegados a este punto, no me queda otro remedio.

Casi lloro de la emoción cuando descubro que, en efecto, lo que hay dentro no es el GM. Es algo muchísimo mejor.

Es la placa base que controla todo el sistema.

Eliott, eres un genio.

31

No quiere confesarlo, pero esto le gusta demasiado. Es como si por fin todas las constelaciones se hubieran alienado para darle la solución a sus problemas: ella no debía ser enfermera, debía ser jefa. ¿De qué? Ahora sabe que eso es lo de menos. Lo importante es tener un pequeño ejército a sus pies y poder darle órdenes.

Ver cómo las acatan le produce la mayor satisfacción que ha experimentado en su vida.

—Muy bien, chicos. —Sally sabe que un buen jefe también debe animar a sus empleados, es una regla básica que siempre hay que seguir—. Ya lo tenemos casi todo preparado, habéis hecho un gran trabajo.

En lo que transcurren dos horas de reloj, el IM se ha convertido en un cuartel militar, o algo así, supone Sally, porque no tiene ni idea de cómo funciona el ejército más allá de lo que ha podido ver en alguna película. Se consuela al observar que encima de un par de mesas hay todo un conjunto de armas. Algunas las acaban de comprar en una armería cercana y otras han salido directas de los búnkeres que la mayoría de los integrantes del IM tienen dentro de sus casas.

Sally nunca había entendido el tema de los búnkeres, hasta ese momento. Ha llegado el día en que se debe estar preparado. Nadie sabe lo que va a ocurrir mañana. Si de repente toda la población empezara a recordar... No se quiere ni imaginar qué ocurriría.

Por eso, una de sus primeras decisiones ha sido la de montar un refugio de tamaño gigantesco dentro edificio del IM. No puede evitar mirar con orgullo la pila de armas que han conseguido sus chicos y también la de comida. En apenas unas horas, lo que dura una noche y una mañana, han hecho un trabajo excelente.

Cuando todos decidieron —porque había sido una votación democrática en toda regla— que el próximo paso era separarse de Rose Chester para tomar las riendas de la situación, los allí presentes se la quedaron mirando. Era cierto que nadie quería ser la voz cantante, nadie quería tener que rendir sumisión a otra persona, pero también era cierto que, sin un líder, estaban perdidos. Y Arthur, el hombre con pinta de granjero que hacía las veces de portavoz, hacía días que no aparecía por allí. Lo que explica que todas las miradas se dirigieran a ella. Parecía lista, era enfermera y, además, tenía una voz muy bonita que provocaba que todo el mundo se detuviera a escucharla.

Era perfecta.

No hicieron falta las palabras, y tanto Sally como el resto del equipo lo supieron de inmediato: allí harían lo que ella dijera.

Sally lleva un buen rato anotando en una libreta de papel amarillo todo lo que han conseguido. Quiere llevar un control exhaustivo de las provisiones, quiere saber a la perfección con qué provisiones cuentan y cuáles les harán falta de aquí a unos días. Porque está segura de que llegará, el momento en que deba ordenar que todos se queden dentro del edificio para proteger sus vidas.

Por ahora, se conforma con que la pila de comida enlatada y de agua embotellada sea más que satisfactoria, y que los chicos estén haciendo un gran trabajo tapiando todas las ventanas y las puertas que puedan suponer una entrada para gente indeseada en un futuro próximo.

Está contando los botes de guisantes cuando, de repente, las puertas de la sala se abren de golpe. Parece mentira que una persona pueda abrirlas con ese ímpetu, teniendo en cuenta lo grandes y altas que son; pero el chico que lo ha hecho trae la furia pintada en el rostro y parece que la ha utilizado para convertirla en fuerza.

Lo reconoce al instante. Es Lucas, ese chaval que siempre se empeña en ponerle las cosas difíciles. Lo tiene bien calado: es un machista asqueroso y un egocéntrico. Además, no descarta que sufra algún trastorno, una manía persecutoria o algo así. A él no le hacía gracia que Sally estuviera al mando, ella lo sabía, pero, al menos, tuvo la decencia de no decir nada. Lucas sabía muy bien que aquel era un grupo muy unido y que, cuando uno tomaba una decisión, no había más que hablar.

Sin embargo, eso no le impide componer un gesto de asco cada vez que está a su lado o quedarse embobado mirando sus tetas cuando Sally tiene algo que decir.

—¿¡Me queréis ayudar!? —grita Lucas desde el otro lado de las puertas. Está cubierto en sudor y tiene manchas por toda la cara. También por el cuerpo. La horrible camiseta que lleva es un gurruño de jirones y barro. Y eso que se ve entre tanta suciedad…

Sally se dirige a toda velocidad hacia Lucas. Cuando llega a su lado lo ve: está cubierto de sangre. La cara, los brazos, la ropa, todo está lleno de salpicaduras granates. Demasiado recientes.

—¿Qué ha pasado? —le pregunta ella. Sin embargo, es una cuestión que se queda en el aire porque no hace falta que Lucas conteste. A unos pasos más atrás de este, hay un cuerpo tirado en el suelo. Se trata de un chico—. ¿¡Qué has hecho!? —grita mientras corre a tomarle el pulso. Suspira de alivio al darse cuenta de que está vivo. Su pulso es débil, muy débil, pero no parece tener más que rasguños y heridas superficiales.

—Salvarte el culo, eso es lo que he hecho. Ya me darás las gracias en otro momento. —El guiño que acompaña a esas palabras hace que el estómago de Sally se revuelva del asco.

Alrededor de ellos se ha formado un gran corrillo. Sally les pide a unas cuantas personas que la ayuden a llevar al chico a un sitio donde pueda examinarlo mejor.

Lo tumban en una mesa y Lucas insiste en atarle los pies y las manos a las patas.

—Ya verás cuando empiece a hablar… —dice mientras se ríe.

Después de lo que parece una eternidad, el chico abre los ojos. Su primer impulso es el de salir corriendo. Intenta zafarse de las ataduras que le impiden moverse. Pronto es consciente de que está atrapado.

—Hola, Eliott, ¿te acuerdas de mí? —pregunta Lucas, que no para de soltar carcajadas como un poseso.

Pues claro que se acuerda de él… El aparato de dientes lleno de porquería y el pelo rubio y lacio lo delatan. Ese chico estuvo en su estudio hace unos días. Quería que le hiciera un tatuaje hortera de un elefante asesino que simbolizara la pureza y otras estupideces más que soltó por la boca, y él se negó porque era menor de edad.

—¿Qué…? —intenta preguntar, pero el chico le tapa la boca con la mano sucia.

—Aquí las preguntas las hacemos nosotros —dice Lucas, con decisión.

—Lucas, ¿me quieres explicar de una vez qué está pasando? —El gesto de Sally es impenetrable. Si ella es la que está al mando, no puede permitir que nadie se tome la justicia por su mano.

—Este chico tan majo de aquí se llama Eliott. Es amiguito de Tracy. ¿Os acordáis de Tracy? ¿Esa a la que atrapamos ayer por la tarde gracias al chivato de su hermano? Pues bien, resulta que la negra no es tan leal como imaginábamos. Después de cazarla, digamos que tuvo que abrir la boca si no quería tener que abrir otras cosas… Ya me entendéis.

Sally lo mira con asco. Con asco y con odio. Aquello no formaba parte del plan. Y, aunque le molesta muchísimo que no haya tenido en cuenta su aprobación, lo que de verdad le enfurece es que, si le llega a haber pasado algo a esa chica, no se lo habría perdonado en la vida. Porque ella está al mando para lo bueno y, sobre todo, para lo malo.

—Deberías haber contado con mi consentimiento —sentencia.

—Sí, bueno... Verás, mientras tú te dedicabas a ir por ahí moviendo esa mierda de tetas que Dios te ha dado y a mandar comprar no sé qué cosas innecesarias (no me refiero a las armas, ahí has estado hábil), yo he decidido agilizar el proceso. Tracy ha cantado como un pajarillo y me ha dicho exactamente lo que necesitaba oír. Me ha dado los datos de este tipo y no me ha costado nada encontrarlo. Además, le tenía unas ganas que no te puedes ni imaginar.

Se muerde el labio inferior con rabia y levanta un puño, pero Sally lo detiene antes de que se le vaya la furia de las manos.

—No te preocupes por la chica —dice en un intento por calmar la tensión—. Una vez que he acabado con ella, la he dejado en la puerta de una de esas tiendas de campaña que hay repartidas por todo Nueva York. Ya no es problema nuestro.

—Ya está bien. No sé de qué me estás hablando y no hago más que oír ruido saliendo por tu boca. Lo primero, nada de agredir a este chico; está indefenso, vamos a pensar un poquito con la cabeza y, sobre todo, con frialdad. Lo segundo, necesito que me expliques de qué nos sirve tenerlo aquí atado.

—La verdad es que de nada —contesta Lucas a la vez que le acaricia el pelo a Eliott, que lo mira con el mismo asco que Sally hace un momento—. Pero me parecía divertido jugar a las torturas con él.

—¡Esto no es un juego, Lucas! —grita ella—. Esto es muy serio. No puedes ir por ahí secuestrando a la gente sin contar con el apoyo de todo el grupo. Además, ¿cómo has podido con él?

Lucas parece realmente ofendido ante ese comentario. Vale que él es un poco bajito y enclenque para su edad, porque los músculos no se le desarrollan demasiado mientras juega con la consola, pero Eliott tampoco es que sea gran cosa. Y todo se puede arreglar con un arma.

Cuando Lucas señala el muslo de Eliott, Sally lo entiende todo.

¿Cómo no ha podido verlo antes? Se quita el cinturón y se apresura a hacerle un torniquete. Normal que haya podido con él, con toda la sangre que ha debido perder lo raro es que siga respirando. Por un momento, piensa que, si no es capaz de hacer bien su trabajo —su trabajo real—, no sabe cómo va a poder sobrellevar esta situación. Sin embargo, necesita tomar las riendas cuanto antes. Ya le da igual saber cómo ha trasladado Lucas a Eliott, dónde lo ha atrapado ni qué ha sido de Tracy, aunque eso es algo de lo que se tendrá que ocupar a continuación. Ahora lo único que le importa es mantener a ese chico con vida. No se puede permitir empezar su mandato con una muerte.

Mientras ordena a uno de los hombres que vaya al hospital más cercano para traer a un cirujano y todo lo necesario para salvar a Eliott: «Échale imaginación, usa el método que te apetezca, pero no me lo digas», se da cuenta de que Lucas sigue apoyado en la mesa jugueteando con algo entre las manos.

—Podrías apartarte de aquí, por lo menos —le dice—. Ve a limpiarte y quédate en un rincón sin estropear nada más, por favor.

—¿De verdad crees que lo he estropeado?

Ella lo mira de nuevo con gesto asesino. No quiere que muera nadie allí, pero, si alguien debe hacerlo, tiene claro quién debe ser el primero.

—Fuera de mi vista.

—Está bien. —Hace un gesto de sumisión. Una sumisión que todos los allí presentes saben que es fingida—. Entonces no tendré más remedio que deshacerme de esto y decirle a todo el mundo que hemos perdido esta batalla por tu culpa.

—¿Qué batalla? ¿De qué narices me estás hablando, Lucas?

—Esto que tengo aquí —dice mientras le pone una caja delante de la cara — se llama GM. Y es lo que Rose Chester necesita para que su plan no se desmorone. ¿No te das cuenta, Sally? Ahora somos nosotros los que tenemos el poder.

32

Hay algo que me fascina de las noches de verano de Manhattan. El calor sofocante hace que la gente tenga sus ventanas abiertas de par en par. Bajo el cielo oscuro y sin estrellas, las luces de las lámparas de los interiores actúan como si fueran proyectores de cine. Si te paras a mirar por un segundo, puedes descubrir vidas enteras. Vidas asomadas al balcón sin pudores, vidas que pintan cuadros, que tocan guitarras, que acarician gatos y que besan otras bocas.

Hay algo precioso en esas noches calurosas y sofocantes.

Sin embargo… Sin embargo, el resto del año parece que el tiempo se congela. A través de las inexistentes cortinas, puedes ver las vidas de muchos, pero son vidas muy distintas a las que tienen en verano. ¿Es posible que las personas cambien de una estación a otra?

Hoy no puedo mirar por las ventanas. Las cortinas —que milagrosamente Eliott sí tiene— están corridas y las luces del apartamento apagadas. Ya está anocheciendo.

Estoy sentada debajo de la ventana del salón, con la espalda y la cabeza apoyadas en la pared. Cierro los ojos porque así pienso mejor, y me dispongo a decidir qué hacer con el pequeño chip que guardo en las manos.

Tengo muchísimos conocimientos de informática y sé que en mi poder está la clave de todo el sistema de Rose Chester. Este es el GM en sí, en esta pequeña cosa que mide menos de media pulgada reside el corazón de lo que está pasando en Nueva York.

Debería sentirme poderosa, debería sentir un cosquilleo en la tripa que me diga que gracias a mí todo puede cambiar. ¿No había querido ser siempre una heroína? Ahora tengo la oportunidad de convertirme en una.

Aun así, no paro de darle vueltas una y otra vez al mismo asunto. ¿Sería una buena opción hacerlo? Despertar de repente a millones de personas quizás no sea la decisión más acertada.

«Basta ya, Cora», me digo.

Ya he tenido esta discusión demasiadas veces dentro de mi cabeza. Ya he dilucidado los pros y los contras en numerosas ocasiones. Y sé perfectamente cuál es la decisión que debo tomar.

Pero es difícil. Es muy difícil tener en tus manos el poder de cambiar el mundo.

Una punzada de dolor me recorre el pecho cuando me acuerdo de Eliott y Brooks. No sé nada de ellos, y lo que sé es desgarrador. En el fondo de mi corazón, espero que Brooks esté en la nave, a salvo, y todavía en lo más profundo, suplico porque Eliott siga con vida. Y luego está Tracy… Con ella espero que estén cumpliendo todas las garantías procesales y que no hayan recurrido a métodos de tortura o algo así. No obstante, el alma se me cae a los pies cuando me doy cuenta de que ese es precisamente el estilo de Rose Chester.

Un ruido insistente rompe la calma del piso. Me levanto de un salto y me dirijo a mi mochila, donde el sonido es más intenso. Entonces veo que es mi teléfono. Lo cojo a toda prisa y lo silencio, me vuelvo a agachar en el suelo y trato de tapar con mi cuerpo la luz que emite la pantalla.

«Número desconocido», puedo leer.

Dudo entre si descolgar o no. Podría ser Eliott pidiendo ayuda, podría ser Brooks diciéndome que está bien. Podría ser Rose Chester...

No puedo permitirme el lujo de dudar. Si el peor de mis augurios se cumple, ya veré qué hago. Quizás tirar el teléfono por la ventana o salir corriendo hacia otro lugar donde su señal no pueda identificarme.

Decido arriesgarme.

—Tengo malas noticias. —Identifico la voz en el mismo instante en que comienza a hablar. No llego a abrir la boca, y sé que tampoco me va a dar ese lujo durante toda la conversación. Es Camila—. Han matado a Tracy.

Antes de que yo pueda decir algo, la llamada se corta. La pantalla de mi móvil vuelve a su estado normal y enseguida se tiñe de negro cuando se bloquea.

¿Cómo que han matado a Tracy? ¿Quién? ¿Por qué? Bueno, el quién y el porqué lo puedo imaginar. Ha dicho todo lo que tenía que decir y después era inservible, una piedra en el camino, una pieza sin sentido en un puzle que está casi completo.

Una lágrima silenciosa me recorre la mejilla. Reparo en todas las cosas que me habría gustado decirle, tantos abrazos que me habría gustado darle. Y no tuve la oportunidad. Ella no se merecía nada de esto. Por nuestra culpa, y me incluyo la primera, ahora ya no está. Y eso es algo irreparable.

Mi única amiga, la única que he tenido, muerta. Una punzada de dolor se me clava en el corazón, y me es imposible no pensar en que ahora estoy sola, más sola que nunca.

Sabía que iba a haber consecuencias, efectos colaterales como los llaman algunos, pero jamás se me ocurrió que sería así. Pienso que, de haber sido yo la que hubiera recibido un tiro en mitad de la sien, las cosas habrían sido distintas. Porque asumo el riesgo, sé que si tengo que morir por esta causa lo voy a hacer con los ojos cerrados. A estas alturas soy consciente. Sin embargo, que sea otra persona la que muera por mi culpa… es imperdonable.

Maldito Elliot, ¿dónde está cuando se le necesita? No es que yo sea una dama en apuros que requiera de un príncipe que la rescate. Lo único que necesito es a alguien que me diga que todo va a ir bien, que Tracy se metió en esto porque quiso, que la única mala del cuento es Rose Chester y que tenemos que hacer lo imposible para acabar con ella.

Voy corriendo al baño. No consigo retener la cena dentro de mi cuerpo. Las emociones, el cansancio, la rabia y la locura se materializan en una náusea que se lleva también mis lágrimas por delante. Abrazada a la taza del váter, lloro y lloro como nunca lo he hecho. Dejo que todos los sentimientos dentro de mí salgan sin filtro y sin condiciones. Lo necesito. Necesito este momento de debilidad, porque sé que solo hay una forma de acabar con todo esto. Y ahora sí que no hay vuelta atrás.

Lo voy a hacer. No me importan las consecuencias.

Tiro de la cadena y me dirijo al lavabo. A ciegas, me lavo los dientes con el que creo que es el cepillo de Eliott. Ya me encargaré de comprarle otro cuando esta situación pase. Si es que acaba. No puedo verme en el espejo, y mejor, porque la imagen que me devolvería sería horrible y desoladora. Seguro que mostraría a una Cora destrozada, débil y confusa, aunque en el fondo no me siento así.

La muerte de Tracy me ha dolido como si me hubieran arrancado una parte del alma. Y sé que todavía es pronto para asimilarlo. De hecho, soy consciente de que el duelo vendrá después. Vendrá cuando todo se haya terminado y no tenga más preocupaciones en la cabeza que llorar por toda la gente que ha perdido la vida en esta guerra. Porque estoy segura de que la muerte de Tracy no va a ser el único golpe que me lleve. Esa es una batalla que perdí en cuanto empezó todo esto.

Me dirijo al salón y meto la mano en el bolsillo del pantalón. Ahí sigue el chip, ahí sigue el poder.

Lo saco y me lo pongo delante de los ojos, apenas puedo verlo debido a la oscuridad que reina como única soberana, pero que me permite distinguir su forma y sentir su tacto bajo la piel. Aún me parece increíble que el destino de tantas personas quepa ahí dentro.

Casi se me cae al suelo cuando la puerta se abre de golpe. Consigo guardarlo en el bolsillo del pantalón y me pongo en guardia.

Lo primero que pienso es que es Eliott, pero enseguida me doy cuenta de que quienquiera que haya abierto la puerta lo ha hecho propinándole una patada. Y lo ha hecho con fiereza, como alguien que quiere allanar y no entrar en el que es su hogar. La puerta ya estaba rota, así que no le ha debido costar mucho esfuerzo desencajarla de su sitio.

La oscuridad no me permite identificar bien quién es la persona que ha irrumpido en el apartamento. Aprovecho para correr hacia la cocina y armarme con el cuchillo de antes.

—Deja eso en el suelo.

Es ella. Ahora que me fijo bien, puedo advertir su moño a contraluz, escuchar los tacones que se van acercando a mí y oler su perfume caro.

—No tengo ningún problema en matarte, si eso es lo que estás buscando —amenazo—. No me das ningún miedo, Rose Chester.

Entonces se enciente la luz. Ha pulsado el interruptor para que podamos vernos las caras. Y justo en ese momento sé que no solo lo ha hecho para eso, sino también para que pueda observar la pistola con la que me está apuntando.

Mi rostro debe reflejar un pánico atroz, porque ella sonríe con maldad.

Me tiene acorralada. Lo sabe. Sabe que no tengo nada que hacer contra su pistola. Levanto las manos en un gesto de sumisión y me agacho para dejar el cuchillo en el suelo.

—Bien, veo que vamos entendiendo la situación —dice, sin dejar de sonreír. Tiene una sonrisa preciosa, pero estoy segura de que está cargada de veneno; como su lengua. Examina el apartamento y niega con fingida tristeza cuando ve el charco de sangre que hay en medio del salón—. Por fin nos conocemos, Cora. Me has dado más de un dolor de cabeza estos días, ¿sabes? Sé que eres una chica lista, así que voy a ir al grano. ¿Dónde está?

—No sé de qué me estás hablando. —Procuro mirar directamente a sus ojos mientras contesto para que crea que no le estoy mintiendo. Sin embargo, es Rose Chester. Con ella estos juegos de psicología baratos no funcionan.

—No tengo mucho tiempo, seguro que eres consciente de ello. Si no me dices ahora mismo dónde está, tus amiguitos morirán en menos de lo que canta un gallo.

Trago saliva y hago más ruido del que me gustaría.

—Eres un monstruo —le espeto. Y rezo para que la furia no salga disparada por mi boca en forma de insultos y frases de las que después me arrepienta.

Ella se ríe y me mira casi con dulzura.

—Cora, no sé quién te ha metido en este lío. Bueno, sí que lo sé. Ha sido ese chico, ¿verdad? Chico que, por cierto, yo quería encontrar. Lo estaba buscando a él, no a ti, aunque suponía que estaríais los dos aquí juntitos.

Es posible que me haya dado esa información a propósito o que la haya soltado sin querer. Sea como sea, ahora ya sé que no tiene a Eliott.

—Eres un monstruo —repito—. Has acabado con la vida de Tracy.

—Si conocieras en realidad a esa niñata, no te daría tanta pena. Cantó enseguida. Empezó a hablar y hablar sin parar. Os delató a los tres, me contó con pelos y señales el plan que estabais llevando a cabo. Si hasta me dio vuestras direcciones. Una pena, parecía buena chica y, sin duda, era un genio en lo suyo. Pero era débil, muy débil..., y una chivata.

—¡Cállate! —le ordeno.

—Además, ella sabía que estabas empezando a dudar de todo el sistema. Uno de sus trabajos era revisar la información que los *desrutinizadores* debían borrar. A estas alturas, ya tendrías que saber que tenían programas automáticos para detectar puntos sospechosos y conflictivos dentro de la mente del trabajador. Aunque nadie los controlaba, había personas que se dedicaban a repasar cada mañana lo que habían borrado las máquinas el día anterior. Y Tracy lo supo. Supo que tú sospechabas, si incluso pudo ver con claridad aquella nota que te escribiste a ti misma para recordarte todo lo que estaba pasando. Puede que en ese momento no dijera nada y te cubriera, pero al poco tiempo terminó por hablar. Débil, como te decía.

No me importa en absoluto que Tracy nos haya delatado. Yo no soy quién para juzgarla. No sé lo que los matones de esta mujer le han podido hacer. No sé si yo en su situación habría hablado también. Prefiero no pensarlo y centrarme en lo que tengo delante. No me puedo creer que esta mujer haya sido capaz de desarmar los cimientos de toda una sociedad. Una mente como la suya debe valer millones, de eso no tengo la menor duda; pero no entiendo en qué momento una persona con esa inteligencia se desvía del camino. No entiendo en qué instante algo dentro de su cabeza se acciona y la convierte en la mala más mala de la película.

—Tienes mucho que aprender todavía, pequeña. —Sé lo que está haciendo. Está jugando a que soy la débil. Me trata como si yo fuera una niñata que no entiende nada de la vida. Sin embargo, a estas alturas, ya no puede conseguirlo—. Está claro que he ganado la partida, así que deja de resistirte y no me pongas las cosas más difíciles.

—Antes de que des el jaque definitivo, déjame hacerte una pregunta. —Puede que esto no funcione, pero espero que me dé el tiempo necesario para hacer lo que tengo en mente.

—Supongo que podemos tomarnos cinco minutos para charlar. Sí, ¿por qué no? Me voy a sentar, si no te importa, llevo todo el día de aquí para allí y estos tacones me están matando.

Coge una silla de la mesa del comedor y se deja caer en ella. Se quita los zapatos —que estoy segura de que le han costado una verdadera fortuna— y los lanza lejos, no sin antes emitir un suspiro de placer. Y ha conseguido hacer todo eso sin dejar de apuntarme con la pistola.

Cuando alarga la mano para coger un *maki* que se ha quedado encima de la mesa y se lo mete en la boca, termina de romperme todos los esquemas. De verdad que no sé de dónde ha salido esta mujer. Y lo que más me preocupa es que, si no tuviera esa mente tan perversa, quizás yo fuera la primera persona que la admiraría.

En cuanto me estiro para sentarme en la encimera, me doy cuenta de que aquí la única que puede estar cómoda es ella.

—De eso nada, bonita. —Agita la pistola arriba y abajo para que entienda que no debo subirme. Ni siquiera debo moverme—. No sé qué te has pensado que es esto, pero no olvides que te estoy apuntando con una pistola y que puedo ser muy rápida si me da la gana. Venga, acabemos con esto de una vez. Qué quieres saber.

—¿Por qué lo hiciste?

Rose Chester suspira ruidosamente y se recoloca un poco el peinado. Me fijo en el broche que decora su moño: una flor negra de encaje y brillantes. No puedo evitar pensar que parece fuera de lugar.

—Al principio, cuando todo esto empezó —comienza a hablar, y me tranquiliza saber que eso me dará el margen que necesito. Esta mujer es lo más egocéntrico que he conocido en la vida y estoy segura de que no callará hasta contar toda la historia y demostrar que ella es la verdadera vencedora de la batalla—, necesitaba borrarles la mente a mis ayudantes varias veces al día. Está claro que no podía hacerlo sola. Yo tenía las ideas, las propuestas y era capaz de visualizar la meta a la que quería llegar. Sin embargo, durante ese camino, iba a necesitar informáticos, científicos, ingenieros y profesionales varios que me ayudaran a hacer el proyecto realidad.

»Tuve que asegurarme muy bien de a quién escogía, por supuesto. Si contrataba a cualquier persona débil o a cualquier chivato, mi plan se iría al garete y lo perdería todo. ¿Y sabes qué? Que descubrí que todas las personas tienen su precio. Con dinero se puede llegar a cualquier parte. Dime una cifra y únete a mi equipo. Así fue cómo lo hice. Pero, una vez que todo se puso en marcha, una vez que empezamos a utilizar de verdad las herramientas que habíamos creado, el precio no fue suficiente.

»Mis ayudantes comenzaron a preguntarse si era ético eso que estábamos haciendo. Al principio, todo eran promesas, al principio, todos veíamos clarísimo que era la única solución para no acabar con la población mundial hecha cenizas o sepultada por algún tsunami gigante. Sin embargo, en cuanto lo conseguimos y vimos que aquello era real, que podíamos modificar los recuerdos de las personas a nuestro antojo, las cuestiones éticas aparecieron.

»Tuve que hacerlo. Tuve que borrar la mente de mis ayudantes un día tras otro, incluso varias veces en una misma jornada, porque no paraban de preguntarme lo mismo que tú una y otra vez: «¿Por qué lo hemos hecho?» No hay nada peor en este mundo que arrepentirse de algo que no se puede deshacer. ¡Ya no había vuelta atrás! Yo tampoco estaba muy segura de si era o no lo correcto, créeme, me lo planteé, pero ya daba igual. No podíamos revertir la situación o todo el mundo enloquecería, así que había que asumir lo ocurrido y seguir con el plan.

De repente, se levanta y se acerca a mí. Me pongo tensa, pero no me muevo ni un solo palmo.

—Tranquila, necesito algo de beber; se me está quedando la boca sequísima.

Coge un vaso de la pila de las cosas fregadas, lo llena de agua y regresa a la silla. Lo bebe con ansia, como si hiciera muchísimo tiempo que no toma un sorbo de nada. Cuando termina, se limpia la boca con el dorso del brazo. Jamás pensé que Rose Chester pudiera hacer algo así.

—¿Por dónde iba? Ah, sí, la historia y todo eso —continúa hablando—. Bueno, verás, yo era una científica que trabajaba en el Centro de Investigación Smithsoniano del Medio Ambiente. Un nombre demasiado rococó para lo que realmente era: un laboratorio. Allí me dedicaba a jugar con esos bichitos que tú no ves, pero que nos rodean por todas partes, y a meterme en la biblioteca durante horas y horas para documentarme y seguir estudiando. Fui la primera de mi promoción, saqué matrícula de honor en todas las asignaturas y, cuando me gradué, las empresas privadas se mataron entre ellas para contratarme como investigadora.

»En cambio, yo tenía claro que mi talento no podía quedarse encerrado en una empresa privada. No podía dedicar mi vida a crear una cura para la alopecia o a elaborar un maquillaje que además quitara realmente las arrugas. Yo tenía capacidad para más, para mucho más, por eso solicité entrar en el Smithsonian. Quizás no era la mejor oportunidad de mi vida, pero sabía que allí tendría los mecanismos necesarios para crecer como investigadora.

»Pronto me di cuenta. Ya lo decía la televisión día sí y día también: algo horrible iba a pasar. Todos los días se anunciaban tormentas tropicales en zonas del hemisferio norte, donde jamás había pasado algo así. Los polos se derretían a una velocidad de infarto y el nivel del mar subía tan rápido que cualquier día acabaríamos nadando con las sardinas. Y lo más preocupante llegó en el 2020, año en el que una tremenda pandemia obligó a toda la población mundial a quedarse en sus casas. Un virus con origen en China se propagó a finales del año anterior sin que nada ni nadie pudiera hacer algo por detenerlo.

»Durante esos días en los que toda la población mundial estuvo recluida, la contaminación bajó a niveles esperanzadores. Se demostró que éramos nosotros los que estábamos destrozando el planeta, como ya se venía diciendo muchos años atrás. El deshielo de los polos se estabilizó durante un tiempo, incluso se observó que la atmósfera estaba recuperando su densidad y cerrando esos agujeros que se habían formado en la capa de ozono. Con las industrias paralizadas, los coches aparcados y los humanos quietos y sin tocar nada, la Tierra comenzaba a respirar de nuevo.

»Fue entonces cuando lo entendí. Era la señal que necesitaba. Estaba claro que en esa batalla solo podía haber un vencedor: el planeta o nosotros. Experimenté en el laboratorio, me pasé noches y noches sin dormir para intentar averiguar el desenlace. Tenía los números, tenía las estadísticas y tenía la realidad ante mis ojos. Sin embargo, me negaba a creerlo. Según mis investigaciones, el ser humano no duraría más de diez años en la Tierra. Acabaríamos desapareciendo sin dejar rastro. Tantos milenios de evolución se irían por el retrete porque no habíamos sido capaces de hacer nada para salvar la raza humana.

»En ese momento, lo vi claro. Tuve mis dudas, pero supe que yo era la indicada. Tenía que buscar un lugar del planeta que fuera lo bastante grande como para acoger a millones de personas y que todo siguiera como siempre. Una ciudad con algunas zonas verdes, con industria y con acceso al mar, por si acaso. Estuve analizando el globo terráqueo y, al final, me di cuenta de que estaba más cerca de lo que pensaba: Nueva York sería el lugar indicado.

»Solo quedaba la parte más complicada…, matar al resto de la población.

33

Rose Chester me mira fijamente y no sé si quiere que le diga algo o que me quede callada. Si Eliott y Brooks supieran que en estos instantes tengo a la representación del diablo delante de mi cara, contándome todos sus planes, no lo creerían. No lo estoy haciendo ni yo. Decido permanecer como hasta ahora, callada y quieta como una estatua. Y ella se lo toma de la manera correcta, ya que continúa hablando:

—Entonces yo ya había conseguido meter la cabeza en el Gobierno y pronto me iban a presentar como futura gobernadora electa. Una vez que todos me hubieran votado y ya en el poder, podría concluir mi plan. Me había dedicado a hacer contactos y a conocer a gente influyente durante todo ese tiempo.

»¿Que cómo estaba tan segura de que iba a ganar las elecciones? —pregunta al ver mi cara de incredulidad—. Dinero, querida. Ya te lo he dicho antes. Solo necesitaba a las personas adecuadas a mi lado. Decenas de patrocinadores quisieron apoyar la causa. Claro que nadie sabía al principio qué era lo que en realidad me traía entre manos, por supuesto. Me presenté como la científica que solucionaría todos los problemas, la mujer empoderada que cambiaría el mundo. A las grandes empresas les faltó tiempo para correr y tirarme el dinero a la cara. Meses después, ya era gobernadora de Nueva York.

»Entonces empezó una carrera frenética para poner en marcha todo mi plan. Comenzamos separando la ciudad del resto del mundo, y lo hicimos por el mar. Construimos la base de unos diques profundos que levantaríamos de la noche a la mañana cuando se necesitase. Fuimos recortando el acceso a la ciudad por diferentes zonas. Esa fue la parte más difícil, aunque también debo decir que la propia Tierra me ayudó; estoy segura de que sabía lo que estaba haciendo. Comenzaron a sucederse fenómenos atmosféricos horribles por todo el globo, esta vez a un ritmo más frenético y con más intensidad. Las olas de calor se encargaron de matar a miles de millones de personas en África. Lo mismo ocurrió con los tsunamis y los volcanes en el sudeste asiático, y con las glaciaciones en el resto de Asia. Europa ya hacía tiempo que estaba sumida en una guerra en la que los suministros básicos eran el trofeo y la amenaza nuclear era el pan de cada día, así como en Estados Unidos, donde mucha gente estaba muriendo por el desabastecimiento de los productos más esenciales. Se acabó la leche para bebés, se acabó la carne, se acabó el aceite. Ellos se estaban matando solitos, aunque los terremotos, los incendios y los torrentes ayudaron. Australia me preocupaba menos, pero acabó quemándose casi entera, con toda su población atrapada como si fuera un hormiguero. Sin embargo, todos mis problemas radicaban en América. Gracias al muro levantado por Trump hacía unos pocos años atrás, era difícil que los del sur llegaran al norte, pero todavía quedaba el mar... Así que mis compatriotas se encargaron de hacer una masacre y se llevaron por delante a todo aquel que veían con rasgos latinos.

»Se filtró el bulo en las noticias de que todos los que vivían en Sudamérica pronto querrían invadirnos porque allí la situación era insostenible, que harían lo imposible por sobrevivir y que teníamos el permiso del Gobierno para defendernos como si esto fuera una guerra. No hizo falta que esa guerra empezara: cientos de miles de norteamericanos sintieron la llamada de su patria y cruzaron la frontera cargados con todas las armas que encontraron. Murieron millones y millones de personas.

»Eso me dio tiempo a mí para terminar de aislar Nueva York. Fue el momento clave para llenar miles de almacenes con suministros y así poder vivir durante años como si nada de esto hubiera ocurrido. También para construir invernaderos y ganaderías que nos permitieran continuar produciendo comida de una forma normal. Me ayudó el hecho de que los mandatarios más importantes del mundo tuvieran una guerra personal entre ellos. Tan avariciosos fueron, que no se dieron ni cuenta de lo que estaba ocurriendo en esta ciudad. Lo cierto es que no fue una tarea fácil, pues los de dentro no entendían qué pasaba y los de fuera se negaban a quedarse aislados, sin saber que, en realidad, los que se estaban quedando aislados eran los neoyorquinos. Era un poco como lo que sucedió en Alemania, cuando se levantó el famoso muro de Berlín. Toda la vida estuvimos equivocados: no es que los de dentro quisieran salir, es que los de fuera necesitaban entrar. Menuda paradoja, ¿verdad?

»El caso es que el mundo estaba en guerra, buscada o no, y ese fue mi momento: terminé de cerrar las fronteras de la ciudad en cuanto el GM estuvo operativo. Necesité a muchísima gente para ello, y entre las filas estabas tú, querida.

¿Yo? ¿Cómo que yo? Llevo un rato escuchando el relato de Rose y esa confesión me pilla tan de sorpresa que me deja sin palabras.

—Sé que suena a locura —continúa antes de que pueda decir nada—, pero tú fuiste una de las más entusiastas del plan. Trabajabas día y noche sin descanso, no paraste hasta que toda la planta donde trabajabas estuvo lista y perfecta. Tracy y tú, un equipo perfecto. Os entendíais como si fuerais la misma persona. Créeme, Cora, las dos sabíais lo que estabais haciendo.

—¡Mientes! —grito, sin poder creer lo que estoy escuchando.

—Ya quisiera mentir, Cora... Pero es la verdad. Las dos erais conscientes de que vuestro trabajo, vuestra inteligencia, estaba al servicio del Gobierno y que este lo iba a utilizar para apagar los recuerdos de millones de personas. Además, tú me saliste más barata que Tracy. Te conformaste con un ático en mitad de Manhattan donde poder vivir a gusto tu vida de mierda. Fue como darle un caramelo a un niño. Fácil y eficaz. En cambio, ella... Ella me pidió no olvidar, así que jamás se sometió al *desrutinizador* ni su mente fue manipulada. Un deseo muchísimo más valioso que el tuyo, visto está.

La cabeza me da tantas vueltas que no sé si voy a ser capaz de seguir de pie. Me siento como en una de esas películas en las que el protagonista empieza a ver que lo que le rodea se aleja sin remedio. Es como si Rose Chester estuviera a millas de donde estoy yo. Porque lo único que puedo sentir es que me envuelve una capa de vergüenza y miedo que hace que todo lo demás se aleje de mí.

No es posible. No es verdad lo que está contando. Yo nunca haría algo así. Aunque, por otra parte, tiene lógica. ¿Cómo conseguí mi apartamento? Por muy buen sueldo que ganara, jamás podría habérmelo permitido. Si un apartamento así debe costar al menos un millón de dólares. Seré estúpida...

Y lo peor de todo es que era yo la que cuestionaba a Eliott. La que le recriminó que estuviera haciendo todo esto por amor. Me doy asco. No puedo ni pensar en él sin sentir una oleada de bochorno. Él, haciéndolo todo por amor. Yo, por un apartamento. «¿Quién eres?», me pregunto una y otra vez. No me reconozco. Es imposible.

—Te empieza a cuadrar, ¿verdad? Empiezas a entender quién eres en realidad. Si incluso fue idea tuya lo de equipar la mente con recuerdos falsos. Se te ocurrió que la gente debía tener algún tipo de recuerdo de lo que sucedió durante todo ese tiempo o acabaría por volverse loca. No podíamos dejar varios años en blanco, pues era obvio que necesitábamos que olvidaran lo del calentamiento global, el virus y todas esas cosas. Se te ocurrió a ti. Tú te referías a ese periodo como «los años vacíos», tú pensaste que lo mejor era crear recuerdos aleatorios que enriquecieran sus mentes. Les daría serenidad. Y no fallaste, fue una idea genial. Parte de tu trabajo consistió en crear miles de recuerdos falsos que luego implantaste en la mente de tus vecinos. ¿Aquel concierto que tanto te gustó? Una fantasía. ¿Ese viaje inolvidable? Una mentira. Lo cierto es que, a pesar de lo joven que eras, tenías unas ideas increíbles. ¡Ni siquiera habías terminado la carrera cuando decidiste unirte a mí!

»Lo que pasa —comenta y chasquea la lengua para ponerle más énfasis— es que un día recapacitaste. Comprendiste que igual aquella no había sido la elección más acertada. Ya sabes, los remordimientos y esas cosas que a veces nos invaden a los humanos. Y te volviste loca. Arremetiste contra Richard y contra mí. Si hasta la pobre Diana se llevó su parte. ¿Te acuerdas de cómo te miraba esa pobre mujer? Era porque lo sabía todo. Sabía que estuviste metida en esto desde el principio y que un día explotaste. Ella sí que es fiel… No como tú.

Siento que mi cabeza da vueltas. Ya me imaginaba que Richard podía estar metido en esto, pero con lo que no había contado era con que Diana también lo estuviera. ¿Quién más lo sabe? ¿Adam, tal vez? ¿El camarero de la cafetería? Ahora mismo siento que nada de lo que recuerdo es real, ya no sé ni de qué fiarme.

—Así que no me quedó más remedio —continúa ella—. Tuve que empezar a borrarte la mente. Te dejé casi en blanco para que ninguno de tus recuerdos acudiera a ti. En el fondo, me hiciste un favor, porque tú seguías viniendo a trabajar tan tranquila y para mí eras una bomba desactivada.

»Sin embargo, el chico ese de los tatuajes tuvo que buscarte. Y veo que te embaucó bien —comenta mientras mira el dibujo de mi antebrazo. Hace días que no lo curo y se me había olvidado por completo—. Y entre él, la chica del pelo escandaloso y tú lo habéis complicado todo. Una pena.

Entonces observo el tatuaje: un remolino saliendo de una caja de Pandora. Y esta vez Pandora soy yo. Me tendría que haber dado cuenta de que no fueron los dioses los que metieron los males en la caja, fui yo misma la que los encerró a la fuerza. Y también fui yo la que decidió abrirla y dejarlos libres y sin control. Dudo muchísimo de que Eliott supiera esta parte de la historia, pero no estaba nada equivocado cuando decidió hacerme ese diseño. Sin saberlo, estaba dibujando la parte más oscura de mi alma.

Y ahora lo entiendo: si yo abrí esa caja, debo ser yo quien la cierre. Sin excusas y sin pensar en las consecuencias.

Sonrío un poco. Primero levemente, después con ganas.

—¿Qué pasa? ¿De qué te estás riendo?

Sigo en silencio y fotografío este momento —como tantos otros durante estos días—, porque necesito grabar la cara de Rose Chester en lo más hondo de mis entrañas.

—Sonrío, porque el jaque te ha salido mal. No has podido proteger a tu reina y ha caído junto a todo el tablero.

—¿De qué estás hablando, niñata? —Se pone en pie y me apunta a la cabeza con la pistola. Supongo que ya da igual, ya no tengo nada que perder.

—Durante todo este discurso, que ha estado muy bien, por cierto, no te has dado cuenta de que yo estaba destruyendo lo que más quieres en este mundo.

La duda se dibuja en la cara de Rose Chester, y me doy cuenta de que ya no le importa actuar delante de mí. En otras circunstancias habría mantenido la compostura, habría cuadrado la espalda, levantado el cuello y habría sonreído como si nada de aquello fuera con ella. Sin embargo, sabe que está contra las cuerdas, que cualquier movimiento, por pequeño que sea, puede hacer tambalear todo los cimientos de su plan maestro.

En ese momento, saco la mano del bolsillo y le enseño el chip del GM: roto en varias partes y con todos los microcircuitos destrozados por mis uñas. Y entonces se da cuenta de que lo he conseguido.

—Fin del juego.

EPÍLOGO

La barrita energética me sabe a gloria. Hace un día que no como nada. Ahora tengo que racionarme muy bien la comida.

Mastico con calma, dejando que el sabor del falso chocolate inunde mi boca. Me dan ganas de masticar como una loca y comerme la barrita de golpe, pero no lo hago porque sé que después me arrepentiría. Debe durar más que un instante.

Oigo un ruido a lo lejos y pronto veo que Brooks aparece en la sala. Acaba de ducharse y se está secando el pelo con una toalla vieja. Las alas de las águilas tatuadas en sus clavículas asoman por debajo del jersey. Después de una semana aquí, estamos empezando a acostumbrarnos, aunque la falta de agua caliente es un inconveniente con el que no habíamos contado.

Dejo el resto de mi aperitivo en la mesa y me abrazo las rodillas contra el pecho. Todavía me cuesta pensar en lo que ocurrió, no soy capaz de sacarme esa imagen de la cabeza.

—Cora, deja de darle vueltas.

Parece que Brooks lo ha olvidado con facilidad. Y eso me hace envidiarla, porque para mí no fue sencillo ver lo que vi.

Todavía lo recuerdo como si estuviera cincelado en mi mente. Tenía el chip en el bolsillo del pantalón. Cuando Rose Chester se levantó para coger un vaso de agua, aproveché para meter la mano en el bolsillo y rascar todos los microcircuitos. Poco a poco, fui deshaciendo la tarjeta, poco a poco, fui rompiendo los planes de Rose. En aquel momento, me asaltó la idea que rondó mi mente una vez que tuvimos el GM. Llegué a pensar que ese aparato no sería el cerebro de todo, que habría más ordenadores esparcidos por la ciudad para que el sistema no se pudiera comprometer con tanta facilidad. Sin embargo, lo intenté. Y cuando vi su cara lo supe: había puesto todos los huevos en la misma cesta.

Error.

Me iba a matar en cuanto lo descubriera. Y no me importó. Después de enterarme de que estuve metida en el plan desde el principio, ya nada tenía sentido. No merecía que me pasara nada bueno. Así que me lancé a la piscina, sabiendo que el fondo quedaba lejos y que no habría agua que amortiguara mi caída. Yo misma estaba cavando mi propia tumba.

Y lo vi en sus ojos cuando le enseñé el chip. Ella se dio cuenta de que, durante el rato en que me había abierto su corazón, yo me había dedicado a cerrarle todas las puertas. Estaba atrapada, casi tanto como yo. Si mi vida había perdido el sentido, la suya estaba sepultada en el fango.

Me apuntó con la pistola. Me la puso tan cerca que pude oler el metal rancio. Jamás pensé que sería capaz de recordar el olor de un arma, pero cuando tienes una clavándose en tu sien, los instantes se quedan grabados para siempre en la memoria.

Entonces se abrió la puerta. Rose Chester se giró lo justo para ver que era Brooks la que acababa de llegar. Ella también traía una pistola.

Estaba llena de magulladuras y heridas. Algunas más preocupantes que otras. Sin embargo, su mirada lo decía todo: le daba igual su estado y le daba igual el temblor que le recorría la mano derecha con la que estaba sujetando el arma. Si tenía que disparar, lo haría sin dudarlo.

Yo la miré, tranquila, como quien sabe que ha ganado la batalla. Si Brooks se encargaba de Rose Chester, después le pediría que usara esa misma pistola para acabar con mi vida, como si las dos hubiéramos sido condenadas por la misma sentencia.

Pero no me dio tiempo. En un solo segundo y entremezclándose con la risa histérica de Rose, se escuchó un disparo.

Lo sentí a cámara lenta. Brooks apuntando a la cabeza de Rose. Rose moviendo el arma con la que me estaba encañonando a mí. Rose poniéndose la pistola debajo de la boca. Rose apretando el gatillo.

Cuando era pequeña eché una ojeada por casualidad a la escena de una película que estaban viendo mis padres en el salón. En ella, un preso que no quería continuar encerrado cogía una pistola, se la metía en la boca y disparaba. Me quedé muda y no pude dormir durante días. La escena era tan explícita, tan sádica y tan real, que las vísceras fueron lo único que acudió a mi mente cuando por fin conseguí dormir.

Si aquello me produjo pesadillas, verlo en vivo y en directo hizo que me quisiera arrancar los ojos.

Rose Chester. Siempre perfecta. Con su peinado perfecto, su estrategia perfecta y su sonrisa perfecta.

Descansaba sobre el suelo del apartamento de Eliott con la cabeza desfigurada. La pinza de encaje negro que no tenía ningún sentido con su atuendo pareció adquirirlo de repente: su dueña estaba preparándose para su propio funeral.

Rose Chester sabía que en esos instantes era una trapecista intentando cruzar de un rascacielos a otro sin una cuerda que la sujetara. Sabía que había un huracán que se estaba acercando a ella sin piedad y sin miedo. Y tuvo clarísimo qué era lo que debía hacer: ella no permitiría que ningún huracán la aplastara contra el suelo, sería ella misma la que saltara y disfrutara de las vistas mientras tanto.

—¿Quieres un té?

Las palabras de Brooks me sacan de mi ensoñación. Niego con la cabeza, no quiero gastar los pocos recursos que tenemos. No me apetece volver a salir a las calles para encontrar comida, ahora mismo no. Así que las pocas cosas que hay en la despensa deben durarnos todo lo posible.

¿Cuánto es todo lo posible? No tengo ni idea.

Después de que pasara aquello, Brooks y yo nos miramos a los ojos. Sabíamos lo que teníamos que hacer. Rose Chester había venido sola —gran error por su parte—, pero pronto llegarían los refuerzos, estábamos seguras. Cogimos unas mochilas y unas bolsas vacías y las llenamos con todo lo que pillamos. Sobre todo comida. Vaciamos los armarios y las estanterías, aunque el resultado del botín fue muchísimo más escaso de lo que nos habría gustado. También cogimos unas toallas, un par de mantas y ropa de Eliott que ni nos molestamos en clasificar. Yo me encargué del jabón del baño, así como de la pasta de dientes y otras cosas básicas que se me fueron ocurriendo.

En cinco minutos, estábamos en la puerta, listas para abandonar el piso de Eliott para siempre.

Esa noche corrimos como jamás lo habíamos hecho. Quedaba un largo camino hasta la nave de El Bronx. Pronto nos dimos cuenta de que la ciudad se había sumido en un caos. Había gente armada que pegaba tiros por doquier, gente que se tiraba por las ventanas y quedaba aplastada contra las aceras de Nueva York, gente que gritaba por las calles como si la cabeza le ardiera.

Normal. Millones de personas estaban recuperando sus recuerdos. Yo también lo hice en el momento en que rompí el chip del GM. Supe que todo había acabado cuando pude ver en mi cabeza miles de imágenes que antes no estaban ahí. Me vi a mí misma ideando el plan con Rose Chester, trabajando hasta altas horas de la noche para que todo tuviera sentido. Me vi estudiando, leyendo libros y libro en una biblioteca, empapándome de todos los conocimientos de los que era capaz. Me vi planeando, escribiendo, dibujando una estrategia que, en esos momentos, no tenía ni idea de si se iba a poder cumplir.

Vi a mis padres. Y me di cuenta de que el sentimiento que me invadía cada vez que pensaba en ellos no era real. Me lo habían edulcorado. Me invadió un dolor tan insoportable que estuve tentada de arrancarme el corazón. Hasta eso me habían arrebatado.

Me vi junto a Eliott, noche tras noche.

A pesar de que esos recuerdos y sensaciones fueron abrumadores, me obligué a tener la mente fría, porque habría enloquecido de no hacerlo. Sin embargo, el resto de la población se vio superada por esa locura. Aquello se convirtió en una batalla campal que sacó lo peor de cada persona.

Fuimos escondiéndonos como pudimos, echando en la mochila todo lo que creíamos que nos iba a resultar de utilidad y tratando de no enfrentarnos a nadie. Brooks iba armada y estaba segura de que habría disparado a cualquiera que se nos hubiera puesto por delante. Sin embargo, no hizo falta. La oscuridad de la noche y nuestra habilidad para correr y escondernos fue más que suficiente para llegar al almacén sanas y salvas.

Una vez dentro inspeccionamos el lugar. Brooks nunca había estado allí, había sido Eliott el que se había encargado de esa parte. Y dio gracias al observar los colchones nuevos tirados en el suelo, los sofás reciclados pero aceptables que descansaban en un rincón y la pequeña televisión que nos serviría para enterarnos de qué pasaba fuera.

Aunque faltaba lo más importante. Había una cosa que yo esperaba encontrar y que hizo que mi corazón se partiera en pedazos cuando entendí no la iba a hallar: allí no estaba Eliott. Me sorprendí al darme de bruces con ese sentimiento. Pero al fin y al cabo, yo no estaba en posición de juzgar a nadie.

Mientras corríamos por las calles de Nueva York, guardaba la secreta esperanza de que él estuviera ya en el almacén. Si no estaba en su apartamento y tampoco había conseguido ponerse a salvo, ¿dónde narices estaba?

No me hizo falta decírselo a Brooks, ella pensó exactamente lo mismo que yo.

En esos momentos, me habría gustado preguntarle qué había sido de ella, qué había hecho durante el tiempo que no estuvo conmigo, pero no tuve fuerzas. Le curé las heridas con lo que encontré dentro de un botiquín que Eliott tuvo la amabilidad de preparar y después nos fuimos a dormir. No sin antes cerrar la única puerta de entrada a la nave con todos los tablones y muebles que encontramos.

Días después, Brooks me confesó que Rose Chester la había capturado. Le daba una vergüenza tremenda contármelo, porque sentía que había fallado en la misión al dejarse atrapar. Un matón le dio una paliza tras otra para que hablara, pero no abrió la boca. Cuando Rose se dio cuenta de que ahí no había nada que sacar, se fue a fustigar a otro. Más tarde supo que se trataba de Tracy.

Todavía no me ha dicho cómo escapó. Después de torturarla, ella se las apañó para salir de allí y encontrarnos en el apartamento. Tengo la certeza de que no me lo quiere contar porque hubo alguien de dentro que la ayudó. Y reconocer que necesitó ayuda, aunque fuera en una circunstancia como aquella, le haría perder los aires de heroína que lleva pintados en la cara desde entonces. Yo, por mi parte, no he vuelto a preguntar. Prefiero que la historia se quede como está si eso la hace feliz. Supongo que, en algún momento de nuestras vidas, si es que sobrevivimos a la próxima semana, acabará contándomelo.

Y si no ha sido capaz de decirme cómo escapó, tampoco lo ha sido para explicarme cómo la encontraron. Le he dado vueltas a ese asunto durante horas. ¿Cómo es posible que Rose Chester diera con ella tan pronto? ¿Acaso la tenía fichada? ¿Hay algo que no sé? Se me han ocurrido miles de teorías, desde las más paranoicas a las más demenciales, y en ninguna veo reflejada a Brooks. Sea como sea, se las ha apañado muy bien sin nosotros.

Entonces me levanto de golpe y me dirijo hacia ella. Me mira, asustada, pues la velocidad a la que me estoy acercando la ha pillado desprevenida.

—¿Qué...?

No le doy tiempo a preguntar. La abrazo con todas mis fuerzas. Un abrazo que sabe a libertad y orgullo.

Es posible que no hayamos tenido muy buena relación, pero cuando recuperé la memoria pude ver todos los ratos que compartimos en el Heart Attack y el cariño que siempre le demostró a Eliott. Tenerla a ella de compañera ha sido la mayor suerte de toda esta locura y, como no soy muy dada a expresar este tipo de sentimientos con palabras, dejo que sea mi abrazo el que hable por mí.

Ella parece entenderlo, pues me aprieta con ganas mientras su pelo mojado se pega en mi cara. Se me hace raro verla tantos días seguidos con el mismo color naranja.

—Somos unas heroínas —me susurra al oído.

Un estruendo rompe la magia del momento. Alguien está dando golpes contra la puerta, golpes insistentes y urgentes.

Nuestras miradas lo dicen todo: no sabemos qué hacer. No podemos permitir que nadie descubra nuestro sitio secreto. Si alguien entra aquí, se acabó. No encontraremos otro lugar donde refugiarnos y tendremos que salir a las calles a pelear. Cosa que, obviamente, ninguna de las dos quiere.

Mientras Brooks saca la pistola y la carga, yo me armo con otra que Eliott había escondido en una caja. Ojalá estuviera aquí para agradecerle todo lo que ha hecho por nosotras. Si seguimos vivas aún, es gracias a él.

—¡Abrid! —escuchamos que gritan desde fuera.

Los golpes no paran de sonar, pero eso no nos impide reconocer la voz. ¡Es Eliott!

Brooks sale corriendo y empieza a quitar los muebles que tapan la entrada. Cojo un martillo de orejas y quito los clavos que mantienen las tablas sujetas a la puerta. En menos de dos minutos, Eliott entra por la puerta y nos regala el mayor abrazo que nos han dado en la vida.

Sin embargo, observo que no está solo. Hay alguien más con él. Es una chica que no reconozco, pero por la forma en la que Eliott la mira sé que es de confianza.

Ellos pasan y nos ayudan a tapiar de nuevo la puerta. Cuando por fin sentimos que estamos a salvo, nos sentamos en los sofás marrones y nos quedamos en silencio. Tenemos tantas cosas que decirnos que no sabemos por dónde empezar. Me fijo en la pierna de Eliott, vendada a más no poder. Quiero preguntar, pero entonces él toma la iniciativa y nos cuenta todo lo que necesitamos saber.

La chica que lo acompaña es Sally, una de las personas que pertenecían al IM, ese grupo de gente que podía recordar y que, a última hora, se había vuelto muy sádico. Querían acabar con todo aquel que no fuera capaz de mantener vivos sus recuerdos, así que pusieron en marcha su plan para llevar a cabo esa masacre. Temían que se descubriera que ellos eran diferentes y acabar convirtiéndose en el ratón de un juego donde el gato serían millones de personas.

Pero, antes de todo eso, atraparon a Tracy. Su hermano formaba parte de ese grupo y acabó delatándola. Supongo que trabajar para el Gobierno fue motivo suficiente para que los del IM pidieran la cabeza. Después de sonsacarle la información que necesitaban, la soltaron como si fuera un perro abandonado. Ahí fue cuando Rose Chester dio con ella. Y ahí fue cuando terminó hablando y revelando lo que ya me comentó en el apartamento. Después de eso, atraparon a Eliott. Un niñato —el mismo que había encontrado a Tracy— lo pilló desprevenido en el apartamento. Sin pensárselo dos veces, le disparó en la pierna y lo maniató. Dejó que se desangrara lo justo para poder llevárselo. En la puerta le esperaba otro tipo con un coche, listo para arrancar. Lo trasladaron directamente al IM. El niñato, llamado Lucas, había robado el GM, pero lo que él no sabía era que Eliott se había adelantado, sacando el chip que lo hacía funcionar para mantenerlo a salvo. Esa decisión cambió la vida de todos.

Luego la ciudad empezó a enloquecer. Los del IM salieron a las calles para dar rienda suelta a su venganza; sentimiento que no se sabía muy bien de dónde había salido, pues todavía no tenían ningún motivo real para amotinarse de aquella forma. Y Eliott se quedó allí atrapado, atado de pies y manos a una mesa y sin escapatoria.

No sabe cuántos días pasaron. Las ventanas estaban tapiadas y no había forma de averiguar cuántas vueltas había dado la Tierra. Y entonces, cuando estaba a punto de desfallecer por no haber comido ni bebido nada en todo ese tiempo y por toda la sangre que había perdido, apareció ella.

Sally irrumpió en la sala como si fuera ese ángel llamado a través de una oración. Estaba cubierta de sangre, con una pistola en la mano y otra, en la cinturilla del pantalón. Traía un botiquín con el que limpió a fondo la herida de Eliott, no sin antes darle algo de comer y de beber y de meterle a la fuerza un par de antibióticos en la boca.

Ella se lo llevó de allí como pudo. Había encontrado un lugar donde estar a salvo, hasta que Eliott pudiera caminar. Le pidió perdón mil veces.

Cuando ella entró en el IM, jamás imaginó que las cosas se le irían tanto de las manos. Jamás imaginó una escena postapocalíptica en la que todos los ciudadanos enloquecían y los miembros del IM acababan con ellos a sangre fría. En el momento en que salió del edificio y vio la escena que la rodeaba, huyó de allí. No quería tener nada que ver con aquello. Se encerró en su casa, y se quedó quieta y sin hacer ruido durante un par de días.

En ese tiempo solo pensó en una cosa: Eliott. Seguro que mucha gente iba a morir por su culpa, al fin y al cabo, ella había dado la orden de recolectar armas por si acaso. Sin embargo, pensó en que el pobre chico estaría tirado en una mesa, sin nada que beber y muriéndose lentamente por la necrosis que se le estaría formando en la pierna. Así que hizo lo que tenía que hacer: salió del sitio que la mantenía a salvo para intentar que Eliott recuperara la vida que se le estaba escapando suspiro a suspiro.

No sé qué decir ante todo lo que estoy escuchando. Me había imaginado mil escenarios en los que Eliott moría, y ninguno de ellos se acercaba a la historia real. Ver allí a Sally, junto a él, es ver la cara de la redención, de la súplica. No ha abierto la boca, pero sé que se arrepiente con toda su alma.

Y yo no soy quién para juzgarla. Quiero contarles todo lo que me dijo Rose Chester, que fui partícipe de lo que ocurrió. Que utilicé mis habilidades y conocimientos para llevar a cabo su plan. De no haber estado yo metida, es posible que nada de esto hubiera ocurrido.

Sin embargo, no lo hago. Me muerdo la lengua, porque no sé cómo decirlo. No sé si estoy preparada para que me odien.

Miro a Eliott, que se ha dejado caer en uno de los sofás marrones. Él no ha apartado la mirada de mí ni un solo segundo, pero no se atreve a hablarme. En su lugar, un ligero temblor se ha instaurado en los labios. No me hace falta que diga nada, puedo llegar a comprender lo que pasa por su mente. Durante estos días he pensado en lo ocurrido, en el hecho de que él hubiera montado todo ese plan solo para que yo me acordara de él. Al principio no lo entendí, no fui capaz de comprender por qué alguien haría algo así, cómo podría existir alguien tan egoísta como para cometer esa locura. Sin embargo, al recuperar los recuerdos me di cuenta de que lo que había entre nosotros era tan especial que no me extrañó lo más mínimo que el amor le hiciera seguir ese camino. Lo que había entre él y yo —¿lo que hay?, me pregunto—, es tan intenso y especial que ni todas las Rose Chester del mundo serían capaces de separarnos. Me di cuenta de que mi cuerpo, lo más profundo de mi cuerpo, todavía lo quería, todavía lo ansiaba, y por eso me había hecho recordarlo, antes incluso de destruir el GM. Y, después de caer en ese detalle, un solo pensamiento invadió mi mente: ¿y si hubiera sido al revés? ¿Y si yo hubiera estado en la piel de Eliott? Tengo clara la respuesta: yo habría hecho lo mismo que él.

Clavo mis ojos en los suyos y, con esa mirada, trato de decirle todo lo que no me atrevo. Él lo entiende a la perfección porque murmura un «gracias» inaudible que se clava en mi pecho como un puñal. Me acerco a él, ahora con decisión, me siento a su lado y tomo su mano.

—Yo…

—Shhh —me susurra.

Y entonces me coge por la nuca y me acerca a su boca. Me da el beso más dulce y necesario que me han dado nunca, y los recuerdos que todavía estaban dormidos dentro de mí se despiertan como si fueran un dragón hambriento. Sé que ese es mi lugar. Sé que a su lado podré recuperarme, reencontrarme y perdonarme por todo lo que hice. Si es que algún día soy capaz.

Una lágrima silenciosa me recorre el párpado inferior y muere sobre la sudadera que cogí en la casa de Eliott. Definitivamente, mis lágrimas ahora son muchísimo más valientes que antes. Supongo que ya nada de lo que ha sucedido importa. Me digo a mí misma que todo está bien, que, aunque participé de forma activa, también he sido la que se ha encargado de acabar con ello.

Pienso en Tracy. Durante estos días, no hay momento en que pueda sacármela de la cabeza. Ella, que pensaba en blanco y negro, tuvo que elegir un color para seguir viva. Y, aun así, a pesar de destrozar sus ideales y delatarnos, acabó muerta. Ojalá pudiéramos darle el funeral que se merece, porque yo sería la primera en echarme a llorar sobre su tumba. Me doy cuenta de que, si participó en todo el plan de Rose Chester, fue por un motivo en concreto. Me encantaría preguntarle cuál fue. Me encantaría poder sentarme con ella a tomarme un café y escuchar su versión de la historia. No sé si su final fue digno, si habló a la primera o se resistió, si se apiadó de nosotros o solo pensó en la redención de su alma. Aunque supongo que todo eso ya da igual.

Tranquila, Tracy, he decidido que jamás te juzgaré por lo que hiciste. Además, ya me he encargado yo de que todo esto se termine. Tanto para ti como para mí.

No se me ocurre un modo mejor de redimirme.

NOTA DE LA AUTORA

La música es uno de los pilares de mi vida, al igual que de este libro. Por eso he querido crear esta lista de Spotify para que puedas acudir a ella todas las veces que quieras volver a sumergirte en la historia de Cora. En ella encontrarás las canciones que aparecen en la novela y también otras tantas que han sido muy importantes para mí en su proceso de escritura.

Me encantaría que fuera lo más colaborativa posible, por lo que me haría muchísima ilusión que me contaras por RRSS qué canciones crees que debería incluir.

Puedes escribirme a través de Instagram y Twitter (@AnaSegarraG) o a través de mi mail: anasegarragomez@gmail.com.

¡Espero que disfrutes muchísimo de esta banda sonora!

Agradecimientos

Allá por el 2016 leí un artículo muy interesante que decía que nuestros recuerdos eran falsos. Que no podíamos fiarnos de ellos porque cada vez que acudimos a un recuerdo lo modificamos, aunque sea mínimamente. Cada vez cambiamos un pequeño detalle, una cifra, un lugar. Y eso hace que nuestros recuerdos sean una mentira.

Esa fue la chispa que dio vida a esta historia. En ese momento no tenía ni idea de en qué se convertiría, pero después del viaje a Nueva York que realicé en 2017, lo tuve claro. La historia de Cora se presentó delante de mí e hizo que me atreviera a dar el paso para enfrentarme al género de la ciencia ficción.

Por eso mi primer agradecimiento es para *Aarón*, por llevarme de la mano en ese viaje que tanto significó para nosotros y por regañarme cuando, después de contarle la idea de este proyecto, le dije que no me veía capaz de llevarlo a cabo.

Lo mismo hizo *mi madre*, que leyó este libro capítulo a capítulo cuando cada noche iba a su habitación con lo que había escrito ese día. Sus palabras de aliento y sus sugerencias me dieron las fuerzas necesarias.

Esta historia llevaba lista desde 2019 y, a pesar de que había tenido oportunidades para ver la luz, se había quedado en un cajón porque no me sentía preparada, así que tengo que agradecer que *mi padre* me empujara a publicar. Porque eso es lo que necesitaba, un empujón.

Por supuesto, aunque ella no se entere, quiero agradecerle a *Alejandra* que me haya convertido en la madre que soy ahora mismo y que me haya demostrado que la maternidad y la escritura pueden ir de la mano. Ha sido increíble volver a revivir esta historia a tu lado. Quién me lo iba a decir a mí en aquel 2019.

Como siempre, muchísimas gracias a mis lectores beta, a esos que se ofrecieron a leer el manuscrito cuando todavía era un boceto de lo que es. Gracias a *Javi*, por creer en mis historias, las conversaciones y tus ánimos. Gracias a *Ana Luz*, por tus sugerencias y tu capacidad para fijarte en los detalles —no volveré a ver a Martin con los mismo ojos—. Gracias a *Tania*, por estar siempre dispuesta y querer asomarte a mis libros. A *Óscar* por haberte acercado a este proyecto cuando todavía no tenía ni idea de qué hacer con él. A *Irene* por ser la mejor lectora que podría desear. A *Mario*, por regalarme el primer *fan art* de esta historia y que ya tengo enmarcado en mi estudio. Y a *Jota*, por ser mi referente en armas y al que puedo recurrir para no liarla mucho en las escenas de acción.

Gracias a *Marta*, porque ser la mejor, por tu generosidad y amistad. Me alegra muchísimo haber encontrado una amiga en ti, sabes que siempre estaré a tu lado.

A *Nuria* por la maqueta tan increíble y a *Luna Eva* por esta cubierta tan maravillosa. Ha sido superfácil trabajar contigo. Entre ascendente virgos nos entendemos.

No me puedo olvidar de *Victoria*. Gracias por tu *blurb*, por el apoyo y por las cientos de horas de conversación que me has dado estos meses. A veces pienso que nos separaron al nacer.

Muchas gracias a todos los que me apoyáis, libro tras libro, los que estáis ahí al pie del cañón preparados para escuchar una más de mis historias, los que os interesáis por mis proyectos y los que hacéis que quiera seguir con esto día a día. Sois una parte imprescindible de mi vida y hacéis que levantarme a las seis de la mañana para escribir no me cueste tanto.

Y, por último, muchas gracias a ti, lector, por haber querido sumergirte en este Nueva York distópico. Espero que no olvides nunca este viaje.